最後的雪

ÖDES MARK

多年來這兒埋藏了一切，————她覺得必須由她來守護。

史蒂娜·傑克森——著　　蘇雅薇——譯

STINA JACKSON

最後的雪 ■書評推薦

犯罪作家盛讚

「我是史蒂娜・傑克森的超級粉絲，所以對《最後的雪》寄以厚望，而它並沒有讓人失望。令人毛骨悚然、驚心動魄、文筆優美，她擁有罕見的能力，能夠創作出精彩、引人入勝的小說，讓你脈搏加速、心痛不已。」

——金匕首獎得主《黑暗中凝視天光》作者　克里斯・惠戴克（Chris Whitaker）

「史蒂娜・傑克森用無與倫比的技巧，帶領我們穿行於一處暗潮洶湧、瀕臨糟糕記憶深淵的社區。《最後的雪》是部傑作，充滿淚水和鮮血、愛與絕望、安慰與憤怒，以及令光明變得更加明亮的黑暗。」

——《狼與守夜人》作者　尼可拉斯・納歐達（Niklas Natt och Dag）

各界好評如潮

「……它以如此完美的散文風格、如此平實的方式描述了可怕的事情——成癮、暴力、身心虐待——令那些本應難以忍受的事情變得令人目不轉睛。無論好人壞人，以充滿洞察力的同理

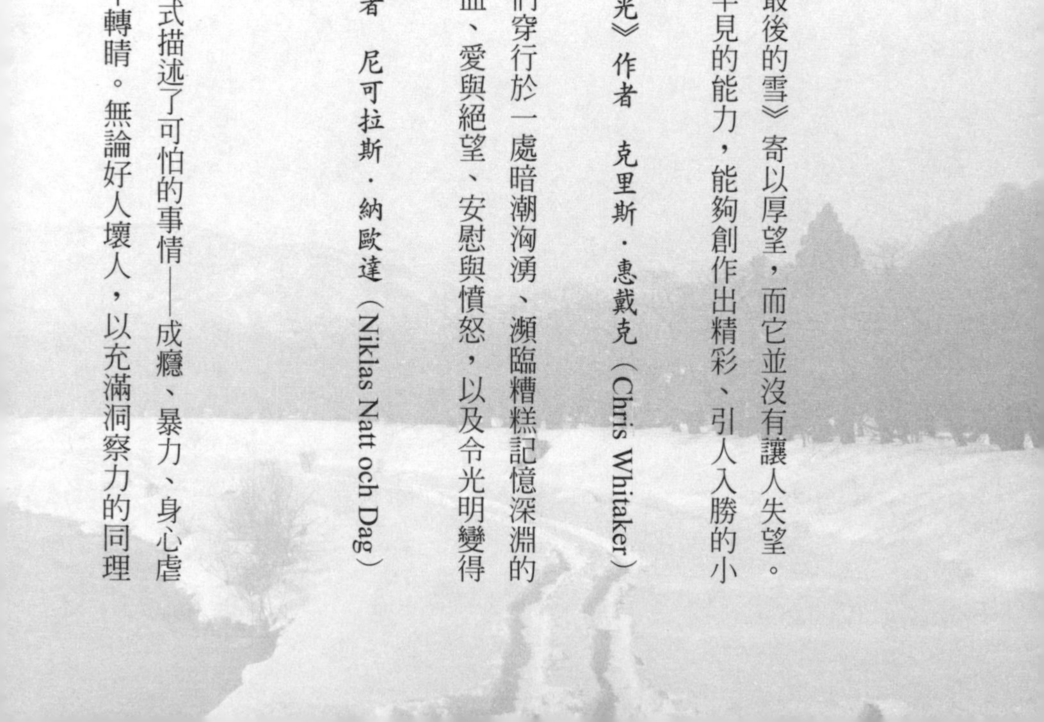

心處理每個角色，這意味著：『沒有任何怪物。只有人。』效果就像看柏格曼導演的希臘悲劇。但最重要的是，這是一部扣人心弦的小說，充滿了愛與恐懼，當罪魁禍首的身分被揭露時，會讓你震驚不已。」

——英國《泰晤士報》（*The Times*）

「……緊湊且扎實，她以畫家之眼再現森林邊緣的村莊，充滿黑暗、童話般的單純和威脅……每一個句子都伴隨著輕柔、迷人的音樂；累積出令人難以忘懷且無法抗拒的效果。」

——愛爾蘭《愛爾蘭時報》（*Irish Times*）

「故事在人物與場景間巧妙地切換，從一開始就給人電影般的感覺……《最後的雪》讓人想起史蒂芬．金，重現了一個小社區的生活，裡面充滿受了傷但富有同情心的角色，而且像金的大多數作品一樣，是令人生出幽閉恐怖的家庭劇或恐怖故事，也是驚悚故事。」

——愛爾蘭《獨立報》（The Independent）

「在《最後的雪》中，瑞典的新犯罪女王深掘出關於親職和傳承那些痛苦而複雜的課題。」

——芬蘭《首都日報》（*Hufvudstadsbladet*）

「……比其他懸疑類作品更有分量與層次。傑克森是個能善用驚悚類型優勢的出色文學作家。」

——丹麥《貝林時報》（*Berlingske*）五星好評

「精彩的犯罪小說……謀殺案發生前已經有近一百頁了，但那時我們早已被傑克森關於將要發生的事情的精彩敘事所吸引。從那時起，節奏加速，但行文同樣穩健，感覺眞實又悲傷，同時充滿了我們在北歐犯罪中很少看到的東西：一種相信前方會有更光明事物的頑強信念。」

——挪威《斯塔萬格晚報》（*Stavanger Aftenblad*）五星好評

「《最後的雪》是一部扣人心弦、悲傷、有趣且富有詩意的小說。」

——挪威《*Adresseavisen*報》五星好評

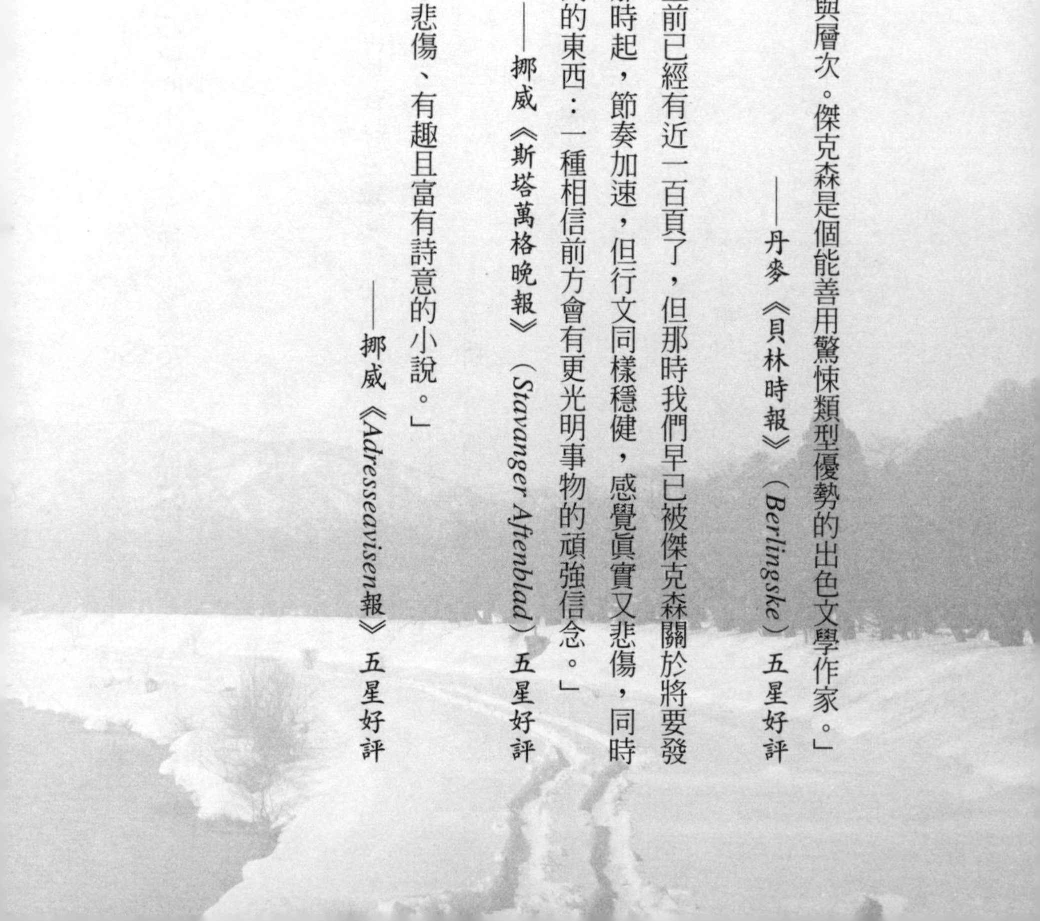

最後的雪

目次

獻給媽媽和爸爸

For Mamma and Pappa

你來自的地方不復存在，

你以爲要去的地方不曾存在，

而你所在的地方毫無益處，除非你能遠走高飛

——芙蘭納莉・歐康納《智慧之血》

（Flannery O’Connor, *Wise Blood*）

第一部
Part I

一九九八年早春

女孩在夜色中移動。蒼白的月亮低頭微笑，看她在融雪留下的水窪間左歪右拐前進。二十四小時營業的加油站霓虹燈照亮寂寥的地景，她進去買了一罐可樂和一包萬寶路紅標香菸。晚班店員有雙和善的眼睛，逼她撇開頭。她走出去，站在明亮的洗車區旁，點燃一根菸，朝夜空吞雲吐霧。她注意到停在加油機旁的貨運卡車。駕駛座的男子睡著了，他頭戴深色鴨舌帽，隨著呼吸上下點頭。她把抽到一半的菸丟在地上踩熄，走過柏油碎石地，一灘灘水在弧光燈下像油閃爍。遠方傳來幾輛落單的車子低響，除此之外一片寂靜。期待令她的脊髓一陣顫慄。她來到卡車旁，抓住後視鏡，把身子拉上梯子，直到臉能平視熟睡的男子。他近看比她想得年輕，一耳戴著閃亮的耳環，粗短的鬍子點綴雙頰。

她眼看自己發白的指節靠近車窗。她敲得很輕，但男子仍猛然驚醒，撞飛了鴨舌帽，露出逐漸稀疏的頭皮。他朝她眨眨眼，隔了一會兒才降下車窗。

「怎麼了嗎？」

腎上腺素使她難以微笑，她緊抓後視鏡的手開始發痠。

「我只是想說你可能希望有人陪。」

他張嘴直盯著她。起初他看來想反對，但最終仍朝副駕駛座的門點點頭。

「那就進來吧。」

她繞過卡車，期待在心中膨脹。她轉頭查看陰影中有沒有窺探的眼睛，但只看到加油站的店員，而且他沒往外看。快凌晨兩點了，四周沒有其他車輛。如果發生什麼事，也沒有目擊者。

她坐上車，男子用嘴巴重重呼吸。

「妳是誰呢？」

「就普通的女生。」

車廂內能聞到溫暖的吐息。

「我看得出來。」

他顯得尷尬，用手掌揉眼睛，側眼瞄她，彷彿她是怪奇生物，他不想招惹。

「妳爲什麼想陪我坐在這兒？」

「你看起來很孤單，就這樣。」

她用眼神挑戰他，並覺得他看來怕了。她心生勇氣。

他笑了笑，手指緊張地玩弄鬍碴，繼續從眼角看她。

「所以妳不是那種要我付錢的？」

她伸手蓋住他的手，她的銀色戒指像淚水在他們之間的黑暗閃耀。她希望他感覺不到血液汩汩流過她的血管。

「不，我不是那種女生。」

車廂後方很空。他讓她曲身趴在小床上，雙手沉沉抓著她的臀部，挺進她體內。他們沒有脫衣服，兩人的褲子都卡在腳踝，彷彿預期有人會發現。她抬起眼，看到照片中的孩子朝她笑，孩子肥胖的雙臂抱著巧克力色拉不拉多的脖子，一人一狗看來都在笑。女孩垂下眼，轉而看下方凌亂的床單。不久後，他叫著抽了出來，動作很快，所有黏稠的液體都滴在地上。她彎腰拉起內褲，突然差點哭出來，只好猛吞口水壓住衝動。

男子顯得非常清醒。他綁好腰帶，雙手帶著全新的自信，像剛破處的少年。男人哪，怎麼都如此相似，令她驚訝。

他們坐在車廂前端抽菸。隔著巨大的擋風玻璃看去，世界黑暗又潮濕。她覺得疲，但想哭的感覺過去了。

「你接下來要去哪裡？」

「哈帕蘭達，然後再回斯堪尼。」

他的口音聽起來很怪，幾乎像在唱歌。

他問道，「妳要一起來嗎？」

她撇開頭吐菸。

「我的目的地比哈帕蘭達還遠。」

他的牙齒在黑暗中發亮。他沒做過這種事，她可以看到他愧疚的良心開始作祟，他的語氣在試圖撫平剛發生的事。他朝加油站點點頭。

「我想買點東西吃，妳有要什麼嗎？」

「肉桂捲聽起來不錯。」

「沒問題，交給我。」

他從點火開關拔起鑰匙，害臊地朝她笑笑，開門下車。他走起路有點O型腿，沒在管水窪濺起的水花。女孩看著他走進商店，心想到底要不要和他同行。她可以在呂勒奧下車，她聽說那個城鎮頗大，人在鎮上就能消失。

❄

黃昏時分最討厭了，意識到又浪費了一天，日復一日一成不變。她站在收銀台後方，努力忽視黑夜逐漸爬過商店的窗口。站在刺眼的日光燈下就像站在舞台上，停車加油的人可以看到燈光下的她，她疲憊的動作、漠然的態度、長不過肩的細細髮絲，以及讓她雙頰發疼的假笑。他們可以看到她，她卻只能勉強看出他們的輪廓。

加油站位在社區中心，每個走進門的顧客她可說都知道名字卻不認識他們，但他們自以爲認識她。不過她至少知道大家的竊竊私語。畢爾盧的女兒，世界的大門曾爲她敞開，她卻沒有把握機會，現在太遲了。她的美貌和對人生的熱誠逐漸消磨，生命的高歌變得沉靜。她唯一的成就便是孩子，她的兒子。然而沒有人確定孩子怎麼來的，至少就大家所知，她這輩子沒結交過任何男人。孩子憑空出現，多年來雖然傳過各種謠言，卻還是不清楚孩子的父親是誰，惱人的疑慮至今仍會造成爭執。村人唯一的共識便是麗芙・畢爾盧絕不會像其他人。要不是那筆錢，他們或許還會可憐她。要可憐坐擁大筆財產的人太難了。

她喝著販賣機的冷咖啡，偷瞄時鐘。秒數在她額內敲著時間。一到九點，她就要走下舞台，否則她的腦袋會爆炸。可是夜班的傢伙抵達時已經九點五分了，即使他注意到她很急，也沒說什麼。

他只說，「妳爸在外面等。」

威達·畢爾盧一如往常把車停在柴油加油機旁。他坐在破爛的富豪轎車上，爪子般的雙手痛苦地緊抓方向盤。賽門坐在他後面，臉貼著手機，像一道影子。她拍拍他的膝蓋，才繫上安全帶。他們的視線短暫對上一秒，相視一笑。

威達轉動鑰匙，富豪轎車咳著發動。老馬達產於九〇年代初期，根本該送去廢料場，不是開在坑坑洞洞的鄉間路上，但當她出聲提醒，他卻不以爲意。

「雖然她沒叫得像貓，但至少有叫。」

「你不覺得我們該硬著頭皮買新車嗎？」

「該死，我才不要。買新車就像拿錢擦屁股。」

麗芙又轉向賽門，他的長腿和外套下鼓起的雙臂似乎占滿整個後座。不經意之間，他似乎就變了，突然有一天，他就成了成熟的男人。他圓嘟嘟的臉消失了，只剩下突出的顴骨，下巴上紅金色的陰影日益濃密。她柔嫩圓潤的孩子消失無蹤。她試著吸引他注意，但他看來沒發現，仍拚命用拇指按螢幕鍵盤，沉溺在她不得進入的另一個世界。

「學校還好嗎？」

「還好。」

「上學，」威達哼了一聲，「眞是浪費時間。」

麗芙說，「你別又來了。」

「他們在學校只會學到三件事，喝酒、打架和把妹。」

威達調整後照鏡的角度，才好看著孫子。

「我有說錯嗎？」

領子遮住賽門的嘴巴，但麗芙可以看到他在笑。他不像她，覺得老人挺有趣，令她怒火中燒的事他都能一笑置之。

她說，「你是沒受過教育才會這樣說。」

「我幹嘛要受教育？我早就會喝酒打架了。況且我年輕的時候，永遠都不缺妹。」

麗芙搖搖頭，轉而看向森林，避開老人爬滿血管的雙手，以及灼燒兩人之間空氣的吐息。很快柏油路變成碎石路，樹木越發密集。對向沒有來車，車頭燈外一片漆黑。她解開制服襯衫的第一顆釦子，開始搔抓胸口和喉嚨。發癢的症狀總是在回家路上惡化，彷彿身體絕望地想掙脫這副皮囊。她的髮根和手臂上有數千隻螞蟻在爬，害她抓得皮膚流血。威達和賽門即使發現，也沒說什麼，他們太熟悉她的舉動，懶得去提。男孩的手機以規律的間隔震動，時時要求他注意。老人顫抖的雙手握著方向盤，下巴動個不停。他寧可嚼食話語，也不願與他們分享。

等他們開到歐德斯馬克，古老熟悉的感覺席捲而來，她憶起每次跳下車大步狂奔，直接逃進雲杉的懷抱，彷彿樹林能保護她。村子像最後的前哨站，坐落在不再通往他處的馬路盡頭。往西二十公里，森林、灌木叢和殘存的廢墟吞噬了道路。只要開車繞村子一圈，很快便會感到森林伺機而動，等著吞噬村落。每棟房子都保持舒適的距離，隔著松樹林和沼澤地，宛如黑眼的湖泊位處房舍群中央，反射周遭的寂寥。村裡共有十四間農舍，但只有五戶住人，其餘都默默頂著木板封起的窗戶和歷經風霜的門面，早就快給野草淹沒了。

比起自己的內臟，麗芙更熟悉這塊土地。她的雙腳曾在村落間走出蜿蜒小徑，她知道每座清泉、每塊雲莓田，以及沉沉睡去遭人遺忘的水井。即使她避著村人，她仍認識他們。她可以認出風帶來的笑聲和氣味，不用看便知道誰的車開過碎石路，誰的鏈鋸劃破寧靜。她聽得見他們的狗叫，他們的牛鳴。這塊土地和上頭的人既令她窒息，又供養她生息。

她的兒時老家熊農場位在小丘上，周圍環繞森林，從她樓上的房間可以看到山谷下黑鏡般的湖泊。威達在她出生前蓋的房子，而即使她從小發誓絕不會留下，她仍待了下來，直到成年。她不但留下來，還讓賽門在同樣死氣沉沉的地方長大。三代同堂，宛如古早年代困苦的住法。可是現在生活並不困苦，只是有人要攀附他人而製造麻煩。隨著時間過去，他們越難抬起目光，看向樹梢彼端，想像身處他處。這麼一來，便更容易和剩餘的村子一起逐漸遭到吞噬了。

威達在柵欄口轉彎，清清喉嚨。

他盯著山丘上破敗的房子說，「回到甜蜜的家囉。」

他們看賽門下車，傾身越過掛鎖。從後頭看他寬闊的肩膀和公牛般的脖子，幾乎認不出是他。他抬起柵欄，讓威達緩緩駛過，車子才剛過，賽門便把柵欄放下，重新鎖起來。他們開向農舍，麗芙用指甲抓著刺痛的喉嚨。

她說，「他不是小孩了。」

「沒錯，而且養得挺好。」

她瞥向父親，注意到時間也在他身上留下痕跡。威達隨著年歲縮水了；歷經風霜的皮膚鬆垮垮掛在有稜有角的五官上，看似緩緩由內消逝。然而他眼中仍猛烈燒著生命之火，兩道避不開的火焰看著她。她撇開頭，對上車窗上自己空洞的眼神。暮光早已燒盡，徒留黑暗。

□

連恩・利利亞藉著破鏡端詳自己。鏡面上的長裂痕像疤橫過他的臉，扭曲鼻子和顴骨。他的下半張臉沉著，黑色鬍碴間的牙齒亮白。他的上半張臉沒有笑，雙眼傲慢地回望他，彷彿在挑釁。要不是是他自己的眼睛，他絕對受不了別人這樣看他，肯定會撇開頭。

「你在裡頭搞什麼？是在化妝還是幹嘛？」門外傳來加百列的聲音。

「來了。」

連恩轉開水龍頭，把手湊到冷水下，洗洗臉。他臉頰上的割傷刺痛，下排有顆牙齒發疼，但他歡迎疼痛，讓世界清晰一些。

他走出來到明亮的店裡。店員是禿頭老人，盯著他緊張地眨眼。連恩看著男子，胸口湧起一陣不耐，感到自己繃起臉，時間慢了下來。

加百列把一包洋芋片塞到他胸口，用力到足以壓碎裡頭的東西。

「早餐。」他說，「我也買了菸。」

他們坐在車上吃洋芋片，喝冰涼的可樂。天空逐漸亮起，但太陽尚未爬上樹梢。加百列不到十分鐘就吞完那一大包洋芋片，開始用油膩的手指捲菸。

「我昨天去查看農場。」他說，「兩盞燈壞了，我們得買新的。」

連恩將洋芋片包裝揉成一團，發動引擎。

「現在是你的事了，」他說，「與我無關。」

「讚到爆的作物。」加百列像沒聽見似地說，「我們種過最好的一批。我想我會去多要一點。」

連恩盯著停在其他加油機旁的車。坐在副駕駛座的女子畫好口紅，打了個大呵欠，嘴巴變成危險的紅圓圈。他猜想她做什麼工作，有沒有小孩，或許她的房子有花園和鞦韆。駕駛應該是她先生，他從店裡出來，重重坐進駕駛座。他戴著不起眼的眼鏡，頭髮梳平。連恩舉起手，拍拍濃密的頭髮，但髮絲不肯就位。不管他怎麼努力，都不可能看起來像他們，像普通人。

他們駛離阿爾維斯堯爾，順著小路蜿蜒離開聚落，深入未開發的區域，兩側寬廣如鏡的水面隨著天空染紅。加百列抽著大麻菸，閉起眼睛，只有短促的咳嗽打破沉默，聽起來像他的肋骨鬆脫，在胸腔內滾來滾去。他的下唇有一道疤，把左邊嘴角往下扯。疤是小時候魚鉤勾破的，但加百列總堅持是刀傷，這套說法比較適合他。

開到湖的盡頭後，前方只剩森林了。茂密陰暗的樹木聳立在龜裂的柏油路旁，連恩感到肚子翻騰。

「他知道我們要來嗎？」

加百列咳了一聲。沒刷牙的氣味和大麻味充斥車內。

「他知道。」

雜草覆蓋的鐵軌憑空出現，跟著他們一小段路，又埋回森林地下。他們開過廢棄的火車站，沉睡的植被包裹站體，生鏽的車廂到處是洞，從中鑽出植物和其他生命。接著他們經過農場的殘跡，周圍環繞空的圍欄，沒有牲畜啃咬的草地和枯死的花朵等待太陽的溫暖，才能再次生長。

柏油路變成碎石路，連恩不斷轉上小徑，一條比一條來得小。最初他老是走錯路，當年他還沒有駕照，他們開的都是贓車。當年前往尤哈家的路感覺更像荒野中的迷宮，或許是他刻意爲之，因爲尤哈不想給人找到。

漣漪起伏的黑色小溪旁，樹木間冒出未上漆的小木屋。這裡沒有電和自來水。連恩停在一定距離外，他們默默坐著，做好準備。煙囪飄出一縷煙，像毛毯沉降在樹上。要不是那些死去的動物，眼前的景象極爲安寧。兩具屍體掛在樹枝上，剝了皮，沒有頭，巨大的肉塊在光線中發亮。

他們打開車門，迎來雲杉的嘆息和流淌的河水。連恩扛著裝咖啡和大麻的塑膠袋，盡量不去看吊掛的肉。短短一瞬間，他想像尤哈殘殺了兩個人，把屍體掛在那兒。

尤哈．別克，背棄人群的孤狼，鮮少進村。謠言說是九〇年代的打獵意外，尤哈獵捕麋鹿時不知怎麼開槍殺了哥哥。警方沒有介入，但尤哈的母親無法原諒他。許多人說他是故意的，忌妒心占了上風。這件事發生時連恩還沒出生，他只確知尤哈迴避人群，如同大家迴避他。

一隻狗從灌木叢衝出來，他們站定，看狗兒嗅嗅他們，豎起後頸的毛。牠的喉嚨發出低吼，即便現在牠該認得他們了。加百列朝草叢吐口水。

「眞想斃了那隻該死的畜生。」

他們朝房子走去，狗兒小步跑在前面。

「你走前面，」加百列說，「他喜歡你。」

越靠近小屋，連恩感到緊繃起來。拜訪尤哈總令他精神緊張，即使他們幾乎看不到對方。通常他只會盡量伸長手臂，交錢收貨。他不怎麼喜歡閒聊。即便如此，每次孤寂的屋子出現在眼前，連恩的肌肉仍會繃緊。

加百列也一樣，他靜下來，落後連恩幾步。或許是因爲地處孤立，又進入了尤哈的地方。或是因爲悲劇像風暴雲掛在孤寂男子的頭上，即便事件過了許多年，哀痛仍深深刻在他臉上。失去一切的人總是有些可怕。

鹿頭骨鬆鬆釘在大門上，連恩敲門時，頭骨劇烈晃動。狗兒在他們腳邊喘氣，他們聽到屋內有人拖著腳走過陳舊的地板。門打開一條縫，露出消瘦的陰影。室內壁爐燃燒，火焰的影子在昏暗光線中閃爍。尤哈探出頭，揪起臉看著黎明。他的年紀足以當他們的父親，大概介於四十到五十歲之間，但他的身體如同年輕男子強韌有肌肉。他的長髮綁成馬尾垂在背後，臉上有風霜和不幸留下的皺紋。

他二話不說拿走連恩手中的袋子，鼻子湊近大麻，確認是眞貨才交出錢。連恩只看一眼，就知道錢不夠。他很驚訝，尤哈．別克這種人付錢很乾脆的。

「這只有一半的錢。」

尤哈眼中充滿特殊的光彩。

「什麼？」

「你得全額付清，這裡只有一半。」

尤哈滑回暗處，動作宛如貓咪。他一手放在背後，像是藏了什麼，或許是武器。連恩感到心跳開始加速。

「進來一下，」尤哈在黑暗中說，「我們聊聊。」

連恩把那疊鈔票塞進口袋，側眼瞥了加百列一眼，他臉色蒼白困惑。這可是第一回；尤哈從沒邀他們進屋。一旦拿到他要的貨，通常他便噓聲趕他們走，彷彿他們是餵不起的野狗。今天是他第一次邀他們進門。室內爐火燃燒，就著火光，連恩可以看到一排獵槍整齊掛在壁爐旁。爐床上擺放一排小兔子的頭骨，無助地瞠目看著他們。

「進來吧，」尤哈說，「我不會咬人。」

長如永恆的幾分鐘過去，每個人都站著不動，只聽見爐火劈啪作響，風吹過樹林。尤哈缺齒的笑從屋內挑釁他們。連恩吸了滿肺的新鮮空氣，才踏進室內。狹小空間的熱氣包覆他，古怪的味道充滿鼻子，眼睛奮力想看清藏在昏暗中的一切。他感覺像直接踏進洞裡，落入黑暗顫抖的陷阱。

□

麗芙與黎明獨處。陽光穿透光禿的樺木，像發光的斑點落在陰暗的樹林上。農舍在她身後，她避著不回頭看。她結凍的吐息是隔離世界的盾牌。她沒看到燈亮起，沒聽到有人叫她的名字，直到瘦骨如柴的拉普蘭獵犬從灌木叢飛奔過來，繞著她轉圈圈，她才停下斧頭轉過身。

威達站在門廊上，雙眼像黑色細縫。

他用沙啞的聲音叫道，「進來吃飯。」

然後他便消失了。麗芙拍乾淨外套，不情願地走向屋子，腳步在寂靜中宛如鼓聲。

老人和孩子坐在廚房，沉浸在咖啡香之中。威達的雙手在夜間僵住，早上手指就像僵硬的爪子，幾乎無法舉杯就口。賽門極為專注地替他把吐司切片，抹上奶油。

「阿公，你吃藥了沒？」

威達繼續嚼麵包。他根本不想吃藥，要不是賽門每天早上在他面前把藥丸排成整齊的彩虹，他絕不會吃。

「你嘮叨的樣子比老太婆還糟。」

不過威達仍一一吞下藥丸，吃完後輕拍賽門的手，男孩的手比他大了一號。賽門低頭朝桌面笑了。麗芙撇開眼，心想這孩子的美德、內心的光輝從哪兒來的。肯定不是遺傳到她。

她上樓到房間更衣。賽門的房門開著，幽暗房內吸引她的視線。被子從床上滑下來，捲成一團落在地上，旁邊是一堆髒衣服，還有書架塞不下的書。遮光簾拉下來，房內唯一的光源是桌上嗡嗡叫的老電腦。當年雖然威達反對，她仍替他買了，電腦也成為孤單男孩的朋友。他在電腦上有她完全不了解的完整生活。

她把臉湊到門縫，吸進青春期、汗濕襪子和焦慮的氣味。她先確認他們在樓下廚房的聲音，才推門進去。她撿起棉被，膝蓋嘎吱作響，灰塵在房內翻騰。床下有什麼一閃，她彎下腰，看到是沒有標籤的玻璃瓶，酒味重到不用轉開瓶蓋都知道裡頭裝什麼。某種私釀酒，烈到她都流淚了。可能是威達釀的。

「欸，媽，妳在做什麼？妳不能亂翻我的東西。」賽門站在門口，臉氣得發黑。麗芙站起身，手裡拿著酒瓶，清涼的玻璃緊貼肌膚。

「我本來要替你鋪床，」她說，「結果找到這個。」

「不是我的，我替朋友保管。」

他們都知道他在撒謊，根本沒什麼朋友，但她不能說。麗芙拍乾淨酒瓶，輕放在電腦旁的桌上。思緒隨著她的脈搏流動。他十七歲了，沒必要和他爭執。他做一般少年會做的事，或許還是好事。

她問道，「哪個朋友？」

「不干妳的事。」

他們盯著彼此好一會兒。他皺起眉心，看起來像威達。即便如此，她仍在男孩臉上看到自己。倔強，渴求更多，渴求自由。要不是爲了他，她不會站在這兒，留在她出生的家。她會在別處，跑得遠遠的。或許他知道原因是他，或許他們之間的距離因此越來越遠。她猜想他是否眞的交到了朋友，搞不好是最惡劣的那群，會喝酒打架的孩子。或者他是否獨自坐在電腦的藍光中，整晚喝酒。兩者都令她心感沉重。

賽門伸手去拿背包，臉頰上憤怒的紅潮已退去。

「我上學要遲到了。」

她點點頭。

「我們晚上再談。」

「我不在的時候，妳別進我房間。」

「我現在就出去。」

他等她離開房間，裝模作樣關門鎖上，才走下樓。麗芙跟著他；她看他長毛的孩子氣後頸，想起她曾多次把臉埋在那兒，吸滿他的氣味。無數的夜晚，她用身子裹著保護他，一手放在他脆弱的肩胛骨之間，只爲了確保他有呼吸，不會死去拋下她。那是好久以前的事，另一個時代了。

麗芙和老人站在廚房窗口，看他走向校車。他們的視線一直追著男孩高瘦的身影，直到森林吞噬他。

威達說，「我覺得他有女人了。」

「當眞？」

「是啊，我聞得出來，他聞起來不一樣。」

「我沒注意到。」

威達咬住方糖，用茶碟端起杯子，透過糖塊啜飲咖啡，意味深長看了她一眼。

「妳聽清楚，他就像他媽媽。不用多久，他晚上就不回家了。」

□

在尤哈．別克的小屋很難呼吸。連恩和加百列坐在不穩的桌旁，細瘦男子在他們前方來回踱步。灰塵和松針繞著他的靴子打轉，煙霧繚繞的空氣刺痛他們的眼睛。他的視線在兩人間擺盪，但他們無法和他對上眼。

「你們得原諒我，」他說，「我不習慣人。」

連恩試圖隱藏竄過全身的不安。他瞥向加百列，哥哥表情饒富興味，唇邊掛著一絲笑意，雙眼掃視小屋，看進奇怪的物品和打獵的紀念品。桌上插著一把刀，乾掉的血在刮傷的桌面留下深色陰影。動物的頭像窗簾掛在唯一的窗口，擁擠的室內又熱又悶。尤哈站在爐火一側，看著他們，雙眼似乎在燃燒。他的聲音沙啞，彷彿聲帶開始在喉嚨裡生鏽。沒有人和他說話就會這樣吧。

「你們這種瘋子會騎雪上摩托車獵狐狸，」他說，「我光看就知道了。」

「聽你在亂說，」連恩說，「我們看起來像該死的獵人嗎？」

「可是你們追著錢跑吧？你們的人生不過如此，只有毒品和好賺的錢。」

加百列雙腳拍打地面，連恩感到他的雙腿震動。兩人都沒說話。

「你們不會出於好心，帶咖啡和菸給老人家吧？你們這麼辛苦，就是想拿錢。」

「照你的說法，對，我們不做公益。」加百列說，「還是要講公平。」

尤哈嘎嘎大笑。連恩用眼角瞄那把刀，只要伸出手，刀就是他的了。他感到冷靜一些。

尤哈把咖啡壺掛在爐火上。

「你們很飢渴。」他說，「我很欣賞，我也飢渴過。但餓了夠久，你就不會再聽到肚子抱怨，會變得靜得要命。」

他的聲道雖然生鏽，聲音卻有種旋律，彷彿他寧可用唱的。

「我年輕的時候認識你們爸爸。」他繼續說，「我們是同學。他真是了不得，脾氣和獾一樣差，也很狡猾。但如果你有麻煩，他都會出手相助。」

加百列說，「我家老頭死了。」

「我知道呀，沒有人躲得過癌症。一旦給癌症的爪子抓住，就只能說謝謝再見了。」

他第一次想買大麻時，也提過和他們父親的情誼，試圖贏得他們的信任。連恩覺得現在也一樣，尤哈想利用他們過世的父親贏取他們的信心。

尤哈搔搔凹陷的胸口，雙眼看著火焰。室內滿溢咖啡香。連恩和加百列看著彼此，繼續等。

「我有一份工作想找你們，」尤哈終於說，「看你們有沒有興趣。」

加百列問，「哪種工作？」

尤哈笑著倒咖啡，小心翼翼把兩個冒煙的馬克杯放在他們面前桌上。巨大斧頭占據火爐上方的主位，刀鋒在火光中閃耀。連恩的肚子開始絞痛，窒息的熱氣和動物頭顱的味道令他反胃。

尤哈站在桌子一端，身體前後搖晃。他發出口哨聲，吹涼咖啡。

「距離這兒不遠有一座未開發的金礦，就在那兒，等著你們這種飢渴的可憐傢伙。」

他的毛衣像寬鬆的皮膚覆蓋身子，因爲久穿和汗水而褪色。他的褲子有長長裂痕，下頭露出蒼白的肌膚。他渾身散發松針和腐葉土的味道。他突然一動，從桌面拔起刀子，開始清潔指甲。連恩瞥向大門。只要三步，他就能回到室外呼吸新鮮空氣。

「給我們錢，」他說，「你拿到大麻了。我哥說得沒錯，我們不做公益。」

「我也有過哥哥。」尤哈說，「我們就像你們倆，形影不離。哥哥和我萬夫莫敵，全世界任我們宰制。但後來那個臭小子給我死了，那時我才意識到人生沒有規則可言，命運只會當面笑你。」

他吃痛般揪起臉，好一陣子沒說話。四周靜了下來，只有火焰在他背後兀自竄升，燒得劈啪響。昏暗光線中很難判讀他的表情，很難預先提防。加百列在桌下把腳湊到連恩腳邊，踢了一下。

「和我們多講講這座金礦。」他說，「在哪裡？」

尤哈笑得像在皺眉。

「你們知道歐德斯馬克的威達・畢爾盧嗎？」

「大家都知道那隻老鐵公雞。」

「他或許活得像窮困的教堂老鼠，但他可有錢了，還不少呢。多年來他累積了一堆錢，一毛不拔的混帳。而且他不相信銀行，大部分的錢都藏在他房間的保險箱。他年紀老，體力衰弱，搶他的錢和拿走小嬰兒的糖果一樣簡單。」

加百列挑起眉毛。

「你怎麼知道這麼多？」

「我和他很久以前做過生意，當時我還太蠢，沒發現他騙走老實人的土地，再賣給伐木公司。威達啊，眞是貪心的混帳。現在沒人想和他做生意了。他只剩下女兒麗芙，不過叫她女僕還比較貼切。可憐的女孩，沒能過自己的人生。她還和爸爸住在歐德斯馬克，即使她有自己的小孩要照顧。或者孩子才是原因吧。」

尤哈轉頭朝爐火吐口水。他繼續說，雙頰血色加深，聲音顫抖。

「只有威達知道保險箱的密碼，扯到錢，他連自己的家人都不信。他的女兒和孫子對他唯命是從，只要他活著，他們都不能作決定。我向你們保證，他們不會礙事，所以別動他們，懂嗎？沒道理動他女兒或孫子一根寒毛。你們只要出其不意突襲老傢伙，錢就是你們的了。」

連恩看了加百列一眼。他的鼻孔擴張，混濁雙眼露出新的光澤。

「如果那麼容易，你爲什麼不自己去？」

尤哈臉上閃過痛苦的神情，讓他顯得老一些。

「最近我連進村都很難，我受不了看到人，更別說去偷錢了。還是把機會讓給你們兩個能幹的小夥子吧，我知道你們做得到。」

「你手邊沒錢了吧？」

「胡說，可惡，我過得很好。這麼說吧，我打從心底受夠威達・畢爾盧了。那個蠢材我行我素夠久了，是時候讓他嘗點苦頭。」

老人雙眼盯著連恩，比手刀畫過喉嚨。看來很滑稽，但連恩感到後背一陣顫慄。他看向加百列，看他臉上亮起新的光芒，便知道他下定決心了。要激發他的饑渴並不難，他總是夢想輕鬆賺錢。反觀他自己，可沒那麼容易被說服。他腦中浮現范娜的臉龐，想到出生前他就替她編織的夢想。夢想過正常的生活，住在好多房間的房子，屋內各個角落都不會讓人覺得羞恥。他想起她出生後住了好多天保溫箱，一團還看不見的小東西，全身每個開口都插上管子，藥在她微小的體內流竄。他不能碰她，只能在一旁看她躺在那兒奮戰。那個畫面永遠是驅使他的動力。

連恩說，「你要我們給你什麼？」

「什麼意思？」

「你和我們說這些，因為你想要回報吧？」

「我不要你們一毛錢，我只想看威達・畢爾盧甘拜下風。我想看他丟掉這一大筆錢，反正本來就不該是他的。」

連恩把椅子往後推，站起身。尤哈站在原地盯著他，掂著手裡的刀。

「你確定他家有保險箱？」

「我很肯定，就像我知道太陽白天升起晚上落下。等一下，我有東西給你們看。」

尤哈遁入陰影，背對他們，開始翻找放在地上的櫃子。灰塵像煙繞著他飛舞，塞滿他們的鼻孔。他終於悶哼一聲，舉起一張泛黃的紙，上頭可見歲月和油膩手指的痕跡。他比出勝利的手勢，把紙放在他們之間的桌上。

「這是什麼？」

「你們有眼睛吧？這是一張圖。」

紙上畫的像是粗略的平面圖——黑色墨水顫巍巍畫出走廊、廚房和一個房間，詳細標示房門和窗戶，黑色箭頭指向房間。房間角落打了一個黑色的粗叉叉。尤哈俯身在桌上，把刀戳進叉叉中心，用力到刀柄都震動起來。

「那兒，」他說，「就是你們夢想的答案。」

□

麗芙站在水槽旁喝咖啡，省得坐在父親旁邊。威達盯著窗外，在寂寥的碎石路上尋找生命跡象。他穿得溫暖，即使近來他的手很難用刀了，但他腰帶上仍插著刀。他從不看電視，不讀書，不玩填字遊戲，也不賭馬。他的日子都花在喝咖啡和守望村子。即使拒絕和鄰居往來，他還是要知道他們在做什麼。他無情地監視家人，對待鄰居也是一樣。什麼事都躲不過老人，他迷濛的雙眼仍看清一切。

麗芙沒有提起她在賽門房內找到的酒瓶，反正威達終究會發現。

一輛車沿街開過。威達從椅子起身，關節嘎吱作響。他飢渴地伸長脖子。

「妳看看，卡爾埃里克又跑出去了。他們真該沒收那個笨蛋的駕照。」

「坐下來，別盯著人家看。」

「他從來沒有清醒到可以開車。妳等著瞧，總有一天他會撞死哪個可憐的傢伙。」

麗芙俯瞰泥濘的碎石路，以及融雪反射的陽光。她聽見卡爾埃里克的車轉上大路離開。她知道威達討厭鄰居是因爲他很孤單。他不再懂得與人相處，別人靠近會嚇到他，使他變得惡毒。

她說，「鏈鋸有點問題。」

「是嗎？」

「我不想徒手劈完所有的木柴。」

「小鬼可以幫妳。他練出那身肌肉，總得拿來用用。」

威達慢慢咬著麵包。早餐他只抹奶油，就這樣，加料要等中餐。麗芙倒了更多咖啡，端詳外頭可悲的柴堆。一片灰中，斧頭亮紅色的把手宛如刺耳的尖叫。鏈鋸也是多餘的用具，如果她想換新的，得自己去買。連一片起司都不肯吃的人，絕不會同意買新的鏈鋸。

威達長繭的手撫平面前桌上的報紙，她用紅筆圈起的房屋出售廣告在紙面上盯著他。她是爲了他好，讓他了解她和兒子要離開了。多年前她開始圈廣告時，他還會生氣，但現在他只會拿這件事開玩笑。

「妳不會想住在鎮上，那裡只有廢氣、垃圾和眼神空洞的人。在這兒晚上至少可以看到星星。」

他起身去倒咖啡，她趁機逃進浴室。她坐在生鏽的馬桶尿尿，然後雙手撐著龜裂的洗臉槽站了好久。鏡子也壞了，其中一角的裂痕像蜘蛛網。她避著不看自己的倒影；看到疲憊的嘴巴和哀傷的眼睛只會讓她更加疲憊哀傷。不僅房子逐漸破敗，她的臉也充滿傷痕。她聽到威達在廚房哼唱。他才是這個家的老人，他才應該想到死亡，然而卻是她在想。每天她都想，不可能太久了，她只要再忍幾年，人生便會開始。

她回到廚房時，威達已坐回椅子上。他們彷彿有默認的協議，像跳舞一般，一個人坐在桌旁，另一人就待在水槽邊，一個人四處走動，另一人就站著不動，好像房子無法同時容忍過多的動作。雖然她出生以來，他們便住在同一個屋簷下，兩人之間的距離卻越來越遠。

一輛四輪機車沿路開過，威達躲到窗簾後。炫彩夾克在松樹間若隱若現。

「唉呀，眞沒想到。」他說，「老莫迪又買了一台新玩具。那個傢伙都沒零錢搭公車了，卻還是一直買東西。」

「你怎麼知道是新的？」

「我頭上有眼睛不是嗎？舊的那台是黑色，這台是紅色。」

麗芙走到窗邊。道格拉斯・莫迪停在柵欄旁，舉起手。她朝他揮手。

「或許我可以向他借鏈鋸，」她說，「直到我們買新的。」

威達開始咳嗽，氣管黏液在肺部翻騰。

「想都別想。」他恢復後說，「我不會讓那個混蛋踏上我的地，我寧可自己劈柴。」

很快她又回到柴堆旁。春陽燦爛，每次她舉起斧頭，都得閉上眼睛。當她揮下斧頭，她想像劈開父親的頭。

一九九八年夏天

女孩沿著龜裂的馬路走。炎陽高照，高熱中瀰漫濃濃的松樹香。馬蠅把麋鹿趕出森林，牠們好奇地看她走過，鹿角襯著天空驕傲搖擺。走在牠們之間，她感到安全，想像與牠們同屬一體。

她身穿白洋裝，裙子在風中像花兒飄動，碰在腿上感覺很舒服。每當有車靠近，她會躲進路旁淺溝，縮在那兒，直到她能看出顏色和車型。這時她才會站起來，伸出手。

一輛舊賓士車哀號著停住。麋鹿冷淡地越過中線，或許車子因此才停下來，不過駕駛座的男子點頭要她靠近。她拍掉洋裝上的苔蘚和松針，走向打開的車窗。大墨鏡遮住他的眼睛，她只看到自己的倒影，亂糟糟的頭髮和試圖笑的嘴巴。

「妳要去哪裡？」

她聳聳肩。

「哪兒都可以。」

她坐上車，他笑了一下。他的嘴唇因爲嚼菸草而鼓起。車上充滿菸草和汗水的臭味，座椅燙到她光裸的腿。男人喜歡她不直接回答，他們會感到興奮。他從眼角瞄她，她幾乎可以看見他逐漸性慾高漲。

他發動引擎，小心開過麋鹿之間。冷氣口吹出的空氣涼得舒暢，她把手臂伸出車窗，手指在風中張開。她緊盯後視鏡，確認沒有人跟上來。

「妳不是要進村見男生？」

她搖搖頭。村子太近了，她要去得更遠。男子重重呼吸。

「妳穿這件洋裝美呆了。」他說，「妳要去跳舞嗎？」

「沒有。」

「我和妳說，這台老東西很久沒載過這麼時髦的女生了。」

「你有香菸嗎？」

可是他只有菸草。她接過錫盒，搓了一小顆球，塞到上唇後方。他又笑了，他們經常發出這種緊張笑聲。她就是喜歡男人這一點，他們有點怕她，把她視爲野生動物，什麼都做得到，非常危險。

接著他開始問問題，想知道她的名字，她住哪裡，她的父母是誰。

她只回答，「誰在乎呀？」

他的笑容消失了。他們穿越村子時，她低躺在座位上。萬物欣欣向榮，樹木長出新芽，陽光在湖水上閃耀，笑聲透過骯髒的車窗傳來。她猜想他是否會停下來，但他沒有，只是繼續開過耀眼的樺樹和商店。

「要不要喝點酒？」他問道，朝副駕駛座的儲物箱點點頭。裡頭藏了一瓶沒有標籤的酒，她轉開蓋子，酒味好重，逼得她眼睛泛淚。她吞了幾口，他又笑了。他在開車，當然沒辦法喝。他們碰到更多麋鹿，這次他把手臂擱在她的椅背上，等麋鹿散去。他沒有咒罵牠們，也沒有按喇叭。

「牠們眞漂亮，不是嗎？」

她因此決定了。她伸出手，撫摸他的臉頰。他鬍子沒刮乾淨，漏了一些鬍碴，搔抓她的手掌。起初他縮了一下，彷彿害怕她的觸碰。但他看著她，眼睛閃著光輝。暗色汗漬在他的襯衫上擴散。

「妳到底是誰？」

「就是個普通女孩。」

她總是這麼回答。就是個普通女孩。能夠隱姓埋名，抹去腹部沉重的痛，重新來過，感覺很好。雖然不是每次都有用，但這一瞬間——當她看到男子眼中的擔憂——她感到身體彷彿飄浮在座椅上。酒當然也有幫助，令她輕盈無比。男子把粗糙的手放在她大腿上，手指往上探進她的洋裝。她勾出口中的菸草，微微張開雙腿。男人啊，他們想要的永遠都一樣，從不讓她意外。她因而感到安心。

他們停在路旁停車區，這時一輛車憑空出現，猛然剎車停下，惹得灰塵滿天飛，碎石子像槍林彈雨啪嗒啪嗒打中賓士車。她身旁的男子咒罵一聲，笨手笨腳拉起牛仔褲。她怎麼樣都找不到她的洋裝。稍早他們滾到後座，躺在麋鹿皮和釣魚箱之間。當她父親甩開門，把她從車上扛出去，她只穿著內褲。

「你看不出來她只是個孩子嗎？」他朝男子大叫，「她還未成年——我可以把你送去關！」

男子坐在駕駛座，快速眨眼，漲紅了臉，看起來像蔓越莓。父親拖著她離開，推她走過碎石路，坐上他的車，粗糙的手指扣著她的肌膚。他對她大吼，她可以看到他的嘴唇在動，感到口水噴上她的臉頰。可是他的話傳不過來，她的耳朵關上了。車門才摔上，她全身便開始發癢。

麗芙綁好球鞋鞋帶，替狗兒拴上鍊子，免得牠跟著跑進森林。空氣中有融雪的味道，地面變成泥巴，濺上她的褲管。她跑到小丘頂端的村子學校，停下來休息。她雙手抵著大腿，肺部灼燒，嘴裡嚐到鐵味。湖泊在下方山谷，冰層融去後湖水一片漆黑。她回頭瞥向廢棄的學校。有扇窗破了，泛黃窗簾在剩餘的玻璃之間飄動。校舍早該拆除，但沒有人想出錢，時不時會傳出這塊地出售的消息，但都沒有買家。森林最終會收回這些老舊的木材吧。她繼續跑過鄰近的農舍，直到周遭只剩雲杉，古老濃密的森林慢慢才讓雪融化。她一直跑，跑到看見歐德斯馬克的最後一棟房子。這裡離村子好遠，幾乎不算在村子的範圍了。她站在灌木叢中，遲疑了一下。襯著灰色樹林，房舍的白牆看來超凡脫俗。去年的落葉整齊掃成幾堆，兩隻狗伸展身子躺著，像草地上的深色水池。即使牠們注意到她，也沒有反應，直到她走向房子，牠們才鼓起精神抬頭。牠們的尾巴隨著她心跳擺動，她蹲下來，摸摸牠們粗糙的毛，才走上樓梯到門廊。起初牠們會吠她，但現在習慣了，知道她不會傷害牠們。

她沒有敲門，只是把鞋子留在門廊，捲起褲管才進門。她輕手輕腳走過漆黑的屋內，汗水流下後背。房子的前屋主是名老寡婦，室內家具見證了那段被遺忘的時光：拋光的深色木材，繩絨織的桌巾，勾織的襯布。臥房床緣掛著色彩鮮豔的短帷幔，現在積滿灰塵。屋內唯一突兀之處便是躺在床上的男子。她可以看到棉被下他的身體曲線，以及披散在枕頭上的頭髮陰影。臥房空氣充滿沉沉的睡意和身子溫暖的味道。麗芙脫掉上衣和運動褲，卸下所有衣物，才悄悄躺在睡著的男子身旁。

他的手首先醒來，開始摸索撫過她的肌膚，彷彿他在晚上失明了，想確認真的是她。他散發濃濃的木材和柏油味，當他們的身體靠向彼此，寡婦的舊床危險地嘎吱作響。

事後他點了一根菸，她則躺在床上，盯著遠方牆上突出的麋鹿頭。她覺得在那對閃亮的瓷眼中看到責難。

「你知道她死在床上嗎？」

「誰？」

「寡婦尤韓森，她以前住這兒。」

他把菸交給她。

「我可是換過床單了。」

他們都笑了，把白煙吐上天花板。他們笑到眼睛泛淚，狗兒在窗外開始嚎叫。

「妳餓了嗎？要不要我弄點吃的？」

「食物也是從二〇〇八年放到現在嗎？」

「才不是咧，新買的。」

他起身時床嘎吱響著抗議，這張床能支撐他的重量，沒有垮掉已是奇蹟。她靜靜躺著抽菸，他則在牆的另一側喀唧喀唧擺弄餐具和瓷器。

她第一次見到他時，極光在村子上空閃耀。他開了一整天的車，一看就知道是南部人，穿的衣服不夠暖。他身穿運動鞋和連帽上衣，站在那兒伸出手。麗芙泡了咖啡，威達交給他寡婦家的鑰匙。當年寡婦的屍體在墳裡還沒涼，威達就以近乎免費的價格弄到了房子。麗芙推測他是需要掌控一切，才買了搖搖欲墜的老屋，並不是眞心想要持有房產，因爲他放任房子空著超過十年。

沒有人想碰那棟房子，直到強尼・偉斯伯出現。就是他，與她上床的男子。他四十二歲，在隔壁村的鋸木廠工作。他們第一次見面時，面對她的提問，他都閃爍其詞。麗芙問他是否一個人住，他只是朝車子點點頭，車上兩隻黑色野獸在冬夜中喘氣。

「我有狗陪。」

或許那時她便知道，幾週後她會爬上老寡婦尤韓森的床。或許威達也感覺到了，因爲強尼開車離開，留下一抹細細的雪霧後，他轉向麗芙，表情嚴肅地說：

「妳離他遠一點。」

「爲什麼？」

「因爲他不可信，我一看就知道了。他有事瞞著我們。」

麗芙捻熄香菸，從床上起身，背對麋鹿頭穿上衣服。她走進廚房，看到燭火在寡婦的蠟質桌巾上閃爍，強尼在桌上擺了兩瓶啤酒和一盤起司火腿。即便如此，她仍無法坐下。

「我不用了。」

「妳總能待一下吧？」

「很晚了，我得回去。」

映著燭光，他一臉哀傷。她感到羞愧，對自己發誓這是最後一次了，免得有人發現，鄰居開始閒言閒語；免得威達嗅到風聲，把他趕出村子。她走向玄關和室外哀嚎的狗兒，綁起鞋帶，感到他灼熱的視線盯著她的後背。她站起身，努力朝他擠出微笑，但他沒有回以笑容。她心想要是她帶他回家，要是她牽著他的手，向威達介紹他是眞命天子，會發生什麼事。她試著想像威達的反應，他會說什麼。但她做不到，她無法想像。

返回熊農場的路上，夜晚用寒冷的薄膜包覆她。她又渴望回到男子溫暖的懷中了。她靜靜穿梭在穀倉和柴棚周圍的影子間，最後停在車庫門旁。晾衣繩上飄盪一件她很多年沒穿的洋裝，從眼角餘光看去，白色布料宛如鬼魂。眼前的景象使她周圍的黑暗一陣抽痛。她跑過去，粗暴地扯下洋裝，害晾衣繩上下彈動，曬衣夾掉到地上。她撕裂脆弱的布料，扔進垃圾桶，伸手在桶子裡攪和一陣，說服自己衣服沒救了。

她走進門，發現他坐在黑暗中。她首先注意到氣味，來自他的擦劑和私釀酒的煙霧。桌上點了一根蠟燭，但他坐在燭光外，像鬼魂潛伏在陰影中。

「你怎麼坐在這兒？」

「我在等妳。」

「現在半夜耶。」

「我和妳母親在這兒，心想妳們到底有多像。」

麗芙往屋內走了幾步，看到桌上的照片，搖曳的燭光勉強照亮克莉絲汀娜的笑容。她猛然感到暈眩，雙腿站不穩，只得坐在威達對面的黑暗中。他們都把臉藏在光圈外，看不清楚彼此。他只有喝了酒才會提到克莉絲汀娜。酒醉之際，她會活過來，他能看到她，聽到她。酒精使他成爲傳聲筒，如果她留下、如果她還活著，便會說這些話。

麗芙說，「媽過世了。」

可是她的話飄過他頭上，像無聲的拍翅消失在夜色裡，他要忽視太容易了。威達倒了更多私釀酒，把玻璃杯推過桌面，要她喝一口。燭光照亮他的雙眼，像溫暖的卵石。

「妳知道我們結婚時，她怎麼說嗎？」

「講話小聲點，你會吵醒賽門。」

「『別讓黑暗帶走我，』她說，『確保我的頭永遠浮在水上，不管你怎麼做，別讓我沉下去。』」

酒精撫順他的聲音，他的話乘著溫柔的旋律，令她全身發顫。麗芙把酒杯湊到嘴邊，屏住氣，乾掉整杯。火焰衝下喉嚨，燒起她的胃。

「我搞大她的肚子。」威達繼續說，「我執意想要小孩，但我早該知道會傷到她。」

他下巴顫抖，流起鼻水。麗芙盯著燭光，希望她在別處，哪兒都好，就是別在這兒。她想說，**閉嘴，我不想聽了**。然而她坐著，感到他把闇黑的愧疚推過桌面，放到應屬的地方——她的肩上。無法想像的重擔難以承受。

「妳出生那天起，她就迷失了。她縮進自己的殼裡，硬是離開我們身邊。醫生要我有耐心，說她會好轉，可是她沒有變好。她早就走了，和死在產台上一樣。」

這番話像石頭從他嘴中掉出，迴盪在她體內。他喝酒會吐露眞言，她已經聽過好多次了，但知道自己害死了母親，衝擊依然不減。病歷上記載產後精神病導致自殺。產後，這是關鍵字，歸咎的對象在此。即使當時她才幾個月大，也必須承擔。

威達探向菸斗，咂嘴的聲音響徹房間。他的哭聲漸緩，態度變得沉靜，幾乎顯得滿足。他已提醒她過往的生活，還有壓在他們良心上的人命。

她抓住私釀酒的酒瓶頸，倒了半杯飛快灌下，酒順著下巴流下。她努力要雙手別發抖。

「妳自己看不出來，」威達說，「但妳和妳母親有同樣的陰暗面。我知道黑影用爪子抓住妳，想勸誘妳離開這個世界。」

「我不知道你在說什麼。」

「我不能再逼妳留在這兒，妳長大了。但相信我，只要我活著，就不會讓妳離開我的視線。我寧可去死，也不會讓晚上妳去找的那些怪物抱著妳消失。」

他前傾越過桌面，讓她把那衰老鬆弛的輪廓看得更清楚。他眼中的孤單深鑿進她心頭，攪起她想壓抑的一切。她扭頭看向窗戶，以及外頭的夜晚。小時候黑暗令她窒息，但現在她能消失在其中，躲起來。她在玻璃上看到自己的臉，不快樂的孩子躲在那兒，哀求她。

她站起身，穿堂風吹得燭火閃爍。酒精已流進血管，害她站不穩。她只有背對他才敢反駁。

「我不是克莉絲汀娜。」

她才走到門口，便聽到身後東西摔碎的聲音。她轉過頭，看到碎玻璃散落一地。威達伸出手在空中摸索，探向她。

「要是妳離開我，我不知道會做什麼。」

她躺在冰冷的被子下，聽他沉重的腳步走上樓梯，在門的外側呼噓喘息。她屏氣等待，一手滑到床墊下尋找刀子。他的影子塡滿門下縫隙，焦躁的雙腳想進來找她。她繃緊全身每根肌肉。她看他試著轉門把，起初小心翼翼，後來扯得用力，門扇拉動鉸鏈晃了起來。她把刀抱在胸前，雙手緊握刀柄，皮膚感覺濕黏。不過門鎖沒有鬆開，她聽到他放開門把，發出長長的嗚咽。他仍在門外，在黑夜中孤獨又焦慮。過了很久，他才放過她，她才敢閉上眼睛。

□

范娜精準塗抹雲莓果醬和鮮奶油，接著小心捲起酥脆的鬆餅，確保沒有餡料從邊緣溢出來。她咬了一大口，朝他扮鬼臉。

「奶奶說你得買房子，她說沒有人可以住在車庫。」

連恩將一塊奶油放進平底鍋，倒了更多鬆餅麵糊。

「奶奶說得對，」他說，「只有車應該住在車庫。我會替我們蓋一棟全新的房子，妳等著瞧。」

范娜的嘴唇沾了果醬閃閃發亮。

她問道，「房子可以漆成綠色嗎？」

「綠色？」

「對，就像極光。」

連恩飛快替鬆餅翻面，朝她一笑。

「當然可以，我們的房子會漆成極光綠。」

她露出缺牙的笑，總令他心中萬物跳躍高歌，像仲冬的冰，或春天。他從十七歲便住在拖拉機車庫上方，主要是爲了逃離媽媽和狗。沙發床可以塞進房間一側，但拉開會占去大半空間。房間另一側擺了電烤盤、冰箱和兩人座餐桌。唯一的窗戶會漏風，位置俯瞰狗圈，狗兒在黎明的吠叫嚎哭經常把他從睡夢中驚醒。此外，柴油味也會透過地板飄上來。這裡不適合孩子長大，范娜需要自己的床、自己的房間。他一定會給她，他滿腦子只想這件事，要替她打造一個家。

他們才剛吃完最後一塊鬆餅，房門便彈開，加百列踉蹌晃進來。帽子壓住他亂糟糟的頭髮，帽沿下的臉籠罩在陰影中。范娜衝過去迎接他，他把她像輕盈的鳥兒抱起，放在肩上。她抓住他的耳朵笑了。天花板好低，她看來隨時可能撞到頭。連恩撇開臉，聽他們親暱地聊天。

「鼻涕蟲今天好嗎？」

「我才不是鼻涕蟲！」

「喔，妳當然是。妳滿臉都是鼻涕！」

范娜笑得好大聲，院子裡的狗都叫了起來。加百列只要張嘴，只要看著她，就能逗她笑。

連恩拿起手機，拍了一張照，趁他們不注意捕捉兩人的笑，這樣成果總是最好。他從冰箱拿出一瓶可樂，放在桌上。加百列癱坐在其中一張餐椅，讓范娜坐在他大腿上，用笨拙的手指梳過她凌亂的長髮。

「沒有啤酒嗎？」

「還沒早上十點耶。」

「但今天星期六，所以沒關係吧？」他把臉湊到范娜臉旁。「鼻涕蟲，妳覺得呢？星期六可以吃零食吧？」

范娜點點頭。當然可以。連恩收起可樂，換成瑞典啤酒。他靠著冰箱門，看加百列打開罐子，噴出一些啤酒。他問范娜要不要喝一口，她皺皺鼻子。連恩握起拳頭，塞在腋下，指甲咬進手掌直到發疼。他不知道怒火何來，只知道與范娜有關——范娜和他哥哥。他不希望加百列扭曲的世界觀影響她，說什麼要用藥物麻痺人腦，否則最後會發瘋。加百列說，自古以來人就會嗑藥，否則不可能存活。

加百列灌了幾口啤酒，忍住一聲嗝。他把玩香菸，但知道不能點燃。連恩替范娜拿出圖畫紙和筆，請她畫他們要蓋的房子——極光之家。兄弟倆越過她的頭互看一眼。

「你來做什麼？」

「要有特殊原因才能來嗎？我只是想看看姪女。」

「我看得出來你別有所圖。」

加百列咧嘴一笑，摘下帽子，伸手抓抓頭髮，又把帽子戴回去。日光燈下，他臉上的肌膚顯得病懨懨，彷彿從來沒曬過太陽。

「我一直在想那個老人。」

「哪個老人？」

「歐德斯馬克那個。」

連恩看范娜趴在圖畫紙上，交替用藍筆和綠筆。她舔拇指弄濕紙面，混起兩個顏色。正是他教的方法。

「我們等一下再談。」

加百列的眼睛抽動。

「我知道你需要錢，」他說，「才能終於搬出這個垃圾坑。」

「我不信任尤哈。」

「我也不信，但去瞧瞧不會怎樣。」

連恩靜靜站在角落。他確實需要錢；小農場一直沒什麼收入，另一項生意也是。輕鬆賺錢的問題就在這兒；錢消失的速度也快。猛烈的春風颳過牆面，使狗兒噤聲。他倒了一杯咖啡，看向窗外。森林與狂風搏鬥。其中一隻母狗站著嗅空氣，毛髮在風中波動起伏。其他的狗躺在犬舍裡，只有母狗似乎不受襲來的暴風雨影響。

「怎麼樣？」加百列逼問，「我們要去看看嗎？」

連恩咕嚕咕嚕喝咖啡，苦澀的味道害他揪起臉。他的視線飄向母狗如王者站在外頭的暴風雨中，站姿堅決穩定，好像沒什麼能逼退她。風透過他的血脈高歌，帶來警示的哭喊，令他的手臂寒毛直豎。他看向加百列，再看女兒低下的頭。

「好吧。」他終於說，「看看無所謂。」

加百列的笑容害他後背一陣顫慄。他看哥哥將范娜從大腿抱起，站起身。空啤酒罐在桌上搖晃。

「鼻涕蟲，親我一下。我要走了。」

范娜噘起唇，親親他的嘴巴。

「時候到了我再通知你。」他意味深長看著連恩。

門摔上後，連恩癱坐在桌旁，突然筋疲力盡。他瞥見范娜的畫，她在角落畫了太陽，長長的光芒伸向一棟藍綠色的大房子。大門外站著兩個微笑的人，手牽手。范娜順著他的視線伸手一指。

「爸爸，那是你和我。那是我們的房子。」

□

賽門的房門永遠關著，只有電腦的藍光滲出來讓她看到。麗芙喜歡把耳朵靠著冰涼的木材，傾聽他在另一側的動靜。他的手指敲打鍵盤，他睡覺時模糊的鼾聲，威達討厭的連播饒舌音樂。有時他會在門後笑，讓她也想跟著笑。她不知道他在笑什麼，或許是電影，或者他在螢幕彼端的祕密朋友。那些朋友住在各處，橫跨世界各地，光想就覺得難以置信。她了解這是他逃離的方法，他甚至不用離開房間，就能遠行。

當她敲門，房內立刻靜下來。她屏住氣，等他叫她進去。她半拉開門，一陣寒風從打開的窗戶吹進來。

「你不冷嗎？」

「不會。」

螢幕上暫停播放日本電影。賽門一直夢想去日本，自從他開始上學，便說想去看盛放的櫻花，吃眞的壽司。以前他會說，**我不要像妳一樣，我不要在歐德斯馬克住一輩子。等我滿十八歲，我就要走了。**

他輕蔑地看她。

「妳要幹嘛？」

麗芙站在門口思索。她想說，打包行李，我們現在就走吧，我們去日本。

然而她只能聳聳肩。她掃視床下先前酒瓶所在的位置，但太暗看不出來是否還在。賽門跟著她的視線。

「妳不用一直煩我，我把酒瓶還給朋友了。」

「哪個朋友？」

「就一個女生。」

「女生？」

「對呀。」

她看到他臉頰泛紅，意識到威達猜中了。一如往常，什麼都逃不過老人的法眼。

「我認識嗎？」

「可能。」

他的雙唇扯出心照不宣的笑，嚇了她一跳。她的皮膚下竄過喜悅和焦慮，感覺像電擊。十七年一飛而逝；很快他就不會坐在這兒，很快他會離開她，前往東京或羅弗敦群島，還有他提過的所有地方。她走進房間，關上窗戶，回頭揉揉他的頭髮。

他說，「不要告訴阿公。」

「當然，但你不告訴我她是誰嗎？」

他搖搖頭，不想說。麗芙上回看到他和女生在一起，已是小學的事了。那時只有女生會邀他參加生日派對，他就像她們手中的玩偶，安靜又順從，爲了和她們一起玩，而任她們梳頭髮、替他穿洋裝。事後男生對待他殘忍極了。

她在門口稍作遲疑，一臉哀求看著他。以前他什麼都告訴她。她會坐在他床上，聽他澄澈的聲音說有關世界的所有問題和想法。他們之間沒有隔閡或距離。她心想，隔閡和距離何時出現，突如其來就在那兒了。

「你爲什麼這麼神祕？」

「虧妳還說得出口。」

他突然用上威達的口氣。

「我可沒有晚上偷跑到村子裡。」

□

樹木間飄來霧氣，把馬路變成危險的陷阱。連恩慢慢開車。麋鹿從冬季牧場回來，他在松樹間瞥見牠們的影子，身形細瘦，皮膚泛藍，脫去冬天的毛皮。加百列坐在副駕駛座，低頭盯著手機上尤哈給他的平面圖照片，骯髒的指甲懸在螢幕上。

連恩問，「你覺得他怎麼拿到平面圖的？」

「他自己畫的吧？畢竟他說以前認識那個傢伙。」

「就算整件事都是假的，我也不意外。」

「可能吧，但大家都知道威達手上有一大筆錢，不是他瞎掰的。」

沒錯，大家都知道威達．畢爾盧的過去，但沒有人眞正認識他。連恩試著回想上次何時見到老人。他的記憶中，老人只是擋風玻璃後方模糊的臉，近乎神祕的存在。大家會談到他，他卻鮮少在村裡露臉。他像隱士，可說是瘋子，謠言說只要踏上他的土地，他會拿霰彈槍威脅你。然而他並非生來如此。年輕時他積極追求人生，經手許多精明的交易，賺進豐厚的報酬。但他的妻子過世後，一切都變了。他賣掉林地，放棄所有業務，隱退了。官方說法是她在他們院子的樹上吊自殺，但很多人說是威達吊死她，說他失控了。

加百列遞來大麻菸。

「要吸一點嗎？」

「不要。」

「爲什麼？」

「我答應范娜了。」

加百列笑了，好像弟弟說的話很有趣。

「范娜又感覺不出差別。」

「她知道。」

「你想騙誰啊？你說要戒說了五年，卻啥都沒做。不過是有了小孩，就覺得高人一等，但你還是一樣沒概念。你永遠不會戒，笨腦袋越早認清事實越好。」

加百列朝空中揮舞大麻菸。連恩懶得反駁，便搖下車窗往外靠，大麻的甜味和融雪的酸臭混在一起。他們經過幾座農場，看馬兒站在泥濘的圍場裡，甩著尾巴。連恩嚮往地看向紅色木屋，白色窗框和門廊欄杆點亮一片灰，小果樹長滿瘤的樹枝上掛著一座鞦韆，在風中擺動。他可以想像范娜坐在鞦韆上，朝天空露出缺牙的笑。**快——一點，爸爸！**她會大叫，**快一點，爸——爸！**

「到了。」加百列用手肘戳他。

「哪裡？」

「距離歐德斯馬克五公里，你沒看到指標嗎？」

連恩查看後照鏡。

「我什麼都沒看到。」

「你忙著在作白日夢啦，我懂。」

他們得多開將近兩公里，才看到一條岔路回轉。指向歐德斯馬克的路標上停了兩隻烏鴉，在他們開過後轉頭。連恩打從心底感到不安。路面狀況很差，積水的坑洞和泥濘的胎痕似乎把輪胎往下吸。馬路左側可見陰鬱的湖泊，薄薄霧氣懸在平靜的湖面上。他們經過的第一棟房子是空屋，背對著湖，屋頂長滿了苔蘚，煙囪只剩一堆發黑的磚塊。

「百萬富翁爲什麼會住在這種鬼地方？」

加百列說，「因爲他太吝嗇，不肯搬走。」

馬路兩側長滿雲杉和光禿的樺樹。雲杉低矮的枝枒下露出一塊塊固執的積雪，森林在破曉的陽光中蒸騰閃耀。這個季節適合執行他們的任務，任何留下的痕跡都會融掉，或給降雪蓋住。冬天和春天互相爭鬥時，每天都不一樣。

左邊的樹林間又出現一棟空屋，窗口掛著白色窗簾，牆上爬滿褐色枯萎的植物。顛簸的碎石路害他們頭痛。

連恩說，「他那麼有錢，要住哪兒都可以。」

「有些人就是死性不改。等錢開始進來，可能來不及了，你走不了。」

「我發誓，有時候你抽了菸比較聰明。」

加百列咧嘴笑了。

「那邊，你看到柵欄嗎？」

連恩慢下車速。右側地面緩升，頂端坐落一棟褪色的紅色小屋。黃色柵欄擋住車道，遠遠隔開想擅闖的人。鐵信箱裝在柱子上，一條條鳥糞遮住名牌，但很明顯他們找對房子了。如果眞有財寶，就是藏在這兒。

連恩問，「現在怎麼辦？」

「看我們能不能停在湖邊，徒步走過去。」

他們緩緩開過兩棟大農舍，才找到往下通往水邊的胎痕。森林一路延展到湖畔，樹木懸在湖上，枝枒搔刮閃亮的水面。稍微遠離岸邊，幾塊殘餘的浮冰形成小島。連恩盡可能往湖邊開，隱藏在樹枝下。

「要是他們看到車呢？」

「誰會看到啊？這裡沒人住，老傢伙家周圍根本是鬼城。」

加百列從儲物箱拿出望遠鏡，下了車，連恩謹愼地跟在後頭。他們繞了一大圈，從北側靠近房子。他們的穿著不對，積雪又濕又重，球鞋很快便滲進冰冷的水，麻痺他們的雙腳。連恩想抱怨，但加百列走得好前面，像追蹤獵物的獵犬一樣堅定專注。來到距離房子一百公尺左右，他溜進雲杉間，舉起望遠鏡。連恩偷偷靠到他身後，等著換自己看。威達・畢爾盧的房子不復往日光彩，歲月剝除紅色油漆，在外牆留下一條條蒼白的痕跡。車道上停著古早年代的富豪汽車，陰影中一台雪上摩托車半埋在骯髒的雪堆裡，仍緊抓著冬天。

連恩瞇眼看向陰暗的窗口，但沒看到人影。

「如果他像大家說得那麼有錢，至少可以買台新車吧。」

「所以他才有錢，因爲他都不幫自己買東西。」

加百列把望遠鏡交給他。連恩對準院子，努力想看清細節。房子一側可見旋轉式晾衣繩，褪色的牛仔褲和藍色工作服在風中飄動，表示房子即使狀態慘淒，但確實有人住。他掃視龜裂的門面，終於在二樓的一扇窗口瞥見男子的臉。雖然距離遙遠，他從蓬鬆白髮和佝僂身形仍看出男子很老。

「我看到他了。威達。」

「哪裡？」

「窗口，二樓。房裡還有別人，我想是他孫子。」

「可惡，他們眞早起。」

看來他們在吃飯，連恩可以看到他們的嘴巴在動，拿起的咖啡杯反射光芒。男孩比外公體形高大，比起孩子更像男人。他擔心起來。

「你知道他侵犯自己的女兒吧？」加百列嘶聲說，「所以才有那個小子。」

「大家亂說而已。」

「可能吧，但可靠來源說，那個小子有問題。腦袋不太靈光，你懂我的意思吧。」

連恩看著他們吃飯。眼前的景象好正常，甚至非常普通，絲毫不覺得哪裡不對勁。他們住的房子很爛，但別人也有同樣的遭遇。連恩只能讓女兒住可悲的車庫，他知道大家說的閒話、看他的眼神，暗示他沒用，無法勝任爸爸的角色。人們喜歡妄下結論，但不表示與事實相符。

「好吧，就算他很笨，外表也看不出來。」連恩說，「不過他比我想的高大，比老頭高了一個頭，至少重十公斤。」

「沒問題。」加百列趕忙說，「我們趁他們睡著後偷襲，他毫無勝算。」

三對二，對方其中一人還是青少年，感覺不妙。他們站在那兒觀察，很明顯看出沒有尤哈說得那麼簡單。連恩把望遠鏡交給加百列，從口袋掏出手機，拍了幾張房子、垃圾和周遭森林的照片。林間有許多空隙，來自四方的小徑匯集到小屋。如果需要，逃脫路線很多。他拍下照片，才不用全部背下來。陽光替長節的枝幹掃除冬意，滴下閃耀的水珠。他感到外套下的身體流汗，彷彿他也開始融化。

「要不要也看看另一側？」

「現在不要，晚上再來吧，等他們睡了。」

加百列轉身走回湖邊。連恩看了房子最後一眼。不用望遠鏡，他看不見他們的臉，但他知道威達・畢爾盧和他的孫子坐在那兒。

身處安全的錯覺當中。

□

她下樓時，他們坐在廚房桌旁，低頭彷彿在禱告。擦劑罐放在早餐之間。他們用輕柔親暱的聲音說話，霎時她感覺像外人。

「妳也眞能睡。」威達說，「每天妳願意起來的時候，大部分的人都做完一天的活了。」

他替她拉出椅子，但麗芙不想坐下，寧可站在水槽旁喝咖啡。然而擦劑的臭味礙到她，壞了口味。威達爪子般的手放在桌上，男孩按摩讓手恢復生機。這副景象看來既溫柔又殘忍，長斑的老手和柔嫩的幼手，威達咬緊牙關時臉上吃痛露出皺紋。咖啡嚐起來有病痛味，但她還是喝了。喝了，並希望自己在別處。

賽門過來站在她旁邊洗手，可是擦劑的味道洗不掉，會跟著他一路到學校。他們的視線在髒碗盤上交會，他朝她眨眼，彷彿他們共享祕密。她血管中流的血液突然又澎湃起來。她的兒子戀愛了，而且向她傾訴，不是威達。他們之間的距離比她想的近。總有一天，她會告訴他一切，毫不隱瞞。她眞希望能找到適當的詞彙。

「怎麼了？」他問她，「妳看起來好怪。」

「沒事，我只是在看你。」

她知道她惹得他尷尬了，但她就是忍不住。她的眼睛需要時時看著他。他濕潤的頭髮，嘴巴兩側的酒窩。即使近來他鮮少笑出聲，她仍能看出那對小小的凹洞。光芒環繞他四周，給寂寥的房間帶來生命和色彩。

「妳盯著我眞的很煩。」他伸手去拿背包。

不過聽起來他沒生氣。他走向玄關，她感到後背開始發癢。她屏住氣，聽他穿上外套和鞋子。

「拜拜！」他叫道，然後用力關上門。

拜拜，他們回應。他們目送他消失在柵欄下，接著走到外頭的大馬路和公車站。威達咯咯的呼吸聲塡滿寂靜，癢處擴散到她的肩胛骨之間。浮腫瀕死的村子躺在外頭，她可以看到樹梢聚集鄰居煙囪冒出的煙，還是霧？森林發灰憂鬱，怒目回瞪著她。

總有一天，她會向兒子解釋為何她留下來。原因不僅是威達對她的掌控，還有這片土地。多年來這兒埋藏了一切，她覺得必須由她來守護。她端詳花楸樹光裸的枝枒襯著天空延展。有時候，她可以在樹上看到母親，即使她不可能有母親的記憶。她的想像中，克莉絲汀娜身穿結婚照那件白色洋裝，透光的蕾絲在風中飄動，柔亮濃密的頭髮垂在她扭曲的脖子旁。報導說威達砍斷繩子放她下來，救護車抵達時，她已躺在沙發上。起初他們不知道怎麼回事，還以為他勒死她。他過於震驚，都忘了孩子。警察聽到麗芙的哭號，才在樓上找到她。她花了好幾年才把散落的線索拼湊起來。直到成年，可以取得當年的紀錄和報告，她才理解事件怎麼發生的。

他們坐在車上，她感到皮膚發痠。她把制服釦子扣到頂，不讓人看見下頭的抓痕。威達前傾靠著方向盤。他的眼鏡度數不夠，即使戴上視力也不行了。乳白色簾幕落在他和世界之間，對上他的眼睛很不舒服。他開得太快，太靠近路旁淺溝。她閉上眼睛不想看。路線已刻印在她腦中；她不用睜眼就知道快到了。

賽門出生後那年冬天，她找到加油站的工作，試著踏出自己掌控的第一步。威達沒有反對——畢竟她得賺點錢——但他堅持每天開車接送她。十六年來，他載她上下班，彷彿她是幼稚園小孩。以往她抗議時，他會說，*妳要剝奪我的樂趣嗎？*載她上班是他僅剩的一切。況且他們只有一輛車，休想買第二輛。他不會容忍這種奢侈享受，就算她用自己的錢買也不行。

她從來不知道他賣林地賺到多少錢，謠言說是幾百萬元。小時候她在保險箱裡看過那筆錢，一疊疊厚厚的鈔票用橡皮筋捆在一起。最近他都不在她面前開保險箱了，她連瞄一眼那筆錢都不行。他只允許自己一個月花幾千克朗，足以支付必要支出，卻永遠不夠真正過活。那筆財產宛如遠親，她聽過名字，但從未謀面。

許多人問她爲什麼想在加油站工作。他們會亮著眼睛說，**妳都這麼有錢了**。但麗芙總是不予理會。**有錢的不是我，是我爸爸**。

威達繞過教堂，停下車，表示他有話要說。黃色木頭外牆襯著天空發亮。小時候，她覺得教堂是全世界最美的建築，像童話故事裡的城堡，但現在她只覺得傷眼。她把手放在車門上。加油站近在咫尺；如果她開門跑下車，他絕對追不上。

「我再十分鐘就要值班了。」

威達從擋風玻璃往外瞧，打量光裸的樺樹。

「我覺得我們得趕走房客。」

「什麼意思？」

「強尼・偉斯伯，那個人有地方不對勁。」

恐懼如刀刺進她的肚子。麗芙撇頭看加油站，吐息讓車窗染上一片凝結的水霧。

「他又沒惹麻煩。」

「我早該知道不能把房子租給南部來的陌生人。他在糊弄我們。」

「你在說什麼呀？」

「強尼・偉斯伯的一封信最近投到我們家信箱，查封執行官寄來的。」

細碎的白色口水落在儀表板上，他皺起眉頭，彷彿這個詞令他作嘔，彷彿債務執行署是他最瞧不起的主管機關。麗芙試圖判斷他是否在撒謊，胡謅只為了鬧事。可是他掏出那封信，在她臉前揮舞，骯髒的指甲抵著文字。信封上寫著「斯德哥爾摩債務執行署」，清清楚楚。麗芙聳聳肩，努力裝得不在意。她想像強尼的臉映著香菸火光，粗糙的手貼著她的肌膚。她把車門推開一半，往外探進寒風。

「那又怎樣，只要他乖乖付房租，我們沒啥好抱怨。」

天色陰暗，尖銳的小雪花在空中打轉，落在地上消失。威達靠過來，近到她能聞到他的口臭。

「我會緊盯著他，一出差錯他就得走人。欠債的人不可信，我也要考慮到妳和孩子。」

「我覺得你太誇張了。」

他抓住她的手腕，拉她回來的力道意外強健。

「妳晚上跑出去，不會是去找他吧？」

「放開我。」

「如果是，我現在就要趕他走，聽懂了嗎？妳下班前他就得走。」

雪花在窗外飛旋，隔著白色雪霧，加油站看來像避風港。麗芙做好準備，抽手盲目衝進春雪中。她可以聽到他在身後哀號，但她完全沒有回頭。

一九九八年秋天

她沿路往下走，父親的視線令她的後頸發癢。村子那邊傳來兩聲槍響，打獵季在山谷開始了。想到霰彈可能打中她，眞是恐怖極了，不過公車抵達時，她仍站著。如同每天早上，只有司機向她打招呼。他不會注意到她穿錯衣服，做錯事。她躲在車尾困倦的沉默中，看松樹從車窗外閃過。公車開進村子時載滿了人，但沒有人坐在她旁邊，大家寧可站在走道上。

她停在校門口，向陰影中遊蕩的兩個男孩要了一根菸。他們身穿黑衣，畫著眼妝。其中一人好矮，幾乎不到她的肩膀，爲了彌補身高，他噴髮膠讓頭髮豎起來。另一人身穿長大衣，總是拿著書名無聊的破舊平裝書。下課時間如果他沒在抽菸，通常就會坐著，把書像蝴蝶攤開蓋著臉，隱藏他的孤單。他們不在乎她總是穿同樣的牛仔褲和母親的編織毛衣。他們只認爲她喜歡這樣穿，想表明她格格不入。

進入校舍後，她盯著晶亮的地面走，其他人的聲音和笑語劈開周圍的空氣。她沒有蝴蝶書讓她躲藏。日光燈刺痛她的眼睛，她踮起腳尖走，沉重的靴子才不會引人注意。鞋子尺寸至少大了兩號，確保接下來幾年她的腳還能繼續長大。厚重的鞋底害她無法安靜走動。她的孤獨在走廊上迴盪。

午休時間，他們在廁所碰面。他從來不說話，只是把她壓在滿是塗鴉的牆上，揉捏她的胸部，舌頭舔過她的嘴唇、臉頰和耳朵。他移動時，鬍子像動物搔著她。他從不好好吻她，一切都必須進行得很快，好快。他將一根手指伸進她體內，等會兒邊聞邊看她把手探進他的褲子。他的身子靠著牆，臀部用力快速挺動，直到結束。她交給他衛生紙，等他對眼鏡呼氣再戴上。他不想看她，只朝門點點頭，悄聲說：妳先出去。

事後，他站在教室大聲講述德文時，從來不看向她，連她舉手也一樣。

❄

范娜在看電視，他在打包東西。頭套、手槍、一捲銀色封箱膠帶。老舊的皮手套緊貼著手指。范娜尖銳的笑聲響徹房內，令他心疼。連恩蹲在背包旁一會兒，低下頭像在禱告，思緒和血液一同狂飆。他應該打電話給加百列，叫他放棄，太危險了。

「爸爸，你在做什麼？」

「沒事，我只是在休息。」

「爲什麼你戴著手套？」

「因爲我們要出門了。」

他希望她抗議，但范娜只是關掉電視，伸手去拿外出服。她的頭髮好長，彎腰綁鞋帶時碰到地面。她不再需要他幫忙穿鞋或拉拉鍊，不經意之間，她將完全不需要他。

連恩一手拎起背包，牽她的手走過碎石路。狗兒在欄杆後喘氣哀嚎，眼睛在月色下閃著黃光，一臉渴望盯著他們走向主屋。養狗這回事是爸爸過世後開始的。起先是一隻新的小狗，接著又來一隻。然後是免費廣告上需要新家的老狗，希臘和丹麥的犬隻救援計畫。理當安樂死的鬥犬戴著口套四處走動，嗚咽著吸引注意。如果老頭還活著，會殺了每一隻狗，但連恩很肯定走到這一步根本是爸爸的錯。他留下的空洞必須填補——世上充滿不可信的人，狗兒便成了她的保障。要不是媽媽，他早就丟掉范娜的親權了。以前做了蠢事或害她失望，他會頭靠老松樹休息，而她永遠都在，就像老樹一樣穩定。她一直都在拯救他們。

他走進屋內，看她坐在廚房桌旁，桌面上的石頭和水晶閃耀彩虹的顏色。范娜馬上鬆開他的手。她最愛那些蠢石頭了，奶奶說是療癒石。連恩站在門口，看范娜連帽子外套都沒脫，便爬上其中一張舊椅子，開始分類顏色亮麗的廢物。

「我正希望妳來看看呢，我需要有人幫我分配能量。」

她身穿血紅色長袍，鬈曲的頭髮中插了一根不知道從哪兒找來的猛禽羽毛。她看他時右眼瞼下垂，是她和爸爸共度人生的紀念品。

她問道，「你不進來嗎？」

「我得去辦點事，妳可以幫忙照顧范娜嗎？」

「你要去哪裡？」

「只是去幫加百列而已。」

她眼神一閃，接著撇嘴一笑，表示她一個字都不信。她從桌邊起身走向他，細手環隨著動作嗒嗒作響。百里香和潮濕的狗味隨著她橫越房間。連恩退到玄關，緊抓著背包的背帶。她靠過來，端詳他的臉，好像想在粉刺和青春痘疤之間找到什麼。他站得很穩，讓她繼續看。在她仔細探尋的眼神下，手槍、頭套和膠帶都化爲鉛塊。

「不值得。」她悄聲說，「不管你打算做什麼，都不值得。」

「別說了。」

她舉起雙手，輕輕蓋住他的耳朵，彷彿要擋住其他聲音。她的眼睛和室外的融雪一樣灰白生動，直直看進他心裡。

「你沒有你想的那麼弱。」她說，「你不必老是跟著大家走，可以選擇自己的方向。」

他抓住她的手腕推開她，力道大得超乎預期。她倒在牆上，一手穩住身體。她表情一變，看得出恐懼一湧而上。她睜大眼睛盯著他，連恩看了心生羞愧。他轉身走進夜裡，心底有什麼幾乎要湧上來了，他知道他無法控制。

「幫我照顧范娜。」他說，「不要灌輸她怪力亂神的鬼話。」

□

麗芙把耳朵貼在賽門的門上，屏住呼吸，想聽得更清楚。微弱的藍光照在她腳趾上，但她聽不到一點聲響，無法判斷他睡著還是醒著。

有時他會逮到她站在那兒，聽他的動靜。偶爾房門會突然打開，害他們撞個滿懷。他生氣時看來好像威達，醜陋又扭曲。然而她還是忍不住，必須說服自己他在家，他很安全。說服自己他沒有躺在門的另一側，聽她靜靜走開。

當她偷偷走下樓梯，經過威達的房間，已經過了午夜。她走過時，狗兒的尾巴拍拍地板，除此之外沒有人注意到她消失在夜色中。威達的鼾聲響徹一樓，但她穿鞋拿外套時，雙手仍在發抖。

室外的月光將森林抹成銀色，替她照亮潮濕的路徑。她跑過村子，冷意撲向她的雙頰，她感到自由猛然而生，不禁對著黑夜微笑，彷彿她一直渴望黑暗。

黑夜遮掩建築的寒酸，寡婦尤韓森的小屋因而看來好多了。屋內沒有開燈，但月光籠罩陰暗的房間，使老家具散發詭譎光澤。麗芙在玄關脫下鞋子和褲子，接著走向臥室和男子，一邊繼續寬衣，沿路留下一串衣物。

他仰躺在過世女子的床上，張嘴呼吸。她站在床尾一會兒，看著他。他沒刮鬍子的臉頰，像白色笑容橫越喉嚨的疤痕。她看他躺在那兒，毫無防備和警覺，雙腿間不禁開始悸動。她靠近一點，心頭意外浮現一絲不安。她對他其實一無所知，也不了解他來這裡之前的人生。她說服自己不知道最好，不要太親近最好。

她拉開棉被，跨坐在他身上。他的身體比他更快醒來，彷彿早躺在那兒等她。當她導引他進入自己，他的眼瞼顫抖，很快他的雙手便抓住她的臀部。他們安靜又激烈地做愛，只有陳舊的床在他們身下呻吟。他開口想說話，但她伸手蓋住他的雙唇，緊閉眼睛，直到她高潮。

事後他們並肩躺在床上，他抽起菸。他們仍沒對話，但聽他的呼吸，她知道他有話想說。他試了幾次，卻都停下來。她把視線定在牆上的麋鹿頭，避免看他。

他終於說，「今天我看到妳兒子。」

她沒料到這句話。她的心臟開始在胸口狂跳，震得棉被都動了。

「嗯？」

「他比我想的高大，看來幾乎是大人了。」

「他十七歲。」

「看起來年紀更大。」

強尼捻熄香菸，撫住她的手。

「他的父親是誰？」

「我不知道。」

他轉頭看她。

「妳不知道？」

「他不是這裡人，賽門沒見過他。」

「老天，真可憐。大家都需要爸爸。」

「他有威達陪，不是嗎？」

他感覺在批評她，於是她講起德國人的故事。德國人有一頭鬈髮，他們首次碰面時，他在冰上繞著她轉。深色布料包住他的車，好遮蔽車款。他開得太快太近，就爲了給她好印象。他是奧迪的試車員，在老家德勒斯登有未婚妻，但他告訴她的時候，當然已經太晚了。

她在冰上挖洞釣魚，碰到他開車繞著她轉，像猛獸環繞獵物。一月的陽光好亮，她只能看清方向盤後他的笑容，但當下她便了解那抹笑代表什麼。他們開到小丘頂端，她扭身脫掉雪衣，他在神祕的車內撲向她。周遭又暗又冷，她什麼都沒看到，也沒有感覺。等春天到來，她發現自己懷孕，他早已離開了。

強尼聽她說。菸灰缸擱在他胸口，隨著呼吸起伏。

「要找到他能有多難？」他說，「妳都知道他在哪兒工作了。」

「可是我們找他做什麼？」

「嗯，也是。」他瞥她一眼。「況且我聽說妳老爸很有錢，所以我猜妳和孩子不愁吃穿？」

她屏住氣，避開他的視線。

「你從哪兒聽來的？」

「什麼？」

「我們家很有錢的事？」

他捻熄香菸，嘴唇扯出的笑難以判讀。

「大家都在說。他們說威達有錢，但不知道怎麼花。不過我希望他會確保你們過得好？畢竟是自己的女兒。」

麗芙躲到棉被下，緊緊閉起眼睛。

「大家就愛亂說。」她說，「是我就不會聽。」

她等他睡著，才起身去穿衣服。接著她離開寡婦家，跑過森林，看都沒看腳踩在哪裡。狗兒在玄關迎接她，她屏住氣，偷偷穿過屋內。威達的房門開著。她趕忙爬上樓梯，走進她的房間，鑽進冰冷被窩，緊盯房門好一陣子，才敢閉上眼睛。風抵著外牆狂嚎，她全身戒備躺在床上，以爲聽到室外有聲音。她起身走到窗邊。夜色不斷變動；月亮在雲層間忽隱忽現，森林在狂風中顫抖，什麼都看不清楚。她仔細傾聽人的聲音，卻只聽到風的呼嚎，聽起來幾乎像人，像示警的哭喊。

□

加百列問，「你去當一般人之後要做什麼工作？」

「我不知道，什麼都可以。」

「合法賺錢沒那麼容易。」

「我知道。」

「你那樣不可能變富翁。」

「做這種爛活也不可能變富翁。」

「目前或許不能，但總有一天可以。」

加百列抓著一顆煙燻麋鹿心，割成薄片放在舌頭上。不管他們做什麼，他的胃口總是很好。連恩把車停在湖邊，關掉引擎。就著月光，他們看到蒸氣從水面升起，像冰凍的呼氣。他們在車上坐了一會兒，擔心室外一片黑。加百列吞下兩顆藥丸，然後戴上手套。

他問道，「你準備好了嗎？」

「嗯。」

「你看起來不太妙。」

加百列把那包藥丸遞給他，但連恩搖搖頭。即使恐懼勒住氣管，害他難以呼吸，他也不要麻痺感受。頭腦清醒的體驗完全不同，沒有任何屏障，不容逃避。他的五感和刀一樣銳利，周遭世界顯得冷硬閃亮。

他戴上手套，手指在皮料內抽動，一切似乎都在肌膚下撞擊扭動。加百列伸手抓住他的後頸，讓兩人額頭相觸。他的呼氣帶著甜味，連恩可以感到他身上鼓動緊繃的情緒。

「今晚會改變一切。」

連恩推開他，拉下頭套蓋住頭。布料溫暖潮濕，惹得他開始冒汗的頭皮發癢。他越發感到窒息。

「如果老人惹事怎麼辦？」

「我們就給他好看。」

加百列眨眨眼，消失在夜色中。他們不是第一次搶劫了。青少年時代，他們週末會搭公車去皮特哈維巴，在夜裡找回家路上的醉漢，偷他們的錢。加百列說這叫暑假打工，實在太簡單了。隔年夏天，他們搶了吉摩史崔克的芬博超市。他們挑打烊後出手，店內沒有顧客，也沒多少現金。加百列站在收銀機旁，揮舞手槍，負責講話。連恩在儲藏室門邊把風，店員根本沒看到他，倒是認出加百列。隔週警察帶走加百列，結果他因爲無法獨自承擔罪責而供出連恩。最後他們都上了警方關注名單。

外頭又暗又冷，只聽見湖水輕拍卵石。加百列走在前面，用手機照亮路。林地上結了一層冰，使他們腳步不穩，要是需要逃跑就慘了。小路最後陡峭爬升，雲杉的枝幹勾住他們的衣服，他們的肺像在燃燒。森林一片漆黑，很難看清落腳處，踩到的東西都會斷裂出聲。加百列好幾次停下來咳嗽吐口水，成天抽菸榨乾了他的體力。

「媽的，別那麼大聲！」

「閉嘴！」

小屋出現在山丘上，二樓有扇窗口在夜間發亮。他們停在土地邊緣，免得觸動警示燈。連恩舉起望遠鏡，掃視房子和亮起的窗戶。室內開了燈，但他沒看到人影。

「你看到什麼？」

「什麼都沒看到。」

他們靜靜站在陰影中聽，冷冽的空氣中瀰漫他們吐出的白煙。除了他們的呼吸，四周寂靜無聲。沒有鳥鳴，沒有狗叫，甚至沒有風吹過樹梢，只有麻木沉睡的寂靜。

突然她出現在亮起的窗口，宛如幽靈。身穿白色睡衣的細瘦女子，眼神空洞看著夜晚，好像在尋找什麼。連恩放下望遠鏡，伸出手指抵著嘴唇。加百列也看到她了，他從連恩手中拿走望遠鏡，湊到臉前。

「是她，」他悄聲說，「他女兒。」

他們在加油站看過她。她是站收銀台的害羞女孩，從不看顧客的臉。她聲音輕柔，聽起來總是有點假，洩露她其實寧可在別處。她不像其他店員，不會像老鷹盯著他們在貨架間走動，堅信他們會偷東西。

連恩從口袋掏出手機，拍了幾張照片，小心沒用閃光燈。她在螢幕上變成古怪發亮的人影，比起人更像魅影。

她忽地消失，和出現時一樣突然。窗口燈光熄滅，陰暗的玻璃只反射逐漸升起的晨光。加百列放下望遠鏡。

「你覺得她有看到我們嗎？」

「我不確定。」

「我們快走吧，今天不是時候。」

□

清晨麗芙走進廚房時，威達拿著望遠鏡往窗外看。桌上除了空咖啡杯和每天的報紙，還放著獵槍，隨時可以開槍。黑色槍口直對著她。她猛然停在門口。

「你在做什麼？」

起初他似乎沒聽見，老朽的身子在椅子上動也不動，後來才不情願放下望遠鏡，轉頭看她。他的雙眼發亮。

「我想看什麼鬼東西出沒在我們的土地上。」

「你拿槍做什麼?」

她走進房內,他伸手護著武器。

他說,「我覺得是狼。」

「狼?」

「晚上我看到了,至少兩隻,搞不好更多。」

她走到流理台,量好新鮮的咖啡粉倒進機器,一面等,一面倒掉剩餘的冷咖啡。威達繼續拿望遠鏡往外看。他的手指像僵硬的枝枒扣著黑色塑膠,無法好好彎曲。房內飄散微微的槍油味。

她走去玄關,放狗出去。賽門穿著睡褲坐在門口階梯上,全身發抖。麗芙從衣架拿起他的外套,輕輕披在他肩上。

「你在做什麼?為什麼坐在外面?」

他舉起冷到發紅的手,指向遠方。麗芙順著他的手看去,覺得勉強看到陰影中有動靜,冷杉間有兩個緊張的身影。風吹來單獨一顆鈴鐺的鈴響。

「麋鹿。」他說,「不過我把牠們嚇跑了。」

「爲什麼？」

「免得阿公對他們開槍啊，廢話。」

「他坐在裡面，說什麼有狼。」

賽門回頭一瞥，眼神陰鬱。

「妳知道他就那副德性，只看他想看的。」

麗芙和兒子動手劈柴，老人坐在窗口看他們。今天交替著飄雪和出太陽。他們穿著輕薄，輪流揮斧頭，她很意外賽門一次都沒有抱怨。

他們停下來喝咖啡，坐在柴堆上，臉向著太陽。雖然肩膀累得發疼，她還是慶幸有時間讓他們兩人共處。他戴的手環以紅色黃色的線悉心編成，她沒有看過。她摸摸這條手工製品，鮮豔的顏色看得出來很新。

「女朋友給你的嗎？」

他點點頭，把手環藏進汗濕的上衣袖口，柔軟的鬍碴下泛起一片羞紅。

「她喜歡卡通嗎？」

「那叫動畫。」

「當然，動畫，我就是說這個。」

「她比較喜歡讀書。」

「你不能邀她來家裡嗎？」

「見妳和阿公？不好吧。」

他笑了一聲，彷彿她說了難笑的笑話、無法想像的提議。麗芙梳過他的頭髮，手停在他汗濕的頸子上。她想到房屋出售廣告、紅筆、多年來她圈起的所有可能、他們本該可以共享的人生。就他們兩個人。

他說，「我騙了她。」

賽門朝鋸屑吐口水。

「騙她什麼？」

「我和她說，放假我通常去德國找爸爸。」

她看著他，胸口一陣麻木，突然察覺他把她撒的謊當成自己的謊言。她點點頭，吞了一口口水，努力想除掉喉內的刺痛。融雪從樹上落下，聽起來像有人繞著他們打轉，準備攻擊。

她終於說，「喔，以後可能會成眞呀。」

他們快收工時，林中傳來口哨聲。他們丟下手裡的東西，好奇地互看一眼，靜靜佇立聆聽。村裡沒有人會自願踏上他們的土地；恰好相反，鄰居會繞道走遠路，避免碰上威達。可是現在清晰愉悅的曲調飄過他們的領地，樹木間可以看到一名男子的陰暗身影。麗芙看出是誰，癱坐在柴堆上，不敢過去見他。

強尼穿著薄底跑鞋，踩在泥濘地上吧唧作響。他看到她，臉上的笑洩露太多了。

「老天，別說你們在親手砍柴？」

麗芙飛快看了賽門一眼。他瞇起眼，一臉懷疑。他把斧頭舉到頭上，用力揮向劈柴板，力道大到把手持續顫動好幾秒。他用濕袖子擦掉額頭的汗，麗芙跟著照做。

她說，「當運動不錯。」

「可不是，你們看起來像兩隻落水貓。」

他的斯德哥爾摩口音在院子迴盪，隨著他靠近，她感到每根肌肉緊繃起來。或許他注意到了，因而保持一小段距離就停下來，交給她一個白信封。他沒有碰她，動作也沒有暗示他們大多晚上同床共枕。

「下個月的房租。」

她接過信封，回頭看了一眼。屋內可見威達在廚房站起身，額頭貼著玻璃，像犬舍裡餓壞的狗看著他們。強尼也看到他，並舉手打招呼。厚重潮濕的雪花突然降下。她覺得他在日光下看來不一樣，比起在寡婦尤韓森家陰暗的牆內，更顯得怨懟堅決。他直盯著房子和威達。

為了給他些什麼，她遞出半滿的杯子。他站在她身旁啜飲咖啡，賽門則坐在柴堆上，弓起肩膀。偶爾她瞥向強尼，看得出來他觸動了兒子。他們聊起木材，樹皮應該朝上還朝下，還有天氣，雪看似永遠下不停。強尼對賽門微笑，問他喜不喜歡冰上曲棍球，如果有興趣，他可以弄到幾張決賽的票。賽門變得像小時候害羞寡言，低頭躲在劉海後，喃喃說他支持呂勒奧隊，但從來沒去看過比賽，太貴又太遠了。麗芙聽了覺得羞愧，因爲威達才會這麼說。她聽見自己笑出聲，彷彿他說了笑話。她說，**現在有機會，你一定要去看決賽**。賽門只聳聳肩，但她看到他低頭微笑，很高興有這次機會。即使肩膀疲憊發顫，她還是從劈柴板拔起斧頭，表明他們必須繼續，否則永遠劈不完。她可以看到玻璃後方威達的身影躁動難耐，雖然他的聲音傳不出來，她仍聽得見他咬牙罵出的穢語。

強尼感謝她的咖啡，說他得回家餵狗。不過離開前，他伸手撥掉她頭髮上的雪花。她僵在原地，任他繼續，深知後果爲何。他們靜靜站著目送他消失在森林中。賽門流起鼻水，一擦乾又流下來。

他說，「他愛妳。」

「你這麼想呀？」

「大老遠就看出來了。」

他們走進溫暖的廚房，全身疲憊僵硬。威達坐著等他們，嘴裡叼著菸斗。他在桌上擺了水煮馬鈴薯和鯡魚。麗芙把裝錢的信封交給他，他堅持不只數一次，要數兩次才整疊塞進胸前口袋。他的動作笨拙，證實他喝酒了。他看著她，眼中閃著邪惡的光芒。

「你和別人走太近之前，」他對賽門說，「我希望你看人的標準比你媽高多了。」

賽門嘴裡塞滿食物，默不作聲拿叉子戳魚，吃得像好幾天沒看到食物。威達執意懷恨在心時，他通常都這樣反應，縮進自己的殼裡，彷彿什麼都碰不到他。然而威達不肯放棄。

「我和你說，她在你這個年紀的時候，每隔幾天就和不同的男人出去。我說真的，要不是我勉強管著她，你現在早有一堆兄弟姊妹了，多到我們養不起。」

麗芙緊抓刀叉，任癢處擴散到後背。她一手滑進上衣，開始搔抓發燙的肌膚。

「夠了。」她瞪著他說，「我們很累。」

「我只是實話實說，沒必要隱瞞事實吧？要不是有我，這可憐的孩子每週都會有新爸爸。」

賽門拿起牛奶，斟滿玻璃杯，大口喝乾。這不是什麼新鮮事，他聽過上千遍了。威達批評她糟糕的選擇和不適任的能力，抱怨他們應該感激有地方遮風避雨，可以長住。

賽門用手背擦掉臉上的牛奶，堅定地看著威達。

「每週有新爸爸，總比沒有爸爸好。」

「喔，你這樣想嗎？」威達挑起眉毛，很意外孩子回嘴。「我可不確定。你出生的時候，她一點都不關心你，真的。是我餵你吃飯，幫你擦屁股。她才沒時間管小孩，只會忙著像發情的貓，撲向第一個有空的男人。」

「給我閉嘴！」

麗芙把刀伸到他喉嚨邊，抵著發顫的肌膚。刀片反射晚霞，將憤怒的太陽閃光甩在牆上。但威達只是嘲笑她，往後靠，若無其事朝他們頭上吐煙圈。她全身燃起闇黑熾熱的怒火，激著她想把刀一口氣插進去，但她看到兒子臉上的恐懼。他雖然滿口食物，卻不嚼了。她讓刀落下，把椅子往後推。

「或許你才應該全盤托出，」她說，「機會難得嘛。」

上班時間她的皮膚從不發癢。她站在舞台的聚光燈下，看暮光降臨在加油機上。顧客帶進來的褐色爛泥弄髒地板，下班時間的巔峰時段過後，她拿出拖把，試圖清掉最糟的部分。當地警察哈桑輕巧跳過她剛擦的地板，走向咖啡機，開始裝他的杯子。

「肉桂捲只剩昨天的嗎？」

「我替你留了新鮮的，在櫃台後面。」

他的笑容總令她覺得像肚子挨了一拳，要不是那身制服，她幾乎可說挺喜歡他。她把拖把靠著牆，去拿他的肉桂捲。

「我以為你戒糖了。」

「我女朋友也這麼想。」他朝她眨眨眼。「但值勤的時候，我想吃什麼就吃。相信我，沒有人想碰到餓肚子的警察。」

他掏出信用卡要付錢，但她揮手說不用了。警察和卡車司機可以免費喝咖啡，她不如把肉桂捲也算進去。

「妳還好嗎？」他問道，「妳今天看來有點累。」

「都是我爸，有時候他眞要把我逼瘋了。」

「父母通常都會這樣。妳沒考慮過學其他人，搬出去住？」

「我不在，他沒辦法自理。」

哈桑拿起蓋子，吹吹咖啡。

「他當然可以。試試看，妳就知道了。」

麗芙搖搖頭。他不會懂。

她說，「我唯一的安慰是一切不會持續到永遠。總有一天，他就不在了。」

「妳不能說這種話。」

她聳聳肩，感到臉頰漲紅。每次她試著和別人說話都這樣，要不是說錯話，就是說太多。

□

來到深夜時分，萬物醒來前寂靜盲目的時刻，他們把車停在湖邊。連恩腦中盤旋著憂慮，他看向深色湖水對岸，感到沉重的情緒壓著胸口。

「我們時間不夠，天都快亮了。」

「我們不需要多少時間，很快的，進去出來，就這樣。」

他們遲到都是加百列的錯。連恩等了好幾個小時，他才終於出現，嗨到不行，八成吸了安眠鎮定劑和有的沒的，好麻痺情緒。他眼神空洞，套上頭套，點頭示意連恩出發。連恩坐在原位一會兒，看著陰暗的車外，聽到媽媽的聲音在腦中迴盪。*你不需要像加百列，你可以走自己的路。*現在還不遲，他還可以回頭，回家去接范娜，忘掉這整件事，找一份正常的工作，試著申請貸款買房，和大家一樣。

可是當加百列用手槍猛敲車窗，他還是下車跟著走，一如往常。

熟悉森林後，爬向房子的路感覺短多了。樹木散發冷冽潮濕的氣味，即便如此，他仍流了一身汗，似乎喘不過氣。加百列堅毅地走在前面。現在沒什麼能阻止他了，他的動作顯示他什麼都做得出來。

爬到坡道頂端時，房子籠罩在寂靜的夜色中。他們蹲在柴棚旁的陰影裡。連恩覺得反胃，一下發抖，一下流汗。小時候他喜歡恐懼，流竄全身的腎上腺素令他感到活著，他喜歡當下看到的顏色和清楚的輪廓。但現在的恐懼不同，只讓他變得軟弱。

加百列把嘴湊到連恩耳旁，吐息讓連恩的背脊一陣顫慄。

「我先進去，你等十秒再跟上來。」

連恩點頭。他們再次朝房子前進時，他覺得想上大號，身體威脅要放開一切。他想像威達，想像加百列把他從睡夢中拖起來，拿武器抵住他的肩胛骨之間。他深呼吸，抹除想到的畫面。

加百列沒走多遠，便撲倒在地。連恩跟著平趴在地上，臉頰貼著冰冷的地。地上冰霜在冷冽的月光中閃耀，他們的薄衣很快便吸滿寒意。連恩沒聽到大門打開，然而院子的燈照亮一道人影，朝他們走來。即使四下漆黑，對方倒是動得很快，腳踩著霜劈啪作響。原來是威達，看來他直直朝他們過來。

連恩緊閉眼睛，做好準備。他身旁的加百列停止呼吸。他們都沒有試著移動，唯一的聲音只剩老人的鞋踩在草地上。

他們原先的計畫是要綁住女兒和孫子的手腳，用膠帶貼住他們的嘴。老人會帶他們去拿錢。尤哈說保險箱在他房間的衣櫃裡，只有威達知道密碼。

連恩看威達形同在他面前轉向，消逝在森林裡。他繼續讓臉貼著冰冷的地面，直到加百列起身，朝威達消失的灌木叢默默點頭。連恩實在太冷，都快說不出話了。

「現在怎麼辦？」

「我們去追他。」

一九九九年夏天

他們來自挪威，不知道她是誰。火焰跳向空中，她與他們同坐，靠他們的陪伴取暖。大家輪流傳著一瓶酒，每個人都拿到嘴邊大口喝。他們四個男生和兩個女生來自博多，騎單車跨越國境，還要繼續前往海邊，騎一整個夏天。沒有父母，沒有壓力。女孩坐在另外兩個女生之間，被她們曬黑的肩膀夾著，聽她們快樂的語言在她耳邊唱歌。其中一個男生的頭髮遮住眼睛，懷裡抱著吉他。他們在火光中四目相交，他一面彈奏，一面看穿了她。

午夜時分，湖水召喚他們。夜晚的太陽低垂，在湖面鋪上一條金色走道。女孩游向光，彈吉他的男生跟上，深色頭髮消失在水面下。他們緊靠著一起游向那片金色，靠得很近，但沒有相碰。他提到他最喜歡的樂團在皮特奧音樂節表演。他們要往那兒去，這趟漫長單車之旅的終點。他唱起副歌，聲音低啞柔和，但她仍認出是哪首歌。誰認不出來？

「和我們去吧。」他說，「妳只需要腳踏車，我們的帳篷還很空。」

她很感激陽光刺眼，他看不見她欣喜若狂。不過她仍搖搖頭。沒有用的。她潑水噴他，阻止他問更多問題，躲在隨後的笑聲和喧鬧背後。他們回到火邊，每個人頭髮都滴著水，身體緊靠在一起。他的邀請仍迴盪她耳邊。那兩個女生也希望她一起去，不出多久，他們全都齊聲大喊她非去不可，她非去不可。終究她舉手同意了。酒瓶又傳了一輪，他們歡呼，向最新的成員敬酒。

早晨逼近，他們一個接一個悄悄回到帳篷。只剩一個挪威女生留在餘焰旁，用手指輕輕梳過女孩頭髮，替她編髮，讓她的肌膚愉悅地刺痛。她正襟危坐，心想有姊姊就是這種感覺吧。或是有母親。她不累，一點也不，她腦中塞滿計畫，沒空想睡了。她會從村子偷一輛腳踏車，才不用回家見父親。她也得說服他們挑小路騎往海岸，避開能開車的馬路。

富豪汽車駛過營地時，酒瓶已空，營火也滅了。她還沒看到車，老早就從剎車的長嚎聽出是他。她的頭髮綁成一條條飄逸的辮子垂在背後。他從新朋友身旁拖走她，一切發生得又快又靜，不出幾步路，她又回到車子後座。唯一還醒著的挪威女生坐在原地，手摀著嘴看他們開走。

父親開得飛快。他拉下遮陽板，轉動後照鏡，沿路監視她。

「可惡，我真該把妳鎖起來。」他說，「把妳鎖起來，丟掉鑰匙。」

❄

連恩蹲在雲杉之間。銳利的破曉晨光升過樹梢，害他的頭骨抽痛。威達踏進林間空地，踩著下陷的地面前進，孱弱的身體搖搖晃晃。他弓起肩膀，雙手握拳舉在身前，彷彿準備要打架。他的動作散發自信，透露過往他曾充滿力量，直到年歲偷偷襲來，把他變成容易的誘餌。

連恩掃視環繞沼澤的森林，尋找加百列。是他堅持要兩人分開，連恩還來不及抗議，他便消失在陰影中。現在他不見了，只剩連恩和威達。陽光逐漸探進連恩躲藏的樹林深處，不久便會洩露他的行蹤。跟蹤老人進入森林本來就不在計畫中，衝動的決定嚇著他了。每次他們臨時起意都會搞砸。

威達在一片寂靜中大聲咒罵，連恩聽到他刺耳的聲音，屏住呼吸。雲杉尖銳的針葉戳著他的臉，汗水沿脖子流下，他全身都在刺痛發癢。威達停下來。濕潤的地面在他周圍蒸騰，他頭頂的頭髮在風中豎起，使他更顯孱弱。他突然跪在苔蘚地上，開始動手挖地，彷彿在找東西。他背對連恩，脖子因為吃力而泛紅，手指沾上黑色泥土，輪流掏挖和撫摸地面。或許他在森林裡藏了什麼，不想給女兒和孫子知道。連恩舉起手機，拍了幾張照片。假如老人在找東西，他想拍下藏匿的地點。老人終於不再挖掘，站起身，用褲子擦擦髒手，瞇眼看升起的太陽。他反覆咒罵吐口水，身體搖搖晃晃，彷彿挖地累了。他舉起一手到額頭遮光，才繼續前進。連恩坐在藏身處，累得跟不上。他寫訊息給加百列，要他到車上會合。但還來不及傳出去，一切便陷入混亂。

槍響憑空而來，把連恩震出藏身處。突然間他只感到土壤、松針和舌尖的血味。他仰躺著落地，看到微亮的樹頂滿布無聲飛過的黑鳥。他的耳膜尖叫抗議，他勉強坐起來，一手撫著胸口，彷彿要確認心臟還在原位，他還活著。他只摸到外套內手槍的堅硬形狀。

他動也不動，蹲著隱身在樹叢中，直到血液不再奔騰。他看到一團東西倒在潮濕的地上，威達的身體在鬆軟泥土中蠕動抽搐，喉嚨發出空洞的嘎嘎聲。接著周遭靜了下來。

連恩跪在苔蘚上，地面在他身下搖晃，森林消失在他眼中。他的視野中只剩下瀕死的男子。威達的動作漸漸停下來，飢渴的土地迫不及待拉扯屍體，想吞噬他。毫無生氣的臉上留下一條黑色泥土。連恩在藏身處動彈不得，宛如森林裡的野生動物。他動不了，無法把視線從屍體移開。時間停了下來。

沼澤另一端的樹叢分出一道影子，兩條細瘦的腿快步跑過地面，濺起融雪。原來是加百列。他衝向老人，速度快到踉蹌跌倒，撲倒在冰冷的地上。他步伐蹣跚站起來，繼續往前跑，浸濕的衣服緊貼著瘦骨嶙峋的身體。他的臉和樹下的積雪一樣慘白。他停在威達旁邊，俯身看了無聲息的屍體，一隻手臂遮著臉，好像在保護自己。他發出的聲音把連恩從癱瘓的狀態驚醒。知覺能力回到體內，他意識到寒意從地面升起，探進衣服和肌膚之間，害他發抖，牙齒打顫。他站起來，走向加百列。沼澤充滿明亮的水坑，他必須踩著結凍的束草，從一株跳到另一株。薄薄冰層下藏著深不見底的坑洞，不出幾分鐘便能吸走人命。剛才肯定就是這麼一回事，威達在凹凸的地上滑跤，撞到頭昏倒了。可是連恩明明聽到槍響，越靠越近後，他也能在舌頭上嚐到火藥味。他盯著加百列和半藏在他外套下的武器。眼前的景象令他肚子翻騰，全身充滿冰冷黑暗的恐懼。

「你做了什麼好事？」

加百列沒回答，只是俯瞰死去的男子，戴起手套在他衣服內翻找。威達的鼻子和嘴巴滲出深色的血，滴下下巴。他的眼瞼微張，縫隙中露出眼白。他的後腦陷入地面，水淹到耳朵。他蠟黃鬆弛的頸子在水面下載浮載沉，感覺沒和臉相連。

連恩的腿頓失氣力，他癱坐在腐朽的樹樁上，朝苔蘚咳出發酸的穢物，濺到自己的靴子。世界在他周圍飛快旋轉，他發現眼睛難以聚焦。他試著聚睛看加百列，看他的手觸摸老人身體，毫不在意碰到血。看他的手指探索布料下方、每個口袋和暗袋，再從威達的腰帶取下刀子，在陽光下檢查。他臉上表情寧靜，那種瘋狂過後必然浮現的受控冷靜，令連恩想起他們的父親。就像每回連恩把耳朵貼上浴室門，聽母親啜泣，確定她還活著，父親則坐在扶手椅上，喝完他的啤酒。

連恩跌跌撞撞走到威達不久前挖地的位置。他彎腰看著拔起的束草，但除了男子的指痕和地面滲出的水，沒看到別的東西。他的雙腿不聽使喚，於是他扶著灰色樹幹，盡量不去看死去的男子。

加百列俐落越過屍體，踩著水花走向連恩。他居高臨下，深呼吸挺起胸口。連恩等待拳頭揮來，但加百列沒有揍他，反而抓住他的脖子，推他走在前面。

「老天，快走！我們得離開這兒！」

他們跑了起來，鳥兒在頭上嘶叫。朦朧的晨光籠罩森林，連恩感覺暴露在外，遭到追殺。他很訝異雙腿還能支撐身子，即使恐懼在體內顫動，他仍有力量前進。他嘴裡嚐到苦澀的膽汁，但沒有慢下來。他注意到加百列落在後頭跟不上。連恩跑得更快。他滿腦子只想盡快離開，遠離死去的老人，遠離加百列。

□

他在清晨來找她。蜂蜜色的溫暖光線灑在女孩臥室牆上，窗外松樹在房內投下的影子動個不停。呼嘯的風像遠方孩子的哭喊，穿過陳舊的木板，害她更加縮進被窩。她可以感到他的影子在門外，焦躁的腳想進來，追著她。她閉緊眼睛，在眼瞼上看到他們倆。他很年輕，母親的深色頭髮飄散在他的頭周圍；他們一面跳舞，一面越過彼此的肩膀微笑，他的手臂像寬腰帶摟著她的腰。他們轉呀轉，直到母親幻化消失，像風中的花朵。他懷中反而出現孩子，緊貼他凹陷的胸口。他搖著她，在嘎吱作響的地板上踱步，臉和小嬰兒一樣泛紅起皺。她看孩子緩緩在他懷中長大，成爲成年女子的模樣。她撇過臉，面對升起的太陽，睜開眼睛。她不想再看了。

她醒來時，房子屏氣凝神。這是夜晚和早晨之間的敏感時分，夢境和現實閃著同樣的微光，難以區分。她靜靜踏過冰涼的地板，走向關著的門。她緩緩垂下手去握門把，害怕打破寂靜。走廊一片漆黑。她瞥向賽門的房間，關起的門下滲出一池晨光。她光裸的腳無聲踏過像臍帶連接兩個房間的紅色地毯，耳朵靠上門板。如同過往多次的經驗，她傾聽他的聲音，抑制衝動，沒像他小時候把門打開一條縫。

即使廚房滿溢乳白色的晨光，樺樹上的鳥兒精神抖擻，威達卻也還沒起來。她喝了一杯水，看冰霜在日光下逐漸蒸發。夢境害她頭腦昏沉，她正打算回去睡，卻聽到下方路上有車經過。她踮起腳尖，看晶亮的黑車在碎石路上打滑，不熟悉的車款不屬於村裡人家。車子開得離黃色柵欄很近，有那麼一、兩秒，她以爲車會停在車道外，不過車子飛快加速，吼著開走，留下泥巴中深深的溝痕。她回到床上，讓鳥鳴哄她睡著。這次她可以安心作夢了。

□

連恩感覺不到手指抓的方向盤，他看到前方的路，卻不知道通往哪裡。到哪兒都聞到血腥味。加百列坐在副駕駛座，對他大叫，但他的聲音聽起來好遠，字句進不到耳中。加百列毫無預警橫過身，抓住方向盤，想操縱車子。車子跌跌撞撞開過碎石路，差點滑進路旁淺溝。

「停在房子旁邊。」

「什麼？」

「要拿到那筆錢，不然我們來做什麼？停在柵欄旁邊。」

連恩推開他，加速開走。斜坡上便是畢爾盧家，在蒼白的日光下更顯破敗。

加百列戴上頭套，隔著黑色布料像交配的公牛哼笑。他一手拿手槍，試圖用另一手搶過方向盤。連恩受到腎上腺素和恐懼驅使，用力拍掉他的手。他滿心絕望；他好像躺在坑裡，有人鏟土蓋住他，把他和死去的老人埋在一起。

他開過黃色柵欄和小丘上的破舊房子，往下縮著身子，但雙手仍抓著方向盤。錢毫無意義，現在一點都不重要。整個計畫都錯了；這下有人死了，都是他們的錯。汗水流進眼中，他發現難以區分森林和馬路。然而他繼續開，決心要載他們離開。加百列眼中燃燒瘋狂的火光，面罩的洞露出兩道黑色火焰。連恩只知道無論如何他都不能停下來。他絕不能投降，現在不行，即使加百列拿手槍指著他。

□

她再次醒來時，屋內依舊安靜。窗簾外陽光燦爛，她倒頭躺回枕頭上，豎起耳朵聽。然而她什麼都沒聽見——沒有收音機的聲音，沒有鍋盤碰撞聲，沒有咒罵聲——只有墳場般的寂靜，驅使她下床，探頭看向走廊。賽門的門關著，她把耳朵轉向廚房，只聽見冰箱的低哼。她走下樓梯，頭腦抽痛。當她注意到威達沒有泡咖啡，沒有把報紙拿進來，胸口不禁湧上古怪的感受。只有狗兒過來迎接她，牠很開心，好像很久沒看到人。

「爸？你醒了嗎？」

她的聲音在寂靜中顯得詭譎。她想像他躺在臥房，身體發灰僵硬，睜著眼睛。

可是他的房間空無一人，空氣沉悶。她打開燈，看到他一如往常拉起被子蓋住起縐的床單，假裝有鋪床。威達總是確保給人整潔有序的印象，即使表面下藏著混亂。他的衛生習慣也一樣。他鮮少洗澡，一年可能只沖幾次澡，其間都靠森林和柴火維持清潔，使他幾乎沒有體臭。

她很久沒進威達的臥房，看到小房間令她作嘔。寒酸的老床架上擺著凹陷的床墊，兩側過寬下垂——很難想像曾有兩個人共享這張床。床頭櫃上泛黃的結婚照回望她，照片中只有克莉絲汀娜在笑。

威達的工作褲和一雙髒襪子掛在床尾，除此之外沒有他的痕跡。

「爸？」

她朝房內走了幾步，跟著地板上幾顆大灰塵來到衣櫃。她打開門，推開少少幾件衣物，露出藏在後頭的保險箱。箱體鎖在地上，密碼鎖黑色的鎖心回望她。威達從沒告訴她號碼，只要扯到他的財產，他不相信任何人。

她關上門，再叫他一次。只有狗兒回應，從廚房睡覺的地方起身，跑來威達房間。牠停在門口，乖順地看她。

「你的主人去哪兒了？」

狗兒不感興趣地搖了幾下尾巴，豎起耳朵，但沒有回答。麗芙看著狗，越發感到慌張。威達很少不帶狗出門。

他的外出服不在。她半推開大門，探頭叫他的名字，聲音迴盪在村子。狗兒溜過她腳邊，小跑到森林邊緣尿尿。等牠尿完，麗芙指向森林，命令牠去找主人。狗兒老了，也從未展露特別的追蹤本能。牠只是哀傷地抬頭看她。

她回到廚房，發現賽門站在那兒，光腳踩著門檻。

「怎麼了？妳在叫什麼？」

「阿公不見了。」

「什麼叫不見了？」

「他沒有泡咖啡，也不在床上，好像憑空消失了。」

賽門環視廚房，似乎覺得威達躲起來了，只要更仔細找，便能找到他。狗兒在室外吠叫，他們緊靠彼此站在窗邊，看牠繞著乾枯的草地繞大圈圈。

「拉架在外面。」

「我剛才放牠出去。」

「阿公去哪兒都會帶拉架。」

麗芙泡了咖啡，目送道格拉斯・莫迪的四輪機車滑過碎石路。她舉手示意，但看不見他是否回禮。賽門坐在桌旁。他沖過澡，頭髮滴水到桌面上。難得他沒有整張臉貼著手機，反而直盯著森林，大口灌下咖啡。他們看狗兒從灌木叢回來，翻躺在門廊上，仍不見牠的主人蹤影。

或許春天誘引他進入森林。威達向來難以抵抗季節的更迭——冰層裂開，鳥兒歸來，太陽高掛在最高的松樹頂端。他觀察一切，用密切關注她的雙眼同樣關照土地。森林可說和她一樣，都是他珍愛的孩子。即便如此，當她看著樹叢，心中仍感到不安，宛如冰冷的手在胸口握緊又鬆開。

賽門咬著指甲。陽光流瀉進入房內，照暖他的肌膚。他刮鬍子時的割傷，血已經凝固了。

「妳覺得他會在哪兒？」

「一定在村裡某個地方吧。」

「妳要我去找他嗎？」

「你得去上學。時候到了他就會回來了。」

賽門皺起眉頭，但沒和她爭辯。她跟著他走到玄關，看他綁鞋帶。

「如果他沒回來，妳要怎麼辦？」

兒子的擔憂溫暖她的心。即使老說一滿十八歲就要離開，他仍想要家人在一起。

「到時候我再出去找他。他不可能走多遠，村子也沒多大。」

看來他接受她的答案，一如往常飛快抱了她一下才出門。麗芙忽視早晨的寒意，出去在門廊上目送他離開。威達的菸斗擺在欄杆上，她點燃菸草，朝天空吐出顫巍巍的煙圈，彷彿在呼喚他。森林沐浴在春陽下，明亮而生意盎然。她仔細盯著通往湖邊的小徑。四處偶有積雪融化，露出下方蒸騰的深色地面。如果他曾走過林間，很容易便能找到腳印，對她和狗兒來說易如反掌。

不過她閉上眼睛，坐著不動，享受周遭的寧靜。

□

連恩站在火旁，牙齒發顫。一道道陽光穿過松樹之間，落在他的肌膚上，但他感覺不到一絲溫度。加百列往生鏽的桶子裡倒了更多汽油，火焰竄了起來。

「把鞋子也丟進去。」

「可是我只有這雙鞋。」

「那又怎樣？你事前應該準備好。」

「準備？我怎麼可能準備好面對這堆鳥事？」

「聽我的話，把鞋子脫了，不然我連你一起燒！」

加百列一手環住他的脖子，壓著他靠近火焰，近到皮膚都燙傷了。連恩慘叫，掙扎逃開。他不甘願地脫下鞋襪，丟進桶子，人站得遠遠的。煙聞起來有毒，像燒過的塑膠。他踮起腳尖跑過濕潤的地面，到車上找換洗衣物。他套上上衣和牛仔褲，布料冰冷粗糙，磨擦皮膚。他在車上找到一雙靴子，把凍僵的腳塞進去。

加百列全身赤裸，朝火堆灑汽油，讓火苗劈啪作響。他的老二緊縮貼著大腿，像受驚的動物。如果一切正常，連恩應該會笑他，但一切都不正常。他們這回眞的搞砸了。雖然很冷，他的頭皮卻在冒汗；汗水突然出現，滴下他的後背。他彎下腰，無法控制地吐在苔蘚上，接著站了好一會兒，不住吐口水。他拖著顫抖的腿走回加百列身旁，交給他換洗衣物。他一直注意碎石路，疑神疑鬼擔心有人會開車經過，看到他們。

世界蒙上超現實的薄膜；萬物的外觀顯得冰冷不穩定。連恩覺得很難專心；他的思緒翻騰，什麼也抓不住。他看到范娜的臉，聽到她顫抖的聲音在黑暗中呼喚他，額頭像她作惡夢時汗濕一片。他看到尤哈把刀插進桌面，聽到刀鋒顫動，感到被利用的窒息感。

他們只是要洗劫老人，沒有人該死掉。計畫如此簡單：在他們睡夢中突襲，來如影去如風，拿了錢就跑，就這樣，沒有人會受傷。他想對加百列尖叫，用全身的力量怒吼他毀了一切，他們的人生這下完了。然而他的聲帶不肯配合，所有東西都不正常運作。

加百列盯著火焰，顯然沒注意到連恩的焦慮。他似乎也不冷，光著身子靜靜站在那兒，不看弟弟。連恩靠近，弓起背，像害怕挨打的狗兒瑟縮。加百列手臂一揮，火焰發散出一陣溫暖。

「把你的槍給我。」

現在他用上他們父親的聲音，低沉又堅持，擺明只有他所認知的現實才重要。如果想存活，最好遵守他的規矩，配合他。連恩瞄了一眼擱在旁邊石頭上的手槍。

「你要做什麼？」

加百列從側面攻擊，只是摑了他的頭一掌，卻足以害他失去平衡。

「閉上你的臭嘴，照我說的做！把槍給我。」

加百列站在他身後，越過他的肩膀呼吸，像神，或像惡魔。連恩探向手槍，逼自己穩住雙手，小心把槍口指向地面。加百列伸出手，不耐地用手指示意，但連恩不想屈服。他滑到一旁，把槍藏在身後，腦內的聲音尖叫要他千萬別交出去。

暗潮洶湧的幾分鐘後，加百列撲上來，手肘抵著他的頭，直到他的耳朵嗡嗡響。他搶走連恩手中的槍。

「去車上坐著，我不想看到你。」

隔著骯髒的車窗，他看加百列用塑膠袋包起兩樣武器，遠遠拋到湖心。河川擺脫了冰，融雪讓溪水高漲，滾滾衝向大海。武器會漂得很遠才沖上岸，或者永不見天日。想到這兒，他並不覺得安慰。

連恩從椅子上的袋子拿出兩顆藥，含在舌頭下溶掉。他撐不下去了；他需要麻痺眼前的混亂，放鬆身體。加百列在車外終於開始穿衣服，套上黑褲子、外套和靴子。襯著深色衣物，他的臉像白色面具。他走向車，眼神堅毅又空洞。他滑進副駕駛座，關上門。營火的味道飄進車內，他的瘋狂像霧環繞他們，令人難以呼吸。連恩的肌肉繃得發疼，彷彿掛在懸崖上，唯一的解法便是放手。

加百列毫無預警捶向儀表板，大叫一聲。他捶了塑膠板一次又一次，直到儲物箱鬆開，栓鎖斷裂。這時他才停下來，抓住連恩，把他拖到眼前，雙眼充滿瘋狂的光芒。連恩努力扭身想掙脫，但加百列更有力。他向來比較強壯。

「我不知道你哪裡有問題。」他嘶聲說，「要不是媽媽把你摔了太多次，就是你天生這樣。隨便，我才不管。但我不會讓你搞砸我們的人生，我寧可殺了你。」

「好啊，你來啊。殺了我。」

加百列一動，似乎要頭槌他，卻在最後停了下來。連恩緊閉雙眼，努力放鬆，讓身體癱軟。只要不反抗，加百列都會很快失去興趣。連恩試著藏起流竄全身的恐懼，給膀胱施加巨大壓力。

「你嚇到了吧？」加百列說，「你被嚇到，手指滑上扳機，就這麼簡單。」

他的嘴巴太靠近連恩，吸走他呼吸的空氣。連恩搖搖頭。他逐漸理解加百列想做什麼，新的恐懼油然而生。從小他就這麼做了——每當水晶碗摔到地上，爸爸的雪上摩托車跌進冰層，媽媽的織布機燒起來，在他們家地下室找到鄰居的遙控車——他總是站在那兒，指責別人來保全自己。**爸，快看那個蠢小子做了什麼好事！**

「就這麼簡單。」加百列重複一次，「基本上是我的錯，我早該想到才對。你不適合這種生活，一點小事就抓狂，有了小孩之後狀況更糟。」

連恩用力推開他。加百列倒在車門上，說了什麼，但他沒聽見；他的腦袋嗡嗡作響。他看河川奔流而過。火熄滅了，但桶子冒出噁心的黑煙，糾纏著樹。什麼都不剩了——槍不在，衣服燒了。現在只剩他腦中的畫面，他在沼澤看到的景象，但沒有人會相信他。如果兄弟倆各執一詞，兩人都會遭殃。他伸出一手蓋住眼睛，想著范娜，感到他揹著她時，她的手臂摟住他的脖子，笑聲在耳邊迴響。

「我不要因此去坐牢，」加百列說，「我也不會讓你吃牢飯。」

他現在冷靜多了。連恩聽到他點燃香菸，深吸一口，又聽到隨後劇烈的咳嗽。他們靜靜坐了一會兒，不打擾彼此。藥丸開始生效，連恩感到化學物質流過血管，緩下一切，至少讓他能發動引擎。他必須回家，回去找范娜。只要他能抱著她，就沒事了。

他開著車，天空和森林糊成一片，像淒涼的灰色布幕覆蓋一切。加百列坐在一旁，閉著雙眼，握緊拳頭。他們開到阿爾維斯堯爾時，感覺每個人都在看他們，彷彿他們的失敗全寫在烤漆上。連恩緩緩開過房舍之間，停在加百列與女友同住的公寓外。直到完全停下來，他才有辦法鬆開喉嚨。

「我不玩了。」

加百列似乎沒聽到。陽光傾瀉而入，燦爛又無情。早晨早過了。連恩推他一把，突然感到不耐。

「你有聽到我的話嗎？」

他看到加百列脖子上的筋凸起來。

「等到事情結束，你才能說不玩。」

「我不要你再過來了，我不要你接近范娜。」

加百列睡眼惺忪瞧他，嘴角隱約掛著笑，似乎突然覺得眼前狀況很有趣。連恩等他出擊，看是要拿頭撞車窗，還是要頭槌他。然而什麼都沒發生，只有他們之間的空氣震動。

「沒問題，我不打擾你了。」

「很好。」

加百列手握門把，卻沒有動。

他說，「我可以相信你嗎？」

「什麼意思？」

「你不會打算做蠢事吧？」

他的壞牙發疼。連恩打開車門吐口水，嘴裡嚐到血腥味。

「別擔心，我什麼都不會說。」

他不確定自己是否說眞的，但這就夠了。加百列下車前最後長長看了他一眼，給他無聲的警告。連恩坐著目送他走進大門消失。日光無比刺眼，害他的眼睛痛得流淚。回家路上，陽光一路燒穿車窗，他卻冷得發抖。

□

等到她要出門上班了，威達依然沒回家。麗芙身穿制服坐著，雙眼直盯灌木叢，等他從樹木間出現。他從未錯過載她的機會，連身體不舒服也不例外，她無法想像自己坐上駕駛座。可是隨著時間過去，她知道他不會來了。她應該要擔心才對，但她手中緊握車鑰匙時，只感到興高采烈。

她開上大街，喇叭放出歌手蘿列（Laleh）的歌聲，她放聲跟著高歌，一路唱到加油站。她把車停在儲藏室後面。奈拉也在，正把垃圾丟進垃圾桶。看她從駕駛座下車，他顯然嚇了一跳。

「我不知道妳會開車！」

「你不知道的可多了。」

他咧嘴一笑。

「妳爸爸人呢？」

麗芙聳聳肩。垃圾桶傳來惡臭，但她留下來，幫他丟完一袋袋垃圾。有一次威達看到她和奈拉談笑，回家路上一直對她咆哮。

他有幾頭麋鹿？

我哪知道？

妳想和拉普人在一起，就得知道他有幾頭麋鹿。

奈拉拉開儲藏室的門，一臉困惑看她從旁走過。

他問道，「怎麼了嗎？」

「沒事。你為什麼問？」

「妳看起來好開心，眼睛都在發光。」

□

連恩走進媽媽家，說他不舒服，要躺一下。范娜眼中帶著恐懼，每每擊中他的心坎。他試著微笑。**爸爸有點發燒，沒什麼**。她扶他在沙發躺下，拿來被子和枕頭，還把軟玩偶塞在他手臂下。他滿心羞愧，意識到他不值得人生中的好事，尤其不值得有她。

他的意識載浮載沉，只記得斷續瞥見的日光、動畫片的聲音，還有范娜在唱歌。他把被子拉到脖子，試圖隱藏身體發顫冒汗，但他不敢放鬆，深怕睡著了會出什麼事。

來到遲暮時分，媽媽過來俯瞰他；他聽得見她的手鐲叮噹響，呼吸焦慮。她在他額頭上放了一顆她的石頭，毫無重量，宛如冰涼的吻落在那兒，直到他感覺不到。連恩想對她大叫，甩開她，但他的身體不聽使喚，只能躺在那兒，無法反抗。她一度抬起他的頭，把茶杯就到他嘴邊。松針和薄荷的香氣飄進鼻孔，他抿住嘴唇，沒辦法喝。

她說，「我以為你戒了。」

「我是戒了。」

「你眞的指望我相信你生病？」

「我才不鳥妳怎麼想。」

她眞該趕他出門，就像她對加百列那樣。現在她早該知道了，藥草或石頭對兩個兒子都無效，愛也一樣。

他耳邊聽到范娜輕柔的呼吸。

「爸爸，你非常、非常不舒服嗎？」

「只是發燒而已，睡一覺就好了。」

可是他不能睡。威達的臉躲在他閉上的眼瞼後，他感到沼澤地在腳下搖晃，感到冰凍的苔蘚和恐懼在體內炸開。

當他睜開眼，加百列坐在沙發邊緣。那是比較年輕的加百列，頭髮紮成馬尾，耳後夾著一根爸爸的捲菸，手裡拿著從鄰居那兒偷來的芬蘭啤酒。電視在角落閃爍，聲音關掉，免得吵醒人。夜晚是他們的時間。爭執過後，他們會坐在月光下，終於得以放鬆。加百列喝了酒會陷入沉默，縮進自己的殼裡。不過連恩仍能感到他的煎熬，各種思緒憑空冒出攻擊他，不斷增生擴張，需要與人分享，否則會吞噬他。

加百列點燃香菸，朝天花板吐煙。他垂下沉重的眼皮，端詳連恩。「你有想過殺人是什麼感覺嗎？」

連恩搖搖頭。

「你有嗎？」

「我常常想。」

他的聲音低沉，不過是悄悄話，但字句仍在牆面間迴盪，持續在連恩腦中響著。他在坦白，不能一笑置之或遺忘。連恩不知道該說什麼，便閉上眼睛，就像母親每次承受不住，不想再留在現場，也會閉上眼睛。加百列用手肘推他。

「我是說死有餘辜的混蛋。我不會隨便殺人。」

當他醒來，范娜坐在旁邊的地上看電視。室外夜幕低垂，她的身子在微弱的光線中詭異地發光。她一定是感到他的視線，便轉過頭，露出缺牙的笑，令他腳下的地面崩解。他忽然很清楚該怎麼做了。爲了她，他必須忘記。

□

她在收銀台站了六小時，胸口興奮的小鹿仍在亂顫。等到下班，春天已然戰敗，巨大蓬鬆的雪花陣陣落在地上，不過雪只來得及給柏油路一個濕吻，便融化了。她還是慢慢駕駛，轉上村子的小路時，她開始感到反胃。

賽門坐在門廊，但他不是一個人，有人坐在他旁邊，而且不是威達。那人比較細瘦，身穿淺藍色牛仔外套，長髮染成鮮艷的藍色。麗芙直到下了車，才認出是費莉西雅・莫迪——他們鄰居的女兒。她很訝異，彷彿肚子挨了一拳。

「阿公不在。」賽門叫道，「我回來時家裡沒人，只有拉架在玄關哀嚎。」

她越走越近，看到他們握著手。費莉西雅的指甲塗成黑色，穿牛仔褲的一條腿擱在賽門腿上。麗芙轉頭看森林，感到臉頰發燙。她第一次看他和女孩子這樣相處，不禁覺得害臊。所以這就是他決定不說名字的祕密女友。她不知道自己想像的是誰，但絕不是湖對岸的鄰居女兒。賽門試著對上她的視線。他笑了，臉頰露出深深的酒窩，雙眼充滿喜悅。他的眼睛彷彿說，*媽，妳看到了嗎？她在這兒，她是我的女朋友*。麗芙想到他們小時候那場派對，他坐在女孩之間，像不知所措的娃娃，好高興終於有人接納他。

她笑看他們交握的手指，笑著點頭，心想兒子人生的最後一塊拼圖也到位了。

「費莉西雅。」她說，「原來賽門在和妳交往。」

這話聽起來好蠢，她一說出口便後悔了。她看賽門一臉尷尬，但費莉西雅似乎覺得挺有趣。

「算是驚喜囉。」她說，「嚇了妳一跳吧？」

「我承認有點嚇到。道格拉斯和艾娃還好嗎？」

費莉西雅扮了個鬼臉。

「我想還好吧。老爸還是老樣子，壓力很大。」

「是嗎？」

「他說那些牛總有一天會搞死他。」

道格拉斯．莫迪的農場在湖的另一側。他是第四代酪農，但大部分的活都是太太在做。艾娃來自威廉敏娜，全村威達只尊敬她一個人。她沉默寡言，工作努力，兼具他重視的兩種特質。然而他無法忍受道格拉斯，對方也受不了他。一九九八年仲夏，他們因爲一塊土地的舊恨而拳腳相向，雖說喝酒造成情況惡化，但兩人從未和解，從此再也沒說過一句話。每次風吹來莫迪家的牛臭味或牛鈴聲，威達嘴裡吐出的話便更難聽。費莉西雅是他們的獨生女。她和賽門在湖的兩側長大，卻和在國家兩端長大沒有兩樣，因爲麗芙不記得他們小時候一起玩過，大人不准。

一個多月前，麗芙在湖畔看過她。那時冰層已破，裂成參差不齊的一片一片，漂在滿漲的水上。費莉西雅離岸邊頗遠，身影宛如幻影，從浮冰跳到浮冰，雙臂外伸，頭髮飄在風中像亮麗的面紗。她腳下的浮冰並不穩定；她必須在空中張開手指，扭動搖擺身子維持平衡。麗芙逆光站在那兒，胸口充滿恐慌，但她的喊聲傳不過去。假如女孩跌落水中，麗芙什麼都做不了，只能站在原地看湖泊吞食她。救兵趕來之前，即使她沒先淹死，冰冷湖水也會吸乾她的生命。麗芙癱坐在樹樁上等，別無他法。

女孩終於玩膩，驚心動魄地跳了幾步，靠近湖畔。麗芙再次起身。

「妳可能會害死自己。」

費莉西雅臉色泛紅，呼吸急促。她雙腿大開，站在起起伏伏的冰上。

「那又怎樣？」

麗芙認出她的冷漠、對人生的疲憊。賽門出生前她也有同樣的感受。他的到來迫使她面對自己終將一死的事實，讓她緊緊抓住生命。

現在他在這兒，握著這名漠然女孩的手，麗芙看了心中充滿擔憂，和在湖邊時一樣。她走過他們身旁，打開大門，但她才踏過門檻，便知道屋內沒人。她從空氣感覺得到，威達不在。即便如此，她仍檢查了廚房。昨天的報紙攤開放在桌上，早上她煮的咖啡在壺裡放涼了，水槽裡只有兩個杯子，擦劑的錫罐還在窗台上。他那麼早出門很不尋常，他的手指通常要幾小時才能放鬆，才好綁鞋帶。

她去看威達的房間，掃視亂糟糟的床和掛在床尾的骯髒工作褲。一切看來和她上班前沒有兩樣，威達整天都不在家。眼見事實，她感到焦慮開始萌芽。

她回到門廊，看著兩個孩子，夕陽像火焰在樹梢擴散。費莉西雅的眼睛畫了黑色眼妝，鼻翼一側戴著閃亮寶石。她們眼神交會，麗芙的心跳加速。

賽門問，「我們要報警嗎？」

麗芙靠著鬆脫的門廊圍欄，手指緊抓到都痛了。影子在枯死的草地上拉長，很快森林便會陷入黑暗。她想到威達，猜想他是否倒在某處呼喚他們。他八十歲，身體和樹脂一樣強健，腦袋拒絕接受老了的事實。要說這些年來他教會她什麼，便是沒有東西傷得了他，不管是人還是時間。

「要是報警，他絕不會原諒我們。」

一九九九年聖誕節

聖誕節前日，一圈火舌環著花楸樹。母親的照片擺在他們之間的餐桌上，深色眼睛看著他們倒咖啡、替麵包塗奶油。哀痛在父親臉上刻出深深的皺紋。沉默凝重，令人癱瘓，只有他們的下巴在動。女孩雖然不餓，卻仍吃起早餐，因爲想不受注意別無他法。

深冬掩埋了太陽，只有瞬即而逝的暮光隔開白天與黑夜。然而他仍堅持要去樹旁，陪她的母親。他拖了一塊麋鹿皮出去，在雪地挖洞生火。他們會坐在這兒，直到火焰只剩餘燼，他們再也看不清彼此。他老是說同樣的故事，說他們在馬洛的舞會認識，她母親絆倒他，好吸引他注意。他的啤酒灑到她的洋裝，這就夠了。只需看一眼她絲綢般的深邃雙眼，他便沉淪了。他們跳了一整晚的舞，或許她覺得夠了，滿足了渴望，不想再見到他。他花了整個夏天追她，直到她同意和他去兜風。他鍥而不捨追求她，如同追求林地。在他愚蠢的少年時代，她不過是另一塊他想取得的土地。

「我花了三年，終於追到她了。」

他讓母親活了過來，描述她在廚房踮腳旋轉，笑的時候頭往後傾，露出嘴裡每一顆牙。她情緒豐沛，毫不受限。可是黑暗總是在邊陲伺機而動。她對季節的無常和他人的目光非常敏感。春天最難熬，一切綻放生機，冬衣丟到一旁，無情的光線充滿每個角落縫隙。著實不幸女孩在春天出生，母親早已無比脆弱，鳥兒還整晚吵鬧。她宛如分娩後逐漸失血而死，雖然沒有肢體外傷，他仍注意到她的生命之血流逝，而且流得很快。

「妳的到來是她棺材上最後一根釘子。」

女孩坐著，盲目盯著火焰，迫不及待想跑走，但父親對她的掌控比冬天的猛爪還緊。他喝得越來越多，嘴唇沾酒而發亮。等餘燼熄滅，他已站不起來。她考慮留他在黑暗中，面對寒徹骨的酷寒，不經意便可能丟了性命。

她進到屋內，煮了咖啡，享受溫暖與寧靜。早晨快結束了，但日光仍姍姍來遲，雪地要到午餐時分才會開始發亮。她咬住一顆方糖，用茶碟端起杯子喝咖啡，看黑暗擁抱父親。有人喝醉凍死不是新鮮事了，大家不會覺得奇怪。正好相反，他們會說，這孩子真可憐，現在她失去母親和父親，沒有人照顧她了。

她只有享受一杯咖啡的時間，恐懼便襲捲而來。她就是無法忍受孤獨一人，孤寂感壓在胸口，吸乾胸中的空氣。

她拖著雪橇到花楸樹旁。父親裹著麋鹿皮躺在那兒，靴子伸進焦黑的柴火，鬍子和鼻孔都是結晶的雪花。除此之外，寒意沒有要帶走他的跡象。她硬把他抬上雪橇，拖回房子，灰燼像雨在他們周圍打轉。直到躺進浴缸，他才睜開眼一次。他伸手去抓她的頭髮，用年輕男子的眼神看她，她母親的名字迴盪在鋪磁磚的房內。他只有喝了酒才會犯這種錯，把她認成他的妻子。

他們分頭去找。賽門和費莉西雅挑了通往莫迪家農場的路，查看村子南端，麗芙則去北端。黑夜快速降臨，在手電筒燈光下，環繞湖泊的小徑危險地亮著。融雪在樹根和松針絨毯上凍成一層薄冰，她小心走，免得滑跤。萬物美好閃耀，她可以聽到湖水在浮冰間拍動，看到月光下熱切的黑色波浪。白天時她感到的喜悅消失了。

威達在小徑留下痕跡；她認出沉重的腳印，與家裡院子來回交錯的腳印一樣。他喜歡散步，查看村人的動靜，以及季節的更迭。他幾乎每天都去森林，回來會報告他看到什麼，不會漏掉任何細節。他對這塊土地瞭若指掌，甚至太過熟悉，不會容許森林吞噬他。

樹林間出現一棟房子，窗口透露微光。她關掉手電筒，逗留在樹木之間。她不記得敲過別人家門，連小時候都沒有。就她來看，村人沒有明顯敵意，和她也沒有未決的爭執。即便如此，歐德斯馬克有定義清楚的各家領域，她很早便學會不得擅闖。威達經常重複說，**畢爾盧家不歡迎人**。當深冬的斗篷覆蓋大地，酷寒和寂靜把人逼進室內，他總是說，**我們體內流著孤寂的血**。但他從未解釋爲什麼。

麗芙緩緩走向房子。空氣中飄著樺木香，鳥兒大聲鳴唱，彷彿成群停在松樹上，警告她不要再靠近。她遲疑了很久，終於用指節敲敲門。她才聽到門後傳來腳步聲，便感到想逃跑的衝動，等門打開，她已退回黑影中。

瑟茹迪雅・剛納森每年都變得更像鳥。她的頭架在修長的脖子上往前突，鬆垮的肌膚在下巴下面擺動。

「是誰？」

「只有我，麗芙・畢爾盧。」

「威達的女兒？妳躲在陰影裡做什麼？快出來，讓我看看妳。」

麗芙遲疑地踏上門廊，顫抖著聲音解釋她為什麼來。瑟茹迪雅抬頭仔細看她，似乎耳朵開始不行了，正在讀麗芙的唇語。

「威達？今天早上我有看到他。」她說，「他看來要去沼澤，而且很急呢。」

「妳記得是幾點嗎？」

「我只能說很早，太陽還沒升上樹頭。」

看看瑟茹迪雅迷濛的眼睛，便知道她顯然看不清楚。她伸出年邁的手，摸索麗芙，纖瘦的手指意外抓得有力。

「可憐的孩子，進來暖暖身子吧，別站在外頭凍壞了。」

不久後她坐在老太太的餐桌旁，眺望湖面。莫迪家農場的燈光照亮遠方，她覺得聽到聲音從森林傳來，穿透溫暖的屋內。

瑟茹迪雅不只招待她喝咖啡，很快又端來起司、雲莓果醬和三種不同的餅乾。

「妳不用這麼麻煩。」

「我當然得請妳吃東西，又不是每天都能看到威達的女兒。」

瑟茹迪雅看來是真的開心她來拜訪，堅持要麗芙多吃多喝，又睜大眼睛盯著她，彷彿不敢相信麗芙坐在她桌旁。

「我不能久待，我得去找爸爸。」

老太太說，「威達昨天來過。」

「什麼？爸爸來這裡找妳？」

麗芙環視粗略裝潢的房間，好像以爲會看到威達潛伏在生灰的角落。老太太像女學生一樣臉紅了，摸摸垂在肩上的銀色辮子。

「他過來看我的火爐。整個冬天爐子都怪怪的，但威達一下就修好了。妳爸爸啊，最會修東西了，一直都是。」

「他從來沒說他來幫妳。」

「天哪，要不是威達，我的房子好幾年前就垮了吧。而且即使我想付錢，他也不收。」

起司卡在麗芙喉嚨，她努力吸收這些從未聽過的資訊。就著廚房的燈光，老太太的眼睛看來更迷濛，麗芙心想她是否只看見她想看的。她不敢相信威達會來這裡，幫瑟茹迪雅翻修房子，幹活還不收錢。聽起來像她虛構的故事，或來自遺落的古早年代。

「妳非常確定今天早上有看到他嗎？」

瑟茹迪雅的視線轉向窗戶。她們可以看到月光下樹木的動靜，湖面反射纖弱的夜晚之光。

「凌晨他跑過外頭。天色才剛亮，但絕對是威達沒錯。」

女子的口氣令麗芙屏住氣。

「我二十年沒看過爸爸跑步了。」

「喔，早上他可跑起來了，像狼群緊追在後。」

□

他才睡著便聽到槍響。黑暗不構成防護罩，子彈仍擊中他。在夢中，他跑進森林深處，雲杉枝幹抽打他的臉，溫熱的血像汗水流下脖子。連恩看不見森林和天空的交界；他只聽見加百列的咳嗽從各個方向傳來，便知道他在兜圈子。槍響時，他只感到如釋重負。終於結束了，他可以醒來了。

從小父親便設計他們敵對。幼年的記憶飄過連恩腦海，想起爸爸宿醉又自怨自艾的早上。有時他會要他們過來陪他。即使在冬天，他也會要連恩打開窗戶，讓雪猛然吹進來，蓋在媽媽從亞利桑那沙漠進口的仙人掌上，像閃亮的罩子。感覺就像坐在雪堆中，沒有禦寒衣物或營火。等加百列和連恩的牙齒開始打顫，爸爸會叫他們過來，替他降溫。

「過來，你們這些小傢伙，免得我熱死！」

他們得在沙發上躺在他旁邊，看他抽黃標香菸，流汗排掉昨晚喝的伏特加。他的腋下很臭，但連恩還是喜歡那段時光。如此貼近爸爸，感覺成熟又有點危險，就像躺在樹叢裡，近看巨大的動物，即使牠隨時可能轉身攻擊。

加百列可以拿打火機。每次爸爸叼住另一根菸，他會用手護著火焰。連恩只能拿菸灰缸。他把菸灰缸穩穩放在纖瘦的胸口，就在肋骨之間。每次風從敞開的窗戶吹進來，菸灰會吹進他眼睛。

爸爸從不抱他們，但偶爾會用長滿鬍碴的臉頰磨蹭他們的臉。

「你們有兩個人眞幸運。」他說，「因爲國王過世時，一定要有至少兩個繼承人。相信我，我絕不偏心。等我走了，你們自己去爭奪王位吧，我不會干涉誰能拿什麼。」

加百列和連恩越過父親毛茸茸的胸口，看著彼此。即便在當時，他們也很清楚兩人之間的戰爭開打了。

□

她可以聽到湖對岸傳來喊聲，賽門的聲音乘著風，清晰又持久。村子北側森林越發濃密，樹木刮傷抓住她，地表有層新結的冰，踩在腳下看來很危險。她晃動手電筒光束，影子在燈光中爬行變動。她呼喊威達的名字，卻認不出自己的聲音。所有回憶一閃而過，她腦中亮起過往的微小閃光。當年她膝上還結著疤，頭髮揪成一團，可以躲進森林安全的懷抱。威達試圖用山怪和其他恐怖怪獸的故事嚇她，把她留在家裡，但故事只驅使她更加深入雲杉的陰影。

她的呼吸過於沉重，沒聽見有人趕上她。一隻手突然碰碰她的背，害她猛然一轉，手電筒掉在苔蘚地上熄滅。男子的身影站在前方小徑上，她只能看見模糊的輪廓，以及他呼吸結凍的白霧。他的體味蓋住松針香。她彎腰摸索手電筒，感到潮濕的寒氣從地面升起。她直接拿手電筒照他的臉，看他對上燦爛的光縮了一下。

「卡爾埃里克，你差點嚇死我！」

他舉起戴毛手套的拳頭護著臉。她可以看到手套後方長滿皺紋的臉，長長的鬍子垂到胸口。

「你們叫得好大聲，從我家都聽到了。聽你們這樣叫，大家會以爲村子失火了。」

「我們在找爸爸，他從早上就失蹤了。」

「喔，眞是見鬼。威達不像會迷路的人。」

卡爾埃里克．鞭史東是村裡的單身漢，比威達年輕，但從未結婚。他們是親戚，不過威達不喜歡聲張。他總說卡爾埃里克輸不起，不能邀進家裡。即使卡爾埃里克渾身啤酒味，唱情歌老是走調，但麗芙小時候挺喜歡他的。有時他明明是大人，卻哭得像小孩。威達說要注意這種弱點，會傳染給別人。

不過現在卡爾埃里克站在前方小徑上，交替用左右腳支著身體，看來一點都不文弱。

「你沒看到他？」

「上次我看到威達時，他坐在駕駛座，妳坐在他旁邊，老樣子。」

麗芙挪開手電筒，好讓他們清楚看見彼此。卡爾埃里克看到她，退後一步，吹了聲口哨。他周圍的黑暗籠罩甜甜的酒味。

「妳長得好像妳媽媽，有時候眞嚇人。」

她沒料到這句話。記得克莉絲汀娜的人不多，會提到她的人更少。有時她甚至懷疑母親是威達的許多幻想之一，拿來威脅她的重擔。

賽門的聲音穿過森林，這次在叫她。她看不見他，但勉強可以看到手電筒的光劃過樹海。

「我得走了，免得他們以爲我也失蹤了。不過你會幫忙多注意吧？」

卡爾埃里克的牙齒在鬍鬚中閃耀。

「如果妳運氣好，他這次就不會回來了。」

二〇〇〇年十月

父親肩上扛著獵槍，走進黃昏消失了。女孩坐在窗邊，在玻璃上看到自己的眼睛。她又可以呼吸，肩膀可以放鬆了。她沒有開燈，只見香菸的火光反射在窗户上。她拿舊菸點燃新的一根，考慮放點音樂來跳舞，或打電話邀人過來，好好利用自由的時光。然而她沒有打給任何人，她沒有人可以聯絡。她和她的孤獨一起坐在黑暗中。

逼近凌晨，她開始踩著嘎吱作響的地板踱步，不時眺望黑夜。但她只看到自己的臉，以及鑽進體內的恐懼。她的眼睛變得越大越黑。她點燃蠟燭，放在窗口。或許他不會回來了。香菸的煙像霧沉降在房內，刺痛她的眼睛。她不再想跳舞了，所有自由的感受好像都吹散了。

風吹得房子嘎吱響，她躺在床上，心想是她父親。她聽到他靜悄悄的腳步踏上樓梯，但房門依然關著。

等到早晨，她還是沒睡。她喝了咖啡，在結凍的窗户玻璃上呵出圖形。樹上的白霜閃閃發光，因爲外頭很冷，冷到人不可能存活。想到這兒她興致倒來了。她想著現在要怎麼做。她只會打包最輕便的衣服，她要去的地方沒有冬天。沐浴著寧靜的日光，她幾乎又興奮起來。她放起音樂，調大音量，直到牆面顫動。

音樂太大聲，以至於她沒聽見他回來。時間將近午餐時分，宰好的麋鹿肉一塊塊放在平板貨車上。當他踏進玄關，她同時感到失望又如釋重負。他們坐在廚房吃飯，看他留在草地上的大角。他對她講起夜晚、酷寒，以及白天降臨前漫長的時光。他講起清晨霧氣中移動的一切，還有獵槍的重量。她問他是否一槍斃命，他的眼睛閃閃發亮。他說，重點是耐心，不可以太急躁。

他問她晚上過得如何，她垂眼看著桌面，感到害臊。

「妳不怕黑？」

「下次我想和你一起去。」

他點頭笑了。她當然可以跟他去，下次吧。

然而到了隔年秋天，再到隔年秋天，每回父親都獨自帶獵槍出去，留她一人面對恐懼和自由，以及舊屋在風中的動靜。很久之後，她才了解他也很怕，深怕把武器交在她手中。

❄

她沒有打開手電筒，摸黑前往寡婦尤韓森家。一盞門廊燈歡迎她，還有狗兒，牠們的鍊子在寂靜中碰撞出聲。窗戶的黑色玻璃回望她，室內沒有開燈。她把門推開一條縫，叫他的名字，雖然沒有人應聲，但她仍走進去。一如過往多次經驗，她靜靜穿過玄關，經過廚房和擺放老舊家具的起居室。她停在通往臥室的門口。床鋪得整齊，只有麋鹿頭閃亮的雙眼看著她。強尼不在。她打開燈，看到滿地都是泥濘的足跡，彷彿他忘了脫靴子。

她走進廚房，點了一根他的菸。也許他在鋸木廠工作晚了；她不知道他的班表。他們的關係不表示他們知道彼此在做什麼，她沒有過那種關係。她走到窗邊，注意到車子不在。她打開冰箱，發現裡頭有食物，不多，只有一手啤酒、一罐開過的熱狗、一桶奶油和一罐醃漬甜菜，以及上回她吃剩的起司。她回到臥室，突然渴望翻看他的東西。她嘴裡叼著菸，拉開抽屜和衣櫥門。裡面沒什麼，少得可憐的幾件褪色牛仔褲和深色法蘭絨上衣，還有印著八〇年代搖滾樂團圖案的T恤。

她掏出手機，想著要傳簡訊給他。她會寫：**我在你的臥房，爸爸失蹤了**。她瞇眼盯著螢幕，意識到她沒有他的號碼。她只有寡婦尤韓森的房子，以及在過世女子床上發生的一切。她只知道他在鋸木廠工作，開福特轎車。她沒問過任何問題，從不覺得有必要。現在她後悔了。

他們仍在湖的彼岸呼叫威達的名字，賽門焦慮的語氣令她煩躁。即使身體不住抗議，全身疼痛，她仍跑了起來。等她跑到莫迪家的農場，他們已經散開了。她看到手電筒的光在樹木間閃爍，聲音乘著風，似乎來自各個方向。

她先撞見道格拉斯。他動作笨拙，皮帶下的肚子突出。她碰碰他的肩膀，他猛然轉過來，好像給嚇著了。

「麗芙，原來妳在這兒！妳爸爸到底跑去哪兒了？」

「我也想知道。」

「賽門說他整天都不在。」

「我相信他很快就會回來了。」

道格拉斯眨眨眼。

「威達沒有以前年輕了。」

「爸爸比我們誰都健朗。」

「他很健朗沒錯，但這不能擔保什麼。」

她心中燒起無名怒火。道格拉斯・莫迪與厄運很熟。十年前，他的農場毀於祝融，生意自此從未恢復。他從父親手中繼承酪農場，不過如果村人的謠言可信，那塊地也快不保了。

然而現在他在這兒，以別人的不幸爲樂，慶幸厄運拋下他去找別人。一名女子從他身後的暗處現身，伸出雙臂摟住麗芙，緊緊擁抱她，令她喘不過氣。艾娃・莫迪短小精幹，一頭短髮，什麼都逃不過她的法眼。威達總說道格拉斯再怎麼努力，也沒有她像男人。要不是她，農場早就不行了。她伸直手臂抓著麗芙，意味深長地看著她。

「通常都是威達到處跑找妳，現在反過來了。」

「凡事都有第一次嘛。」

「我們幾乎天天看到賽門，但威達很少在湖這側露臉。」

「瑟茹迪雅說今天早上在她家窗口看到他。」

「那個老女人和蝙蝠一樣瞎，」道格拉斯說，「我不會信她說的話。」

艾娃把一隻手指塞進唇下，勾出一團菸草。

「我們不如先等天亮吧，這裡黑得像墳場。」

「我不太擔心。」麗芙說，「爸爸向來知道怎麼照顧自己。」

她沒說錯。要說誰懂得在野外生存，沒有人比得上威達，酷寒和黑暗都對他莫可奈何。比起人，他更了解森林，林中沒什麼傷得了他。話雖這麼說，當她看手電筒照亮艾娃和道格拉斯擔憂的臉，彷彿看見她看不到的東西，她胸口仍充滿不安。

「如果他明天還沒回來，就聯絡我們。」艾娃說，「我們的狗和四輪驅動車都能借你們。」

「謝謝，不過不用啦。」

樹叢一陣窸窣，走出那兩個年輕人。他們的影子緊密交纏，很難看出是一個人，還是兩個人。她拿手電筒照他們的臉，害兩人皺起眉頭。他們的鼻子和臉頰泛紅，費莉西雅的妝在寒夜中都花了。她和道格拉斯或艾娃都長得不像，藍髮和好鬥的表情讓她徹底獨樹一格。麗芙發現她很難承認女孩十九歲，年紀夠大可以離開歐德斯馬克了。

賽門問，「妳找到他了嗎？」

「還沒，不過我們先回家吧。搞不好他一直坐在家等我們，那我也不會太意外。」

等他們走進玄關，掛好衣服，已經快午夜了。威達的狗繞著他們凍僵的腿，屋內仍漆黑寂靜。威達房內的床依舊鋪得亂糟糟。賽門進去打開衣櫥門，好像覺得威達會跳出來，彷彿整件事只是糟糕的玩笑。保險櫃的黑鎖回瞪他們。

「他不在。」

「嗯，我看得出來。」

「我們該怎麼辦？」

「如果他明天還沒回來，我們就報警吧。」

「妳說如果我們找警察，他絕不會原諒我們。」

「沒辦法了，我們得找到他。」

麗芙泡了一壺茶，點燃壁爐。他們都不想上床睡覺，便緊靠著坐在火光前。他們鮮少獨處，感覺很怪，甚至有些彆扭。即使擔憂的情緒懸在空中，兩人都不想提到威達。他們靜靜坐著，看火舌畢剝作響，黑夜緊貼著玻璃窗。賽門把頭靠著她的肩膀，麗芙時隔多年撫摸他的頭髮。她茫然盯著爐火，累到像醉了。

「所以你的神祕女友是費莉西雅，我完全沒猜到。」

在她手下，他的頭感覺發燙。

「爲什麼？」

她想說，明明還有好多其他女生，整個世界都是，爲什麼要愛上歐德斯馬克唯一的女孩？但她不想毀了他們之間的氣氛，不想停止用手指梳他的頭髮。

「我不知道。我以爲你們在線上認識，她住得很遠。」

「妳不認爲我能結交眞實世界的人吧？」

「我沒這個意思。」

他扭開頭，甩掉她的手。近來知道要說什麼好難，她總是努力尋找對的詞彙，好縮小鴻溝，使他們親近一些。

「費莉西雅不像其他人。」他說，「她不在乎別人怎麼想，不相信那些鬼話，她會自己作決定。」

「很好呀。」

「可是阿公不喜歡她。」

「阿公誰都不喜歡。」

他轉頭看她。

「爲什麼妳總是聽他的話？」

「我不知道，」她說，「或許這樣最容易吧。」

「妳是大人了，妳想做什麼都可以。」

「沒你想的那麼簡單。」

他在黑暗中看來比較小，比較年輕。他小的時候，回答他的問題很容易，如果她不知道答案，或沒辦法說實話，要閃爍其詞也很容易。然而那段時光過了，現在他能馬上看穿她，看見謊言在她體內糾纏，威脅要勒死她。

「雖然妳有駕照，卻從來不開車，太可悲了。」

「我今天有開呀。」

「是啊，因爲阿公不在，不然妳就會和平常一樣坐在副駕駛座。」

麗芙看著爐火，火焰聽起來在嘲笑她。這倒是頭一遭，質疑她缺乏自信。他的口氣充滿惡意，就像威達想貶低她的聲音。她心想他是否自知他們多像。

他墜入夢鄉，眼皮顫動。她坐著動也不動，感到他從身邊滑開，留她獨自面對黑夜。她看爐火熄滅剩下餘燼，同時豎耳傾聽外頭威達的腳步聲。她不知道自己最怕哪個結果，再也見不到他，還是聽見他大步走進門，彷彿什麼都沒發生。

□

他的身體在夜裡靜不下來。連恩坐在黑暗中，聽范娜睡覺的呼吸。他不想坐得太近，擔心他的焦慮會傳給她，從睡夢中喚醒她。他就是這麼敏感——吸收周遭的情緒，轉為自己的。他的情緒也會影響他人，他的羞辱和失敗都變成她的。他無法接受這樣，他必須變得更好，別無選擇。

他的惡夢向來都是擔心會落得像爸爸一樣。他爸爸從十四歲就在鋸木廠幹活，乖乖繳稅，像盡責的公民到國營酒店買酒，卻不到五十歲就過世。他的怒火和絕望毒害他們。臨死前，他把一切都怪到工作上。他為鋸木廠犧牲奉獻，卻沒有回報，最終也沒留下什麼。你們要活得有成就，他從病床上對他們大吼，能拿的就拿。

連恩偷偷溜進黑夜抽菸。狗兒在欄杆後移動，眼睛在黑暗中發光，搖動的尾巴聽起來像悄悄話。主屋亮著兩盞燈。他想像媽媽在屋內，頂著一頭亂髮，身上的衣服飄逸，像飛蛾飄在她孤獨的要塞裡。她睡不好，往往只在破曉前睡幾個小時。她總是說，我腦袋裡想的事太多了。連恩懂她的意思，他們兄弟倆都沒讓她好過。即使時間消逝，他們的父親過世，狀況依舊沒變，因爲所有糟糕的回憶仍殘留在牆內，懸在他們頭上，像逼近的暴風雨。連恩貼近牆面，免得她看到他。他心想，要是眞相大白，要是她發現大兒子殺了人，她會怎麼樣。她會徹底發瘋，世上所有的狗和石頭都救不了她。

范娜把麵包塞進烤麵包機的聲音喚醒他。她站在其中一張搖晃的餐椅上，頭髮像晶亮的斗篷垂在纖瘦的背後。咖啡在煮了。她才五歲就會泡咖啡，他不禁羞愧地想起許多不省人事的早晨，她如何努力照料他。可憐的孩子，她就像他，耳朵後方有像覆盆莓的胎記，他小腿上也有類似的痕跡。起初珍妮佛對他大叫說范娜不是他的孩子，但現在沒有人這麼說了。

他不喜歡想到珍妮佛。最後一次聽到她的消息時，她自行離開勒戒所，往南去了。她仍在吸毒，藥效強的那種。她離開好久，范娜都不再問她的事了，幾乎像是她不存在。

他下床走向她，拉起窗簾讓陽光灑進室內。

「我在做早餐。」

「我看得出來，眞棒。妳要不要坐下來畫畫，我來接手？」

他們吃吐司配果醬。他媽媽出去餵狗，狗舍陷入一片混亂，聽起來狗兒要把她撕成碎片。

「是嗎？」

范娜說，「你的眼睛好大喔。」

他走進浴室，發現眼皮浮腫，眼白呈現病懨懨的粉色。他用冷水好好洗臉。等他洗完，范娜坐在馬桶蓋上看他。

「你還是不舒服嗎？」

「不會，我覺得好多了。」

「我今天要去幼稚園嗎？」

他盯著鏡中自己的倒影，血紅的眼睛嚇到他了；他看來一點都不好。浴室藥櫃裡有包藥叫著吸引他注意。他感覺得到，他就在邊緣，要墜入深淵了。他顫抖著手打開浴室藥櫃，拿出刮鬍刀，努力不去看那包藥丸。

「對，妳今天得去幼稚園，因爲我要去找工作。」

「和加百列一起嗎？」

「不是，不是和加百列一起。我要去找真正的工作，我們才能蓋極光小屋。」

她開心叫了一聲，伸出雙臂抱住他的腿，緊抓著他看他刮鬍子。等鬍子刮好，他替她梳頭綁頭髮。最初他努力看了無數線上影片，才學會綁髮技巧。他很堅持要讓幼稚園老師從第一天就留下好印象，不給他們任何理由懷疑他不是好爸爸。

他們並肩站在浴室地墊上刷牙，同時朝洗手槽吐口水，對彼此咧嘴大笑。她的笑聲在他心中燃起小火花，帶給他活力與溫暖。他們離開車庫，踏進陽光下，他才意識到自己一次都沒想起威達・畢爾盧。當他走在她身旁，歐德斯馬克那一晚似乎只是惡夢，幾乎像是沒有發生。

□

警察來歐德斯馬克時，麗芙才六歲。他們沒有脫外套和鞋子便走進來，聲音響徹房間。她坐在桌子下，看他們在灰塵中留下濕腳印，腰帶上的手銬閃閃發光。威達的膝蓋在桌下打顫，她伸手蓋住他牛仔褲上的裂痕，拍拍露出的汗濕肌膚。警察指控他盜獵，她生平第一次看到他真的害怕，他的聲音和落在窗戶上的雪花一樣柔弱。當警察去檢查院子裡的小屋，他把手伸到桌下，握住她的手。

爸，他們要把你關起來嗎？

不會，我不准，除非他們殺了我。

但她只聽見恐懼。很快恐懼從他的手傳到她身上，下到肚子，像盲眼的動物亂爬。當其中一位警察逼近威達，在他耳邊大吼，她害怕到尿濕了褲子。

現在她看見樹林間的車燈，膀胱又不住收縮。賽門站在窗邊，看警車開過打開的柵欄，停在車道上。他嚴肅的表情看來好像威達，她都忘了呼吸。自從擺脫嬰兒肥，很明顯看出他遺傳到威達的臉頰和下巴，強健的身體配上長到似乎礙事的手臂。當她看他，她看見自己的父親，兩人相似到令她震驚。

賽門不知道八〇年代的盜獵組織曾威脅他們的生活，幾乎把他們逼瘋。警察在她記憶中永遠是身穿制服的無臉怪物。她害怕他們會帶走威達，把他關進大牢，她這輩子沒那麼恐懼過。畢竟她只有他，如果失去他，她活不下去。小時候她這麼想，或許現在也是，所以她才一直無法拋下他和歐德斯馬克。

她在屋內徘徊整晚，等清晨第一道曙光亮起，即便她對警方印象不好，又怕威達發火，她仍打了電話報警。現在她站在賽門身旁，焦慮不已，看一名高大男子下車。他的制服緊繃貼身，只有他一個人。賽門得去開門，麗芙站在廚房動彈不得，緊抓著擦劑錫罐，指節都泛白了。

當警察踏進廚房，她鬆了一大口氣。

「只有你來嗎？」

哈桑四處張望。

「只有我？聽好了，至少兩個人說過我是阿爾維斯堯爾最優秀的警察。」

他笑了笑，環視房間——寒酸的櫥櫃門、狗兒、窗邊威達應該坐著的空椅子。

「原來妳住在這兒。」

賽門問，「你們認識嗎？」

「不算認識吧，哈桑偶爾會來加油站向我買東西。」

麗芙多拿了一個杯子，請他坐下。他坐在賽門對面，越過桌面和他握手。她很高興是熟面孔哈桑，但他在場仍令她坐立不安。她的聲音刺耳，講起威達的事，包括空無一人的床，以及沒從信箱拿進來的早報。車子還停在車道，他不可能開車出去，表示他一定進了森林。這並不奇怪——他常去森林——但除非是打獵季，他從未一聲不吭離開超過二十四小時。而且現在晚上還很冷，不適合在鄉間閒晃。

賽門對他說明前晚的搜索行動，說他們拿手電筒照亮漆黑的樹林，喊威達的名字，都沒聽到回應。他和費莉西雅繞了湖一整圈，卻什麼都沒找到。麗芙轉述瑟茹迪亞的話，說老太太看到威達跑過，彷彿有狼在追。不過她的話不太可信，只要看她一眼，就知道近來除了腦中的鬼魂，她不太看得見了。

他仔細聽，大手放在面前桌上，並沒有寫下她說的話。她有些介意他的表情，心生不悅。

「威達幾歲了？」

「八十。」

「他健康嗎？」

「當然他沒以前年輕了，但除此之外健朗得很，從來不生病。」

賽門說，「除了肢體僵硬的問題，挺麻煩的。」

「肢體僵硬？」

「是啊，他睡覺時身體會僵住，尤其是手。早上他沒辦法彎曲手指，像爪子一樣。」

賽門舉起一隻手示範。

「他要擦藥。」

「他有記憶問題嗎？」

「從來沒有。」麗芙說，「剛好相反，他什麼都不會忘記。」

「他有說過他厭倦人生，或表現出類似的徵兆嗎？」

他們同聲說，「沒有。」

屋外的花楸樹在風中搖擺，老樹看來好像在嘲笑他們。

「他絕不會自殺。」麗芙說，「他覺得人生還沒把你折騰夠就自我了斷，實在太膽小了。」

哈桑站起身，走進威達的房間，外套沿路磨擦作響。麗芙和賽門在門口等，看他拉出書桌抽屜，打開衣櫥。麗芙看他盯著保險箱，感到肚子開始發疼。

「你們知道他離開時穿什麼衣服嗎？」

「他的保暖外套不在，」麗芙說，「還有他的靴子。我不知道一大早他怎麼有辦法綁鞋帶。」

狗兒躺著縮起尾巴，聚精會神看他們。麗芙希望她也能縮起來躲著，就像許多年前那一天，威達在桌下緊緊捏住她的手，她差點以為手指要斷了。

哈桑一一看過屋內的房間，接著去外頭的穀倉和小屋。他們站在窗口，看他橫越院子時遭到強風追擊。森林如波浪起伏，樹木擺盪，葉子在乾枯的草地上彼此追逐。賽門在她身旁越發不耐。

「根本在浪費時間。」他說，「我自己去找他。」

他走到玄關，穿上鞋子，開始綁鞋帶，麗芙只能不甘願地跟著。他們在車道與哈桑碰頭。天空下起雪，風吹來的小雪粒打在身上像針一樣刺痛，一著地便消失。

「我叫了警犬。」哈桑說，「但他們要從皮特奧過來，所以要等一陣子。」

「我們自己去找。」賽門說，「我們不能光坐在這兒，什麼都不做。」

他和警察一樣高，但比較瘦。他的口氣染上敵意，令她感到羞愧。賽門戴起兜帽擋雪，走向森林邊緣，不耐煩地點頭示意她跟上。

「妳很肯定他沒有去別的地方嗎？」

「車子還在這兒不是嗎？」麗芙朝富豪轎車點點頭。

「可能有人在路上接他。」

「誰會做這種事？」

「朋友或同事？」

麗芙看向賽門的方向，但他已經消失在樹木之間。

她搖搖頭。

「爸爸沒有朋友。」

□

他才放范娜下車，便感到勇氣棄他而去。他開車穿過村子，收音機播著單調的新聞，依然沒有提到威達・畢爾盧，但不用多久就會天下大亂了。然而他不能束手就擒，必須繼續努力，如果他想整頓人生，錯過現在就沒有機會了。他很肯定鋸木廠願意雇用他——爸爸的老闆在葬禮上向他保證過。他說，我的大門永遠爲你們敞開。當時連恩和加百列互看一眼，回答他們寧死也不會接受。他現在的想法依舊沒變，光想到要穿上藍色工作服，就讓他滿嘴苦澀。多年來他們養成一套原則，絕不和爸爸抽同一個牌子的菸，喝同一個牌子的啤酒，或穿同樣的藍色工作服。一旦破戒，你就完了。

只要不是鋸木廠都好。於是他開到加油站，停在一台加油機旁，坐在車上。他透過大窗子尋找威達・畢爾盧的女兒，希望她坐在店裡，表示一切正常，歐德斯馬克的那一晚只是惡夢。然而她不在。店主本人站在櫃台，他身材矮小，臉上有深深的笑紋。從他放鬆的動作看得出來他很滿意生活，總是看到所有人最好的一面，可以對上別人的視線，不會引起爭執。連恩想要成爲這種人。

他們從加油站偷東西的次數多到他懶得記了。加百列偶爾興致來了還會偷，他在外套下藏巧克力棒多半是出於習慣，不是肚子餓。不過他們很久沒被逮到了，最後一次時連恩十四歲，他們想從儲藏室偷香菸。當時加油站的名字不一樣。店員一路追他們到教堂，絆倒加百列，把他壓在地上，一腳膝蓋抵住他的肩胛骨之間。他威脅要殺了他們，直到警察到場，和他好好講理。他們的懲罰是被爸爸痛打一頓，外加與社工談了幾輪。那時爸爸頭髮都掉光了，卻還是把他們打個半死。他主要生氣他們被逮到，害他丟臉。

連恩轉動後照鏡，看看自己的臉。他靈光一閃：他要在這兒工作，就在小鎮的中心與交通樞紐，這樣每個死傢伙都會看到他變了。他用手指梳過頭髮，突然興致勃勃。他們不可能雇用他，但還是值得一試。他低頭看身上的衣服，牛仔褲乾淨沒有破洞，襯衫雖然買了好幾年，但看來頗新。襯衫是媽媽當年送他的聖誕禮物，後來她的錢就全花在狗食和除蟲藥了。今天是他第一次穿，畢竟襯衫不適合他過去的生活。鏡子裡回望他的雙眼顯得焦慮，他試著微笑，卻失敗了。他看起來更像嚇壞的狗齜牙咧嘴。

他走向入口，感到一陣反胃。他走進門，看到一名老人站在收銀台旁。店主放聲大笑，聽起來他們在聊冰上曲棍球，講到某個從莫塔拉轉會來的球員。連恩想起他曾哀求爸爸讓他打球，他死纏爛打，直到爸爸受夠了，大吼他們不可能買得起溜冰鞋、頭盔、護檔和其他所需的廢物。*你這死小子就非要選最貴的運動嗎？你就不能踢顆球玩玩就好？*

老人買好東西，離開時朝連恩點點頭，連恩也點頭致意。現在店內沒有客人，只剩他和店主。他走向收銀台，感到腎上腺素湧上，彷彿他要來搶劫。他咬緊牙關，蛀牙一陣發疼。他心想別人是否能看出他是廢物，皮膚下的一切都發黑腐爛了。

連恩把手放在櫃台上，店主的笑容消失了。

「你在找什麼嗎？」

「可能吧。」連恩遲疑一下。「我是說，那個，我想問你缺不缺人。」

「你要找工作——在這裡？」

「對。」

店主眨眨眼，陷入沉默。連恩瞥向他的名牌。奈拉。這個名字對他毫無意義，他不記得他們在別處有交集，但這種事永遠說不準。他把雙手縮進外套袖子，想藏起指節上的刺青，卻又改變主意，把一隻手放回櫃台上。如果要在這兒工作，他不能一直藏著手。一路撒謊無法走向老實的人生。他看奈拉端詳他，看進他長疤的臉，以及穿在身上很陌生的新衣服。

「你週末能上班嗎？」

「我什麼時候都有空。」

「你用過收銀機嗎？」

「沒有，但我加減算術很好。」

「我們現在不太需要算術了。」奈拉拍拍機器吐出零錢的地方。「機器會替我們算好。」

連恩的身體在襯衫下發燙。他抵抗想轉身離開的衝動。

「當然，也是。我真蠢。」

「你做過哪些工作？」

他聽起來眞心感興趣，語氣不帶惡意或高人一等的態度。連恩吞了一口口水。他本來打算講他在挪威取魚內臟的故事。這套說詞並非完全虛構，他確實取過幾百萬條魚的內臟，只是不在挪威，也從來沒拿過薪水。他通常不介意稍微扭曲事實，但現在他的腦子彷彿鎖住了，不讓任何謊言在這一刻通過。

「我沒做過正當的工作，算是給其他事情耽擱了吧。但我拿手的技巧很多，也學得很快。我有一個女兒——她快六歲了——她沒有媽媽，因爲她媽媽喜歡吸毒。她只有我，我發誓要照顧她，正正當當來。我需要工作，如果你雇用我，我保證你不會後悔，我會拚死拚活工作。」

話一股腦兒從他口中湧出。或許是他的語氣，因爲他看到奈拉的表情變了。他沒有笑，也沒叫他走人。不過他還來不及回應，大門便打開，走進來兩個年輕女生，連恩退到一旁讓她們過。她們瀏覽貨架好久，奈拉不發一語，直到她們付錢買了甜食和時尚雜誌離開。

「我知道你是誰。」奈拉說，「你和你哥哥，卡爾博丹的利利亞兄弟。」

連恩屛住氣，挫敗感像拳頭擊中肚子。他當然知道，大家都知道。他得去比阿爾維斯堯爾更遠的地方找工作。

「你們賣大麻和毒品給我的表親。」

「現在沒有了，我不賣那些東西了。」

「你吸毒嗎？」

連恩搖搖頭。他的臉發燙，羞愧和憤怒在體內搏動。他忍不住想抓住奈拉的脖子，拿他的頭去撞晶亮的櫃台，直到血肉模糊，驗證他想聽的答案。然而他想到范娜和她嚴肅的大眼，便站定不動，讓所有情緒從頭上飛過。

奈拉若有所思搔搔脖子，漿過的領子下可以看到刺青。

「我們週末確實缺人。」他說，「但最開始我頂多能讓你做十、十五個小時。」

「沒問題，怎樣我都接受。」

「禮拜六早上十點過來，我們再看你會什麼。」

他們隔著櫃台握手，連恩感到喉嚨哽住，只能微笑點頭。他走出門，室外又開始下雪，他抬起頭，讓雪花落在臉上。一聲叫喊在喉嚨成形，但他等到上車才張口，拍打方向盤大聲叫出來。

他的視線落在柴油加油機旁的男子身上，觀察他的動靜。男子豎起領子和兜帽抵禦降雪，深色布料內露出蒼白的臉。連恩僵在原地。有那麼一秒，他發誓是威達・畢爾盧站在那兒，活生生就是他。

□

森林響徹他們的喊聲。雪停了，陽光流洩在樹木之間，地面蒸騰，在他們臉上留下一層水霧。他們沿著環湖小徑走。賽門領頭，麗芙發現很難緊盯著他，突然擔心會跟丟。威達的狗在草叢間跑進跑出，像寵物狗一樣不懂追蹤，開開心心搞不清楚狀況。麗芙很意外威達沒殺了牠，他向來對蠢狗沒什麼耐心。

地面潮濕，盤根錯節的灌木叢纏繞他們的腿。麗芙抬起腳，聽到脆弱的樹枝在腳下磨擦斷裂，不禁打了個哆嗦。他們彷彿踐踏著骨頭，整座森林都是包在落葉下的屍體。威達的臉處處可見，在松樹樹幹後方不懷好意咧嘴笑，咂著薄唇。每踏出一步，她都覺得他爪子般的手會從苔蘚伸出來抓她。

賽門的聲音打斷她的思緒，他的喊聲飄過黑鏡般的水面，放大數倍穿過村子。不出多久，鄰居也加入他們的行列。瑟茹迪雅最先抵達，駝背的身型完美隱藏在雲杉之間，直到她用召集乳牛群的響亮聲音喊起威達的名字，大家才注意到她。

莫迪一家帶著愉悅的心情和糞肥的味道來了。費莉西雅畫著濃濃眼妝，藍髮在風中兀自飄動。她看到麗芙，嘴唇勾起一抹笑，彷彿眼前焦慮的狀況逗樂她了。艾娃帶了很長的滑雪杆，用來深深戳進鬆軟的土地。道格拉斯努力跟在她後頭，紅著臉喘不過氣。

他問道，「你們報警求救了嗎？」

「警犬在路上了。」

「在路上？」他朝草地吐口水。「我相信警犬還沒到，我們就能把他趕出來了。」

他們來到湖畔延伸出去的沼澤。艾娃領頭，用滑雪杆指揮大家。道格拉斯緊跟在麗芙後頭，她只聽到他的喘息，還有踩過一叢叢苔蘚時下方的水吧唧作響。強尼也加入他們，好奇大家在忙什麼。他看來剛睡醒，需要刮鬍子，頭髮也亂糟糟。當麗芙告訴他威達失蹤了，他露出受傷的表情。

「妳怎麼沒來找我？」

「我去了，但你不在家。」

她請他負責外圈，離她最遠。她不希望他碰她，或靠得太近。現在不行。只有卡爾埃里克沒表示要幫忙。他站在他家的土地邊緣，雙手抱胸，揪起臉看太陽和他們努力的身影。道格拉斯叫他，但他轉身走進灌木叢，彷彿沒聽見。賽門從地上撿起木棍，威嚇般朝他揮舞。

「他爲什麼不幫忙？」

道格拉斯說，「因爲他是懶惰的混蛋。」

「別管他。」麗芙說，「情況如果反過來，爸爸也不會去找他。」

道格拉斯吐了一口口水，挪得更靠近她。他的臉一陣抽搐，暗示他非常投入。至少看得出來，他覺得搜索行動很有趣。威達失蹤讓他重獲精力。

「有人可能倒在外頭快死了，」他說，「他不肯幫忙眞是罪過，該死。」

麗芙撇開頭，專注在眼前的地上，看著濕潤土地和虛假的幻象。澄澈的光線下，一切顯得清楚多了，不那麼恐怖，但她仍在腳下看到威達，他的眼白在枯枝和苔蘚下發亮。他的聲音像冷風迴盪穿過她。他無所不在，又不見蹤影。

等警犬抵達，他們早已不再喊了。他們在村內一間空屋旁休息，瑟茹迪雅拿出保溫瓶裝的咖啡分大家喝。空屋本是屠夫的房子，但現在沒有人想接手發灰的木板屋，只有風和田鼠會在老舊的木板間吹送跑動。

炫目的警車在灌木叢間看來格格不入，後座坐著一隻德國牧羊犬，流著口水一臉期待。訓狗員自我介紹說她叫安娜・史瓦德，並問了哈桑問過的同樣問題。賽門伸手摟著麗芙，看她回答，他們指出已經搜索過的小徑和道路。安娜想要有威達氣味的東西，於是麗芙帶他們回到熊農場，從衣架拿下老人的開襟毛衣，他經常穿但很少洗。她把毛衣交出去前，先將鼻子埋進毛線，說服自己父親難聞的氣味還在粗糙的紗線中，像腐爛的水果。

她站在窗口目送他們離開。黑狗奮力拉扯牽繩，彷彿已聞到味道。空氣中可以感到緊張情緒震動，賽門的聲音飄浮在她後方。

「他們會找到他，狗會找到他。」

麗芙沒有回答，甚至無法回頭對上賽門的視線。因爲她很肯定他會看穿她，還有她隱藏的所有可恥想法：她覺得沒有他比較好，他最好永遠不要回來。

二〇〇一年九月

一輛老破車開到她旁邊停下，搖下車窗。駕駛座坐著一名男子，頭髮亂糟糟，嘴巴大張，鬍子蓋住半張臉。他的衣服扯破褪色，上頭都是苔蘚和小樹枝。他雙眼直盯著她，同時探過座椅，推開副駕駛座的門。

「妳要上車嗎？」

女孩待在原地，一腳踩在路旁淺溝裡。秋意點燃樺樹，一團團舞動的落葉繞著她的腿和車子生鏽的底盤打轉，車子在碎石路上等得不耐煩。她第一次遲疑了。山丘上另一輛車的聲音替她作了決定，她二話不說跳上車，用力摔上門。男子猛然加速，害她的頭撞上椅背，車子排出的廢氣煙霧緊追在後。他沒問她想去哪兒，便轉上一條小路。女孩調高收音機的音量，主要爲了掩蓋她的恐懼。無聊的伴舞樂隊音樂讓他吹起口哨。

他問道，「妳知道我是誰嗎？」

她點點頭。

「你殺了你哥哥。」

他哼了一聲，好像她說了笑話。路況不佳，到處坑坑洞洞，久積的雨水濺得車窗都是。

她不知道他們要去哪兒，也不在乎。他關掉音樂，怒目瞪著她。

「我沒有殺他，那是意外。」

她瞪回去。雖然他們開得很快，他卻沒在看路。一隻蜘蛛爬過他的鬍子，在粗糙的鬍碴間進進出出。她伸出手，用拇指和食指捏死蜘蛛，獲勝般舉起來，從敞開的車窗甩出去。他露出古怪的眼神。

「沒必要吧。」

她笑了。絕不能讓他看出她的恐懼，這是第一要務。男人就像狼，會順著恐懼的味道攻擊。

窄路開始爬升。纖細的樺樹彎曲，狂風拔下樹葉。車子快不行了；車身嗒嗒猛咳，發出燒焦的強烈氣味。直到開到山頂，他才讓車子休息。石南花在稀疏的松樹間發亮，遠在山谷下方，她看到一棟孤單的房子。她把玩車門門把。如果她拔腿逃跑，他會追上她，森林無法保護她躲避這種人。

他的動作迅速如貓，撲向她身上。她閉上眼睛，咬緊牙關，但他只是要開副駕駛座的儲物箱。他拿出菸斗和打火機，再交給她一根巧克力棒，熱氣把包裝裡的巧克力融到變軟。

「我只能給妳這個。」

她吃起巧克力，看他填裝菸斗。他指甲下的黑色污漬對她微笑，他的手臂曬黑，滿布青筋。他點燃菸斗，車內瀰漫甜甜的氣味；她伸出黏呼呼的手指，他遲疑一下，才交過菸斗。她把煙深深吸進肺裡，再慢慢從鼻孔呼出來。不出多久，她的身體變得沉重。她靜靜坐著，看風把樹木吹出波浪，金黃的樹葉如雨下在森林。

她問道，「你眞的住在森林裡嗎？」

「我們不都是嗎？」

她體內湧起笑聲，恐懼全都消逝了；她光看著他，便知道他不會碰她。他長相狂野又衣衫不整，眼神充滿孤獨，但他不會傷害她。

「我也知道妳是誰。」他說，「我知道妳爸爸是誰。」

菸斗掉在她大腿上，菸草燙到她的牛仔褲。她笑不出來了。男子沒有生氣，只是輕輕拍乾淨她的牛仔褲，彷彿她是用玻璃做的。他的鬍子裡有巧克力。

「如果我開車送妳回家，妳覺得妳家老頭會給我獎賞嗎？」

「我沒有要回家。」

「好吧，那妳要去哪裡？」

她指向黃昏延展閃爍的影子。

「我要跟你走，」她說，「去森林裡。」

❄

「你能過來嗎？我們要談談。」

「不行，我得去接范娜。」

「簡單聊一下而已，很重要。」

加百列用上安撫人的語氣，表示出事了。連恩掛掉電話，揮之不去的不安取代找到新工作的喜悅。連恩不想和加百列扯上關係，卻同時覺得必須盯著他，確保他不會把狀況弄得更糟。

公寓大樓距離加油站只有幾條街，離市中心再近不過。連恩停在訪客車位，抬頭看向紅色陽台。一棵枯死的聖誕樹靠著欄杆，枯黃的枝幹上還掛著一條彩帶。陽台門微微打開，室內閃爍電視的微光。

加百列十六歲離家。他別無選擇——媽媽受不了他吸毒鬧脾氣，把他趕出家門。她倒是沒能這樣對付他們的爸爸。一怒之下，她把加百列的東西丟出窗外，整個院子都是他的牛仔褲和偷來的球鞋。加百列把她推下樓梯，一隻手臂圈住勒緊她的脖子，媽媽張嘴用力咬他。要不是連恩介入，後果不堪設想。他在最後一刻把他們拉開，免得他們殺了對方。他一直相信哥哥會回來，但哥哥沒有。

加百列一直沒有自己的房子，但也還過得去。他會和朋友或女友住，某年酷寒的冬天，有個老酒鬼甚至可憐他，讓他睡沙發。只要能避免回去卡爾博丹都好。

目前他和尤韓娜住。年輕女孩感覺總是在睡覺，即使醒著，她也低垂著眼皮，彷彿隨時可能睡著。連恩和她說過幾次話，她的嗓音都拖得好長。加百列說他們訂婚了。他送她從珠寶商偷來的戒指，尺寸不對，因此她得戴在中指。每次她給別人看，都像在比不雅手勢。

連恩兩階併作一階爬上樓梯。他把刀插在皮帶裡，拉出襯衫蓋住。他以前從來不怕加百列，不像現在這樣。公寓位在三樓，門下滲出來作嘔的大麻味和烤箱烤薯條的味道。他按了三次門鈴，加百列才應門。他裸著上身，牛仔褲鬆垮垮掛在屁股上，胸口和臉頰蒼白凹陷。

連恩走進玄關，加百列不懷好意地咧嘴笑。

「你穿這什麼東西啊？」

連恩低頭看長袖襯衫，僵硬的布料黏在皮膚上。

「我今天去找工作。」

「當眞，我以爲你只是說說。」

加百列搔搔光裸的胸口，視線瞟來瞟去。他身後的公寓一片漆黑，只有電視螢幕的光。一根點燃的香菸在菸灰缸悶燒，空氣中滿是濃濃的菸味。尤韓娜身穿內衣褲躺在沙發上，連恩向她打招呼，但她沒有回應。

他們走進小廚房，洋芋片包裝和披薩盒散落在空酒瓶與錫箔紙碎片之間，每樣東西都蓋著一層灰。沒有椅子可坐，於是連恩靠著牆。加百列拉起百葉窗，往外看。他們都覺得難以直視對方。

「我沒想到你會來。」

「你想幹嘛？」

「我只是想看你怎麼樣。」

「我還活著。」

連恩解開最上頭幾顆釦子，他覺得在沉悶的空氣中難以呼吸。

加百列說，「老天，你看起來緊張得要死。」

他從牛仔褲口袋掏出一個袋子。

「來，要多少盡量拿，免得你崩潰。」

「不要。」

但加百列仍把袋子丟給他。連恩接住，塞進口袋。他知道不該拿——家裡早有貨了，況且他想戒——但他沒有精力和加百列爭論。他瞇眼看向公寓。角落放著床墊，上面鋪了毛毯，還有各種大小顏色的靠枕。沙發破舊，內襯開始露出來的地方用鐵人膠帶補起來。尤韓娜蒼白的腿攤放在粗糙的布料上，大腿內側可見艷紅的痕跡。她感覺沒在呼吸。連恩撇開頭。他不知道加百列在哪兒找女友，她們都很年輕，比他年輕很多，而他只有一開始對她們好。

「所以你打給我做什麼？」

加百列瞥了一眼尤韓娜躺著休息的房間，傾身靠近連恩。

「我想我們應該，那個，過去一趟。」

「幹嘛？」

「當然是丟掉剩下的東西啊，免得給人發現。」

「來不及了，你不懂嗎？現在一定一堆人在那裡。」

「半夜不會，我們今天晚上去搞定。」

「你腦袋壞掉了嗎？」

加百列一手撫過剃光的頭，指節上結疤的皮膚在昏暗光線中發亮。他試著笑，但半邊臉比另外半邊反應慢，動作跟不上。

「老弟，我擔心你。」他說，「擔心到晚上都睡不著。」

「我不會怎樣。」

沒錯。生平第一次，他感到兩人之間的距離，有東西隔開他們。有記憶以來，他都讓加百列走在前面帶頭。讓別人作決定比較容易，即使每次幾乎都搞砸，至少他們有兩個人，可以分擔後果。就連范娜出生後，他也沒能走自己的路。直到現在，他的世界崩解，他才意識到自己做得到。不管沼澤發生了什麼事，都解放了他。

或許加百列也察覺到他變了。現在他更加謹慎，幾乎哀求起來。

「你覺得他們什麼時候會找到他？」

「我很意外花了這麼久。」

加百列掏出兩根菸，一根叼在嘴裡，一根交給連恩。就著打火機的火光，他的瞳孔細得像針頭，胸口上細小的汗珠發亮，洩露他內心的掙扎。然而他的表情掩飾得很好，聲音穩定平靜。加百列向來如此，一下和善好相處，下一秒就能準備爆發。

「你刪掉照片了吧？」

「什麼照片？」

「事前觀察時拍的照片，你忘了嗎？」

連恩把煙深深吸進肺裡，差點嗆到。他的手機發燙，快把口袋燒出洞了。他想像沼澤，重溫充滿喉頭的濕氣。當太陽升過頭頂，老人在晨光中搖晃，看來好渺小。好渺小又無足輕重，距離死亡不到一秒的瞬間。想到那些照片令他反胃。

「怎麼了？」

尤韓娜站在門口，睡眼惺忪看著他們。她把小背心往下拉，蓋住內褲。加百列拿香菸指著她。

「回去睡覺。」

尤韓娜看著連恩，眨眨厚重的眼瞼。

「嘿，連恩，好久不見。」

「我叫妳回去睡覺！」

加百列撲過去試圖抓住她，卻只抓到一撮她的頭髮。尤韓娜尖叫掙脫，逃回沙發，躲到毛毯下。加百列皺眉瞪她。

「連恩來和我講事情。我不想聽到妳發出一點聲音，懂嗎？我甚至不想聽到妳呼吸。」

毛毯下幾乎看不見她細瘦的身體，但毯子顫抖，彷彿她在哭。加百列長大後和他們的父親一模一樣，對待身邊的女人比對狗還差勁，比對誰都差勁。連恩意識到這一點，感到筋疲力盡。

「我得回去了。」

「你才剛到，待一會兒吧。」

「我要去接范娜。」

加百列跟著他到玄關。他向來不喜歡抱人，現在卻伸出手臂摟住連恩的脖子，把他拉近，近到嘴唇擦過連恩的耳朵。

「你刪掉照片了？」

「嗯。」

「給我看。」

「沒啥好看，都刪掉了。」

「好。」

加百列扭過頭，讓他們額頭相觸。他的嘴巴散發一陣鐵味。

「忘了那個老頭，」他悄聲說，「忘了整件事吧。」

□

夜色凝重，但麗芙睡不著。在森林裡走了一天，她全身痠痛，身體哭喊著想休息，但她的腦袋靜不下來。黑暗中有動靜，影子在灌木叢裡爬動肆虐。溫度降到零下六度。她想到威達躺在外頭，冷得發顫。她看到他的手，爪子般的手指，便知道他撐不了幾個晚上。

警犬看似自信，但什麼都沒找到。訓狗員把開襟毛衣還給她，一臉抱歉。麗芙把毛衣湊到鼻子旁，冰冷潮濕的毛線聞起來不像威達了。哈桑想知道他是否可能去旅行——他有沒有帶走護照？現金？

「爸爸沒有護照，他這輩子沒去過別的地方旅行。」

他請她打開保險箱，但她和賽門都不知道密碼。那筆錢不是要給他們，是威達的。哈桑問了很多錢的問題，如果他選擇離開會帶多少錢。他想知道威達以前的業務夥伴，以及可能有他消息的所有聯絡人。麗芙寫下她記得的名字，不過威達二十多年沒做生意了，所以名單很短又不完整。

「他沒去哪裡。」

「妳怎麼這麼肯定？」

「他絕不會拋下我和賽門，他只剩我們了。」

二〇〇一年十月

她和北森林的孤狼共度秋天。只要她能溜到大馬路，他的車總會停在路旁停車區，直到她快到車旁，他才會打開燈，發動引擎，露出笑容溫暖她的心。他的氣味強壯狂野，令她滿心充滿自由。他們在霧中沿著窄路開車，吃他獵捕風乾的肉，聊自己平常絕不會談的事。

他提到他哥哥，講到他們過的生活，還有致命的意外槍擊前他們多頑皮。

「我抱著他，直到救援抵達，但我覺得一切都很模糊。我只記得等我回到家，媽媽不肯讓我進去，甚至鎖上門。所以我才落到住在森林裡。」

他還留著染血的衣服，就在他現在住的小屋櫃子裡。他偶爾會拿出來，把臉埋進僵硬的布料。哀痛和孤獨催人老；他還沒三十歲，皺紋卻已好深。他的父母從未原諒他。

女孩試著想像父親鎖上門把她關在外頭。她想不到更棒的事了。

「妳家老頭是混帳。」孤狼說，「但妳啊，妳閃閃發光。」

她撿起他衣服上的森林殘渣，和他說起他們要一起拜訪的所有地方，棕櫚樹和卵石小巷，碧綠的水拍打石頭。她說，我們會一起去。他露出寵溺的笑，表示她太年輕，不了解世界。他大她十歲，但他謹守本分，從未試圖碰她，不像其他男人。有時他菸抽太多，她得接手開車。他枕著她的大腿睡覺，龜裂的嘴唇勾出快樂的笑。

當初雪落下，他們把車停在山丘上，看雪花替森林罩上冬季的斗篷。興奮的片刻過後，世界變得無比雪白。孤獨男子俯瞰下方蔓延的山谷，暗自啜泣。他不說爲什麼而哭。他們吐出白煙，很快便只見凝結的水霧。他開門走進酷寒，她也跟著下車，他們仰頭看天空，貪婪地大口吸進雪花。他轉向她，指向整片松樹，鬍鬚凍僵發亮。

「整片北森林本來該是我的，」他說，「都是妳爸爸害的。」

他的聲音氣得顫動。濕冷的雪花落在他睫毛上，她很慶幸他們看不清楚彼此。她出生便聽聞父親對土地的渴求，但她不了解和自己有何關係。

「哥哥過世後，趁我脆弱的父母還在療傷，他就來了，提議買下土地，讓他們去別處展開新人生，遠離回憶。那塊土地在我們家傳了四代，他們想都沒想就賣了。」

女孩握住他的手，他們站了好一會兒，看雪緩緩在山谷編織出一條毯子。河川冰凍的吐息朝天飄起，他拉開外套，讓她躲進溫暖的內裡。他從口袋拿出閃亮的珠寶，掛在鍊子上的一顆銀色心。他默默撩起她的頭髮，把鍊子扣在她脖子上。

「我們相遇不是巧合。」他說，「我們註定要合併我們的土地，才能矯正是非。」

❄

她看到左右都有影子伺機而動，視線不斷擺盪在馬路和樹林之間。麗芙仍認爲森林會敞開，放出威達精實的身形。他隨時都可能出現，走向她，彷彿什麼都沒發生。他會踏進玄關，看到入侵者的腳印，然後咒罵她讓外人進來他的家、他的庇護所。她幻想他抬起頭，像狗嗅著沉悶的空氣。他粗啞的聲音在牆面間反彈：我不是和妳說過不准帶人回家？

或許他想給他們一點顏色瞧瞧，躲起來徹底測試他們的忠誠心。就算發現他保持距離站在外頭仔細觀察他們，她也不意外。但她不能告訴警察，他們不會理解，連哈桑也是。

「我可以去費莉西雅家嗎？」

賽門站在門口，長時間喊叫使他聲音沙啞，臉色因爲哭泣和缺乏睡眠而發灰。她希望能張開雙臂，讓他跑進懷裡，和他小時候一樣。她希望能請他留下來。

「妳要不要一起去？」他問道，彷彿可以看透她的心思。「艾娃總是要我帶妳一起去。」

「阿公回來的時候，得有人在家。」

她坐在窗邊威達的椅子，目送他離開。樹木吞噬他之前，他回頭揮揮手。她忍住衝動，沒有開窗叫他回來，回到不會傷害他的溫暖安全室內。她反而舉手摸著玻璃，感到裹住房子的寒意。

狗兒躺在威達房門口，每當風吹過老房子的牆壁，牠便抬起頭，嗅嗅空氣，繼續等待。她維持房門半開，彷彿要說服自己房間確實空著。

她在椅子上差點睡著，直到狗兒站起身，細瘦的身體發出低吼，她才注意到沿路走來的人影。麗芙從窗簾後往外瞧。她可以看出男子的輪廓在陰影中忽隱忽現，他貼近柴棚走，好像不想被看見。

狗兒的低吼轉為狂吠。麗芙趕忙收起哈桑用完仍放在桌上的杯子。她噓聲要狗兒安靜，默默走到玄關。她一手撫著牆前進，需要倚靠紮實的牆面才能站穩。天色太暗，從玄關窗戶什麼也看不見，但她聽見他走上階梯到門口，體重壓得舊木板嘎吱呻吟。

「爸，是你嗎？」

她的聲音哽咽，沒有人回應。她往後退，把身子埋進掛鉤上的保暖外套，任思緒在腦中奔騰。結束了，玩完了。威達回來了，準備插手再次掌權。她瞥向掛在牆上的霰彈槍，想像舉起武器直接射穿門。其中一件外套有毛邊，搔著她的臉。閃亮的布料聞起來像他，都是菸斗的菸草和沒洗澡的老皮味。他的話在她耳中迴盪，每次他陷入那種情緒，總會衝著她吐出殘酷的話語。

「等我死了，妳就有錢了。」他以前會說，「不用懷疑。除非妳殺了我，才會拿不到遺產。」

然後他會大笑，大家話講得太毒時都會這樣。

突然有人敲門，狗兒的吠叫拔高幾個八度。麗芙躲在外套間屏氣等待。威達絕不會敲自己家的門；他會直接把門從鉸鏈扯下來。那人輕輕敲了三聲，接著轉動門把。門緩緩打開，黑暗和冷空氣伴隨著嘆息進來。

不是威達站在門口。門前台階上細窄的鞋子沾滿泥濘，狗兒垂下尾巴夾在腿間。男子的臉在黑暗中成形，她聞到微微的菸味，混著另一種令她欲罷不能的氣味。

「強尼？」她悄聲說，「你在這兒做什麼？」

「麗芙？」他在黑暗中瞇起眼。「妳在哪裡？」

她緩緩從保暖外套中踏出來，如釋重負而膝蓋發軟。

「你差點嚇死我。」

「我不是故意的，只是想看看妳好不好。他有聯絡妳嗎？」

麗芙探向開關，讓光線照亮玄關。狗兒漫步過來，聞聞強尼的濕褲腳。麗芙朝威達的臥室看了一眼，彷彿不太相信他不在裡頭。

「來吧，」她說，「上去我的房間。」

他讓她領頭走上嘎吱響的樓梯，經過賽門關上的房門，進到她的房間。他們躺在床上，小心不要碰到彼此。她看不清他的臉，但感到他散發的溫暖。在兒時以來的臥房看到他很奇怪，除了寡婦尤韓森的家，她很難想像他出現在別的地方，彷彿他是留下來的老家具之一。

麗芙定睛看著關上的門，想像有人拉扯門把。

「沒有男人上過我的床。」

「別會錯意喔，但我覺得很難相信。」

「爸爸不喜歡我帶陌生人回家。」

當她提到威達，他僵住身子，視線掃過牆面。

「妳覺得他在哪裡？」

「我不知道。我們找遍了整個村子，警方還派了警犬，但哪兒都找不到他。」

「也許他離開了。」

「可是車子還在。」

「他可以搭公車。」

「你不了解我爸。」

她記得她曾多次站在九十五號公路，朝空中舉起拇指。她總是穿得單薄，因為每次都沒事先準備。有時她口袋裡有錢，大多時候沒有。只要瞄到威達的富豪轎車繞過轉角，她隨時都準備好跳進路旁淺溝。他經常是第一台開過的車，彷彿有某種心電感應，知道什麼時候她要逃跑。

強尼粗啞的聲音吸引她的注意。

「我得告訴妳一件事。」他說，「剛才在森林裡和其他人一起搜索時，我不想多說，因爲聽起來不太好。」

「什麼？」

「威達幾天前來過，指控我一些有的沒的。最後他叫我去向別人租房子，說他的村子不歡迎我。」

麗芙緊閉上眼。

「他有時候對別人自有意見，和你無關。」

「聽起來和我很有關。妳爸啊，脾氣眞的很差，和他住一定很痛苦吧。」

「我想我習慣了吧。」

他伸手去拿外套，她擔心他要走了，一切都結束了。不過她聽到打火機的聲音，看到他的香菸末端像黑暗中的螢火蟲。

他說，「我可以問妳一個問題嗎？」

「問吧。」

「爲什麼妳還和爸爸住在一起？」

來了，她一直擔心的問題。恐慌在她胸口如火燃起。

「我們就是這樣。我懷上賽門的時候很年輕，一個人沒辦法過活。爸爸幫了我，我們就待下來了。」

「可是爲什麼？他逼得妳喘不過氣。」

「你又不了解我們。」

「我知道妳晚上像青少女偷溜，他載妳上班，彷彿妳是學齡幼童。老天，麗芙，這不正常。而且這裡每個人都說你們閒話，講妳和威達和孩子。妳眞該聽聽我一說向他租房子，大家都說些什麼。」

「他們就愛亂說話。」

「妳知道他們說什麼嗎？」

麗芙緊縮成球，頭靠著膝蓋。她聽到他沿著床來回走動，吐出疲憊的嘆息。

他又說一次，「妳知道他們說妳什麼嗎？」

她的心臟跳得好大聲，她很肯定他聽得見。

「我希望你出去。」

「什麼？」

她抬起頭，試著在黑暗中看他。

「我希望你出去。」

她看他穿上外套，彷彿承受重擔般垂頭喪氣，但他沒有爭論或試圖留下。他打開門，菸灰在他身旁飛舞。

他走下樓梯消失很久之後，他的腳步仍迴盪在她腦中。她繼續躺在被子下，雙臂抱著身子，好像擔心自己碎成碎片。她孤獨地發抖，直到睡意襲來。

二〇〇一年十一月

她和孤狼開車離開時，樺樹上的白霜閃閃發亮。雪讓森林充滿新的光彩，他們去哪兒都會留下痕跡。天氣變得更冷，他握住她的手，呼氣讓手恢復活力，再放進他的外套，塞進層層的衣服，讓他的體溫變成她的。和他在一起，她再也不覺得冷。不出多久，她便發現她愛他。不是對男人的愛，而是對兄長的愛。他是她能依賴的對象，這可是生平第一次。

她說，「我有東西給你。」

「是嗎？」

她等到他們開到山頂。他停在同一個地方——他們初遇之處。現在山屬於他們，雪白的世界躺在他們腳下。女孩從口袋拿出摺起的紙，交出去，感到指尖脈搏跳動。他看了她長長一眼，才攤開紙。她屏息等待。孤狼把紙挪到燈光下，看她畫的歪曲線條。

「這是什麼？」

「你看得出來吧？這是平面圖。」

紙上畫的是她父親家的平面圖，但她不用說出口。孤狼的眼神變得機警，下唇顫抖。她靠得更近，指向房子中央畫的叉叉。

她說，「裡面的錢比你們家的土地還值錢。」

他小心翼翼、近乎虔敬地把紙摺起來，收進胸口口袋。

他問，「妳想要什麼作爲回報？」

「沒什麼。」

「少來，妳一定想要什麼吧。」

「我只想要你帶我離開這裡。」

他們生起火，坐在火堆兩側。他腰帶上掛著原住民水杯，他們輪流拿著喝，看太陽升上天空，融掉樹上的霜。他捲了一根菸，慢慢抽，一會兒臉便不再抽搐。他摸摸鬍子，緊繃的情緒在他們之間顫動，帶著先前不存在的重大意義。她從他眼中看出他也愛她，那種文字無法說明的神奇之愛。

他放她在路旁停車區下車時，她父親的車停在那兒。他們三人同時下車，父親唇邊掛著好奇的笑。

「唉呀，原來妳在這兒。」他說，「我差點都放棄了。」

他拍拍她的肩膀，雙眼如天色灰濛濛，投來的眼神令她內心萎縮。孤狼不發一語，只是站在她旁邊，穩穩呼吸。

「去車上坐著。」父親告訴她，「我好和妳的新朋友聊幾句。」

他的語氣輕柔如苔蘚，但她不敢反抗。她坐在後座，透過車窗看父親走向孤狼。他們站著悄聲說話，主要都是她父親在說，雙手在空中翻飛。孤狼的臉色變了，但最後他點點頭。當他轉身離開，她靠近窗戶，等他瞧她一眼，用唇語說幾個字，給她一點東西珍惜。可是他坐上車，打前進檔，開上大路，都沒有看她的方向。

父親回到車上，抓住她，把手伸進她的毛衣。他想要那條項鍊，躺在她胸口的閃亮愛心。他飛快從她的脖子扯下鍊子，把項鍊放進口袋。

「只要我還活著，」他說，「妳就不會再見到他。」

整個冬天，她不時回到路旁停車區，拖著腳踩過黑暗和積雪，站在極光下等待好長一段時間。周圍的雲杉沉重安靜，陪伴著她。寒意侵蝕她的骨頭，但她沒注意到。孤狼再也沒有出現。她想到她給他的平面圖，他說他們要矯正是非。馬路顯得如此安靜寂寥。

現在他們在各自的家，又孤獨一人了。但她不願相信他永遠離開了。

威達呼喚她的聲音叫醒她，粗啞的人聲響徹結凍的碎石子路。半睡半醒之間，她離開熊農場，跟著誘引她的孤單聲音進入森林。松樹在曙光中轉紅，她在林間跌跌撞撞前進，小徑濕滑崎嶇，一路通到湖邊。太陽尚未撩開湖面上的霧，她無法看清遠方的農場，只能看到生物的陰影。一聲吠叫在樹木間反彈，似乎來自各個方向。她的腳踩碎新結的霜，威達的聲音不再迴盪在她體內。夜晚的涼意從地面升起，鑽進她的衣服，使她交替發顫又流汗。她現在非常清醒，卻仍無法放下。他在外頭，她很清楚。

瑟茹迪雅的房子突然出現在路旁，害麗芙在樹木間滑倒。活潑的鳥啼充滿林間空地，她越走越近，看到巢箱和餵鳥器掛在枝枒上，像聖誕樹的裝飾。地上蓋滿撒落的種子，到處都是鳥兒，餓得拍翅膀。她一走近，牠們便消失到樹冠中。

她聽到的聲音像意料外的一陣風。

「誰在那裡鬼鬼祟祟，嚇壞我的鳥兒？」

瑟茹迪雅站在雲杉之間，像墜落凡間的天使。她的白髮在帽子下飄動，四散的髮絲拍打歷經風霜的臉頰和驚人的淺色眼睛。

麗芙從樹叢中走出來。

「只有我，麗芙。我不是故意要嚇跑妳的鳥兒。我出來找爸爸，昨天晚上我夢到他。」

老太太的眼睛努力想聚焦在她身上，卻失敗了。她停在麗芙附近，差一點便觸手可及，她朝空中舉起滿布青筋的手，舉了一、兩秒，接著張開手指，讓更多種子落在苔蘚上，引誘鳥兒過來。

「威達要來就會來了。」她說，「他向來都是這樣。」

老太太的外套下只穿睡衣，單薄布料拖在潮濕的地上。然而卻是她頭上的帽子讓麗芙停下腳步。帽子大了好幾號，壓低蓋住她的額頭，紅色毛線不知爲何令麗芙驚呼一聲。

「妳在哪裡找到這頂帽子？」

瑟茹迪雅摸摸頭，用手指緩緩拍了幾下。鳥兒歇斯底里歌唱。

「我撿到的，」她說，「就躺在林間空地等我呢。」

「那是爸爸的帽子，媽媽好幾年前織給他的。」

恐懼使她的口氣變得嚴厲。她從老太太頭上抓起帽子，壓在撲通跳的胸口。瑟茹迪雅默默朝她眨眼，嘴巴驚恐大張，但沒有抗議。麗芙把帽子舉到眼前，聞到濕氣、森林和威達的擦劑味道。氣味如此強烈，彷彿他本人回來，站在她旁邊。

麗芙看了老太太最後一眼，轉身就跑。

第二部
Part II

❄

伐木機在樹林間張開黑色長手臂，遲疑幾秒，然後抓住一根樹幹，強勢抱緊，讓剝樹皮機開始作業。周遭的松樹在對流風中顫抖。蒼白的太陽俯視他們的破壞，等日頭升到最高點，機器停下來，坐在控制台的男子爬出車外。他把耳罩掛在脖子上，像狗般甩甩身子，四肢並用翻過他剛砍倒的木材。他拉下褲子拉鍊，朝樹叢尿尿。這時他注意到樹木間的廢屋，褪色的牆面在陽光下顯得哀傷，大門半開，掛在絞鍊上嘎吱作響，枯萎的啤酒花藤蔓攀著排水管。

男子在門廊階梯坐下，體重壓得舊木板發出不妙的聲響。他從肩膀上的袋子拿出保溫瓶和保鮮膜包的三明治，邊吃邊聽風在老屋內攪和。時不時會吹來臭味，害他的食物都走味了。男子旋開保溫瓶蓋，大口吸進熱咖啡的香味。他看到伐木機停在樹叢中等他，立刻希望當初他選擇在陽光照暖的車廂內吃午餐。

他吞下最後一口三明治，站起身。他奮力踩著過長的草往回走，卻發現惡臭越來越重，一陣陣竄進鼻腔，害他肚子翻騰。他回頭看向房子和大開的窗口，想像有人躺在裡頭，屍體躺在遭人遺忘的床上。他轉回面對森林，跑了起來，在潮濕的草地上差點絆倒。可是臭味隨他來到灌木叢，帶他走向苔蘚中露出的廢井。他保持一小段距離停下來，用上衣一部分遮住臉保護自己，但恐懼反而充斥鼻子。他不想再靠近了。他內心尖叫要他回去伐木機安全的車廂，但他的身體不聽使喚。他的腳慢慢、慢慢走向水井。發灰的木蓋子遮住井口，他掀起蓋子，一群蒼蠅從深處飛出來。他屏住氣，俯身看進井裡。一條生鏽的鐵鍊垂進水井，消失在陰影中。他看不到水，只有無法穿透的黑暗。他拉拉鐵鍊，感到抵抗的重量。不管什麼垂到井裡，他都拉不上來。惡臭難以忍受，令他反胃。他突然覺得想吐，便蹲在苔蘚地上，吐光剛吃的食物。吐完後，他才瞥見血跡，深色一塊塊滲進白色地衣，擴散在石頭上。他猛然退縮，往後倒在潮濕的地上。接著他跳起來快步跑開，等他跑到伐木機旁，空中布滿了黑鳥。

二〇〇二年初夏

她可以聞到新生活的氣味了。每晚她隔著餐桌坐在父親對面時，一切都是演戲，沒什麼能傷到她。她腦中滿是未來，她端詳森林形成的高牆，數著每日每夜，直到她能到牆的另一端。父親淺色的眼睛越過眼鏡上緣探尋她，彷彿感知到她要離開，知道她腦中充滿自由。

他趁她在學校時搜索她的房間，翻遍她的收納箱和祕密。她的衣服、筆記本和藏起來的日記上都是他雙手的痕跡。她只在日記寫想給他讀的內容，毫無意義。

她把真正的祕密藏在森林。她故意繞圈圈混淆視聽，最後才走到沼澤。有彈性的地面像護城河，把人擋在外頭。她躲在麋鹿瞭望塔的陰影中，跪著爬過最後幾公尺。她把身子拉上老梯子，感到焦慮在體內抽動。她像樹屋上的孩子，坐在有縫的木板後方，等待呼吸平緩。她挪到槍孔旁，瞇眼俯瞰父親坐擁的開闊鄉野，想像他背對她走過下方。她拿起隱形的武器，舉起槍桿，朝他的方向開槍。他倒在潮濕的地上，結實的身體抽搐扭動，像陸地上的魚。她緊閉起眼睛，看到幻想在眼前展開，直到無憂無慮的鶇鳥在枝枒間開始唱歌，逐漸將她拉回現實。

她找起牆上鬆脫的木板，把手指塞進深色木頭，挖出藏在裡頭的寶藏。她連指尖都能感到心臟跳動。她拆開包緊的塑膠袋——共有三層，好隔絕水氣。袋裡裝著一綑綑鈔票，她拿在手裡掂掂重量，即使算過很多次，她還是一張張數過。血液在她全身奔騰，她的手指顫抖，渴求外在世界。很快夢想就會成眞，很快。

然而夏天過去，鈔票仍躺在瞭望塔的藏匿處。某種疾病纏上她，難以招架的倦意和反胃感翻出她的內臟，奪走她的氣力。每天晚上，她都決定要在清晨離開，可是等早晨到來，她又躺在浴室地上，感到世界在周圍旋轉。父親的影子在上鎖的門外徘徊。

妳怎麼搞的？

❄

工作就像演戲。連恩身穿制服站在收銀台後面，流了一身汗。他的襯衫扣到頂，領子磨擦剛刮乾淨的喉嚨。當他去照員工休息室骯髒的鏡子，他看起來幾乎和大家一樣，像普通人。然而當他站在櫃台，他發現很難對上顧客的眼睛。他視每個人有美好的一天，聽起來像在重複台詞。他想像他們譏笑他刷洗過的臉和穿著。他們不該如此輕易遭到矇騙。

不過至少奈拉看來挺滿意。早晨的繁忙時段過後，他用瓷杯裝了咖啡過來。

「你學得很快。」

他沒多說什麼，但連恩感到喉嚨一緊。他灌下一口滾燙的咖啡，掩飾對方的稱讚對他多重要。工作本身並不難，他不習慣的是人。

時間過得好快。他試做了一個週末，等到週一早上，奈拉打電話來問他平日能不能上班。他說，**我有一名員工碰上緊急狀況，她的老父親失蹤了**。連恩的心跳到喉頭。他說，**當然，我可以去**。

於是他在這兒，在日光燈下流汗，努力想融入卻不成功。午餐過後，顧客稀稀落落，大多只是來付油錢。奈拉教他怎麼注意加油機，記下車牌。加油站有裝攝影機，但人眼觀察更好。奈拉的平靜情緒會感染他人，他的聲音像古老森林的安寧嘆息，能緩下他的脈搏。

奈拉問，「你抽菸嗎？」

「偶爾。」

「你想要的話可以休息去抽菸，先告訴我就好。」

「反正我要戒了。」

奈拉做了個表情，顯然不相信他。

「別對自己太苛刻，否則不會成功。我們都得有些缺點。」

他躲進辦公室，留下連恩獨自在收銀台。這簡單的舉動證實他通過考驗，可以受人依賴了。

她必然是從儲藏室進來，因爲他沒聽到她進門。他背對櫃台替香菸櫃補貨，忽然她就出現在旁邊，威達・畢爾盧的女兒。她穿大了幾號的寒酸外套，領子以上的臉色發白，他可以看到皮膚表面下的藍色靜脈。她看來不完全活著，像眼神空洞的瓷娃娃。

「你是誰？」

「我叫連恩，我在這裡工作。」

「什麼時候開始？」

「現在開始。」

她長得不像父親，一點都不像。他眼中看到她閃亮的額頭、嘴唇、試圖綁成馬尾的稀疏頭髮，絲毫沒有老人的痕跡。或許他不能拿活人和死人比較。

她伸出手，他手忙腳亂趕快把香菸盒放下。她的手握起來冰冷，令他的背脊一陣顫慄。他一直擔心有一天會被迫與她面對面，害怕她會看穿藏在他心底的一切。

「我是麗芙・畢爾盧，不過你早就知道了。」

「奈拉說妳這週不會來工作。」

「他這樣說呀？」

「他說妳家出了事，妳爸爸失蹤了。」

他看她身體一晃，腳步踉蹌短短一毫秒。但她很快就恢復，靠得更近。太近了。

她悄聲說，「我知道你是誰。」連恩瞥了一眼她身後的儲藏室大門，尋找逃跑路線。她的臉就在旁邊，直直看穿他，看著他泛紅的臉上每個毛孔和疤痕。恐懼襲來，他怕在她家破敗的廢地附近打探時，她可能在歐德斯馬克看到他。

她說，「你和哥哥會來店裡偷東西。」

「那是好久以前的事了。」

她臉上隱隱露出笑容。

「別擔心，我不會給你惹麻煩。奈拉放不下需要修補的東西，包括人。不然你覺得我怎麼會在這兒？」

他們試探般朝彼此微笑。他低頭看她的腳，她穿厚重的男靴，比他的還大雙，上頭蓋滿森林的雜物和泥土。她的牛仔褲也好不到哪兒去，褲腿又濕又髒。她聞起來很臭，混雜汗味和腐敗的稻草味。她眞的看來大難臨頭，錯不了。他愧疚的良心沉沉壓著胸口。

或許她注意到了，因而開口要說話，但警笛憑空響起，打斷了她。透過滴著雨水的窗戶，他們看到兩輛警車閃著藍光飛快開過，融雪像簾子順著輪胎濺起。

麗芙問道，「怎麼回事？」

「我不知道。」

但她已轉身跑向大門，靴子踩在地上吱吱叫。連恩看她停在加油機旁，瞇眼看向教堂，手撫著心頭。大雨把世界調暗，她在陰鬱的天空下顯得渺小蒼白。她踉蹌幾步，彷彿隨時會癱倒。

奈拉從辦公室衝出來。

「老天，怎麼了？」

連恩看奈拉跑向加油機，伸出手臂摟住麗芙保護她。她沉沉靠著他。然而連恩待在收銀機後面，感到絕望充滿全身。警車往北開，開向歐德斯馬克。他內心深處知道不用再等待了，到此爲止。

他靠著櫃台，閉起眼睛。威達躲在他的眼瞼後，連恩能清楚看到他。他無血的肌膚，黑洞般的嘴巴從苔蘚突出來，張大對著他。或許肉食動物逮到他，把他撕成認不出來的碎片。他知道不可能躺在外頭好一陣子卻不受侵擾，森林會照看裡頭的死者。

他動也不動，看麗芙和奈拉回到店內，奈拉溫柔地帶她走過貨架，替她拉開儲藏室的門。離開前，她轉向連恩，意味深長看了他長長一眼，彷彿他們共享祕密，彷彿她知道。

□

每次揮下斧頭，她的肩膀都累得發抖，但她仍一次又一次舉起。她帶著激烈的怒意劈柴，聲音響徹全村。直到他走到旁邊，大喊要她停下來，她才看到他靠近。冷雨開始落下，但她也沒注意到。等到她讓斧頭落下最後一次，她的知覺才恢復，感到後背刺痛和酷寒雨水打在脖子上。賽門把夾克披在她肩上，推著她走向溫暖的房子，他動作堅毅，好像她是晚上要小心關起來的動物。她跛腳走過潮濕的碎石路。

「在等的這段期間，我總得做點什麼。」

她早在加油站便打電話給哈桑。他的口氣暗示出事了，但他不想在電話上談。他只肯說，**我們會去找妳**。然而時間一分一秒過去，他們卻沒有來。

他們坐在陰暗的廚房，看著森林。兩人都沒說話，只有焦慮懸在他們之間。麗芙走進起居室，倒了一杯威達的伏特加。她回到餐桌，灌了幾口，再把玻璃杯推給賽門。他喝得比她想的貪婪許多。她希望他能說點什麼，自怨自艾，嫌她可悲——只要他開口，說什麼都好。沉默用力震動她的耳膜，難以忍受。她心臟亂跳，擔心胸口會炸裂。

柵欄打開，警車終於開上車道，雨水像銀矛落在車頭燈光中。他們在門口迎接警方。哈桑摘掉帽子，頭髮濕到滴水，一名年輕同事像陰影站在他身後。他們臉上掛著哀傷的僵硬面具；不需要再多說了。

「他死了吧？爸爸死了。」

「我們還是先進去吧，」哈桑說，「坐下來談。」

大雨幾乎蓋掉他的話。她深吸一口氣。來了，她心想，這一天眞的來了。她退到一旁讓警察進來，雙腿差點站不住，只能沉沉靠著賽門，他也全身發抖。她發現眼睛很難聚焦，腿很難站直，但她不想坐下。她想尖叫要他們離開，他們不用說什麼，她不想知道。她已經知道了。

賽門問，「你們找到他了嗎？」

「我們找到威達了。」哈桑的聲音聽起來好遠。「很遺憾找到時他已經過世。一名伐木工吃午餐時發現他，就在歐德斯馬克北方五公里多的果崔克村。」

他說話時頭髮仍在滴水。麗芙感到喉嚨緊縮，舌頭黏在口腔上緣。果崔克村，威達去那裡做什麼？聽起來不對。她看向賽門，他臉上毫無血色，下巴顫抖。她握住他的手，慢慢消化消息，想像威達躺在森林裡，雙眼朝向天空，雪落在他身上。她想像鳥兒站在他頭上，咬掉死去的眼睛。

「怎麼回事？」她問道，「他怎麼死的？」

「我們還不能透露細節，但肯定是他殺。」

她點點頭。她的喉嚨感覺異常得緊，身體好重。她伸出手臂摟著賽門，感到他渾身發抖，聽到他的牙齒在沉默中打顫。她起身去起居室拿毛毯，腳下的地板感覺像海綿。她把毛毯裹在他顫抖的身上。警察盯著她，好像擔心她會做出難以預料的舉動。她撫摸賽門的背，恐懼囓咬她的胃，惹她生氣。

「看看你們做的好事！」她對警察說，「你們嚇壞我兒子了。」

威達走了，他死了。這幾個字迴盪在耳中，但她無法消化。月光籠罩森林，她發現自己盯著樹木，仍在尋找他。她可以看到他在面色凝重的警察身後，站在森林深處朝她笑。

「需要我們聯絡誰嗎？」哈桑問道，「朋友或親戚？」

「沒有其他人了，只有我們倆。」

她看得出來他聽了這句話很難過，擺明在可憐他們。他平靜解釋警方會怎麼做，他們會尋找犯案現場，試圖拼湊出威達最後的行蹤。雖然麗芙依舊困惑，她還是點點頭，試著隱藏腦中的混亂。賽門去了廁所，她沒有人能依靠。地面在她腳下晃動，松木桌浮了起來。她看著哈桑和他的同事，努力假裝聽進他們說的每句話，免得他們注意到她內心的狂喜。

她自然不能說她不相信他們，不能說她仍覺得他隨時可能走進屋子。她試著回想果崔克村的農場——只剩大亨利和格蘭盧兩家——可是無論如何她都無法想像威達在那兒。她的視線落在花楸樹上，似乎看見空的絞索掛在風中。

趁賽門不在，她悄聲說，「他上吊嗎？」

哈桑只搖搖頭。

「我說過了，他不是自殺。」

她聽得懂每個字，卻無法消化。她不想聽進去。

「我媽媽上吊自殺。」她朝花楸樹和伸向天空的枝幹點點頭。

哈桑順著她的視線看去，但她知道他無法理解。他太年輕，那起事件對他來說太早了。克莉絲汀娜・畢爾盧在四月三十日的瓦爾普吉斯之夜於花楸樹上吊自殺。麗芙不可能記得，但畫面仍烙印在她腦中。新娘禮服拖在雪地和腐葉中，風拉扯深色長髮。她多次期望拋下她的是威達，不是母親。

賽門在廁所待了很久。哈桑問裡頭有沒有藥物，或者會傷害他的東西。麗芙搖搖頭。

「他想一個人哭。」

威達沒有時間安撫哭泣的小孩。賽門從小就學會情況難以忍受時，要自己離開現場。不過她沒有說出口。警察覺得她瘋了，她看到他們擔憂的表情，擔心她沒有確切理解狀況。因為這次不是上吊，威達沒有自殺，有人殺了他。她赫然意識到事實，感到房間旋轉起來。

「我想要見他。」她終於說，「可以嗎？」

□

警車緩緩駛過加油站窗外，滑進加油機之間停下來。連恩四處張望，尋找快速逃離的路線。奈拉正在堆疊展示用的蘋果，臉頰和水果一樣晶亮紅潤。他看向連恩，臉上露出笑容。

「你那邊還好嗎？」

「很好。」

「想知道什麼都可以問喔。」

奈拉人太好了，幾乎像是預謀要傷害他，揭露本色前先讓他分神。連恩感到手臂寒毛直豎。他以為能在這兒工作真是錯了。

一名警察下車。連恩認出他；他比較年輕，還想證明自己的能力。他朝連恩揮揮手，彷彿他們認識。連恩僵硬回應，努力提醒自己現在也是他們的一員，他也在工作繳稅，可以相信他人的善意。

顧客一眼就知道他有些格格不入，但他們還是和善地鼓勵他。他就像小孩學騎腳踏車——最好的辦法就是直接騎，別想太多。即便如此，他還是做不到，總是想太多。他數七十五步可以走到儲藏室大門，通向他的車和自由。他可以邊跑邊推翻貨架，讓錫罐和亮晶晶的蘋果組成障礙。只要他下定決心，沒有人追得上他，奈拉或警察都不行。他可以去森林裡的老藏身處。當初他和加百列搭起藏身處時，有很多需要躲藏的理由，那時他們還沒長大，還沒發現事情只會隨著年歲變糟。

幾秒變成幾分，彷彿過了一輩子，警察才把油槍掛回去。他刷卡付費，沒有進來店裡。他看了連恩最後一眼，便坐回駕駛座開走了。就這樣。奈拉在水果展示台旁邊吹口哨，絲毫沒注意到他們之間滿滿的緊張氣氛，不知道剛才多麼千鈞一髮。

他的手機在口袋裡震動，要求他注意。他擔心是媽媽打來說范娜出事了，不過趁接待客人的空檔，他偷看一眼，發現是加百列。他不斷打來，彷彿事關重大。連恩懶得接。

奈拉問，「是你在嗡嗡響嗎？」

「不是。」

「是女朋友嗎？」

「我沒有女朋友。」

「如果你想接電話，可以去休息。」

「謝謝，不過沒必要。」

「別忘了休息，好嗎？偶爾讓腦袋清醒一下很重要。」

但直到他的排班結束，連恩都沒有休息。他穿越儲藏室，腦袋因爲所有的新念頭而糊成一團。他經過一整櫃的汽車電池，發現自己居然在想拿了能賣多少錢，不禁感到羞愧。他點燃一根菸，解開襯衫第一顆釦子，才打開門。他踏進濕冷的夜晚，迎面撲來垃圾臭味。

他的眼睛尚未適應黑暗，拳頭便揮了過來。他的鼻梁一陣劇痛，立刻流下溫熱的血。他摸索想拉住門，但門早在他身後砰地關上。

下一拳揮來時，他已舉起雙臂保護自己。兩隻手抓住他的脖子，拿他的頭去撞粗糙的磚牆。濃稠的血流過他的嘴和下巴，滴下喉嚨。

□

警方允許他們見威達，卻不說他怎麼死的。案子仍在調查，警方不想洩露任何細節，麗芙心想或許這樣最好。重點是要見到他，確認他真的死了，讓自己安心。

她握緊賽門的手，感到他的身體在旁邊的位子顫抖。或者是她在發抖？黑夜刺痛她失眠的雙眼，但她尚未流下一滴眼淚。

森林變得稀疏，馬路進入小鎮。礙事的路燈和招牌遮住了星星。他們開過一座橋，她看到下方蜿蜒的溪流。一名落單的路人瑟縮在傘下，對街連鎖速食餐廳的霓虹燈令她目眩。她呼出的空氣讓車窗起霧。她心想，不管是死是活，他不可能在這兒——威達・畢爾盧痛恨小鎮。

他們開進地下停車場下車。慢吞吞的電梯把他們吸進樓層之間，賽門仍沒放開她的手，刺眼燈光照得他的臉慘灰木然。他們出了電梯，走過長長的走廊，兩側都是關上的門。他們的腳步形成回音，病痛和消毒劑的味道越來越重，令人窒息。他們停在一扇白色門前，哈桑帶他們走進房內，裡頭盡是光潔桌面和骯髒磁磚，牆面看來像在流血。其中一面牆上有一排低矮的方形小門，麗芙看了不禁哽咽。她抓緊賽門的手，直到手指發疼，他們汗濕的肌膚黏在一起。

「你真的確定你可以？」

「我想看阿公。」

身穿藍色手術衣的深色頭髮女子出現。

「跟我來。」

他們穿過一扇門，麗芙感到全身每條肌肉緗緊。房內沒有味道，她很訝異，心想他們怎麼除掉死亡的臭味。威達伸展躺在不鏽鋼推車上，她看到屏住了氣。與其稱之爲屍體，不如說是一具空殼，肌膚死灰沒有血色，但毋庸置疑是威達沒錯。他的臉部看來受損，都是生前沒有的小割傷和擦傷，像是野生動物用爪子抓的。白布蓋住他的身軀和腿，但她想像能看見下方的傷口——肌膚撕開，心臟所在之處只剩黑洞。

他的雙手布滿藍色靜脈，癱軟靜放在身體兩側。她小心翼翼伸出手，觸碰他的手指。他的手指不再是會痛的爪子，死亡拉直了他，把他變得順從有彈性，把他變得更好。

賽門在她旁邊開始啜泣，單調的牆面間響徹他無法控制的哭聲，令她心碎。她抱住他，讓他的臉埋在胸口，不用看到屍體。她倒是挪不開目光。她沒有哭泣、尖叫或咒罵，只是站在那兒，看著死去的父親，感到無聲的歡欣在心中湧現。她朝哈桑點點頭。

「是他沒錯，」她說，「是我爸爸。」

□

「所以你在這兒工作。」加百列嘶聲說，「有那麼多地方可去，你偏要選這裡？和她當同事？」

「奈拉雇用我的，和她無關。」

他感到拳頭再次揮來的旋風，不過這次他及時閃開，跌進殘留的雪堆，寒意滲透他的衣服。加百列站在他上方，抽搐的動作顯示他吸毒了。連恩捏住鼻子止血，瞥了一眼儲藏室的門，確保沒有人聽見。如果奈拉看到他現在這個樣子，肯定會反悔，馬上開除他。

加百列踢他一腳。

「上車。」他說，「我們去兜兜風。」

加百列指示連恩開進森林，遠離人煙。他開的路滿地坑洞，前方看似死路一條。樹木散發赤裸的水氣，凝結成閃亮水珠覆蓋整輛車，抹去所有銳利的輪廓。加百列在牛仔褲上敲打指頭，若有所思瞄著連恩。

「我沒辦法信任你。」他一直重複，「你從來不思考，不用大腦。」

連恩想著老人。事情發生得好快，像捻熄蠟燭，不過就幾秒，一條生命便消逝。他留心加百列的外套，還有藏在裡頭的東西。他看加百列的手放在大腿上，靜不下來的手指不斷伸進口袋，拿出香菸和打火機。每次他的手一動，連恩的心都一震。

「我真的嚇了一大跳，你懂嗎？開車經過，看到你站在她的位子。」

「眞的和她無關。」

「良心在譴責你嗎?你可憐她。」

「我不知道你在說什麼。」

連恩開得太快，很難轉彎。馬路開上坡，森林越發稀疏，樹木變得低矮，讓出空間給不見星辰的陰暗天空在頭上展開。超過范娜的上床時間了，他來不及和她說晚安。

他們開到坡頂的馬路盡頭。夜色吞噬景物，他們只能想像下方是好幾英里的森林、湖泊和開伐過的土地，要說陰暗沉靜的大湖環繞他們也不無可能。遠處幾盞燈顯示人跡，否則四下無人。連恩認出這個地方。小時候，每次爸爸對媽媽說玩完了，他要帶孩子一走了之，他就會帶兄弟倆上車，開到這兒來。爸爸會在引擎蓋上放一手啤酒，揮揮手臂。他會說，**你們可以在這上頭蓋房子，那些混蛋永遠不會鄙視你們。**

連恩停好車，他們同時開門，讓冷空氣吹過身上。他用後照鏡飛快看了自己一眼。他的上唇長出血畫的鬍子，好險沒受什麼重傷。

「我們來這裡做什麼?」

加百列沒回答。他拉開外套，拿出一包香菸，沒有遮掩裡頭的槍。連恩將視線對著下方山谷，試圖判斷這裡到森林邊緣的距離，說服自己時機對了就能逃跑，黑夜會藏住他。

引擎沉悶的震動打斷他的思緒。一會兒後，他們看到破舊的老車開上斜坡，冷冽白燈穿過樹林。連恩認出那輛車，那盞壞掉的車頭燈和生鏽車身。車子還能開簡直是奇蹟。塗黑的車窗遮蔽視線，但他知道誰藏在後頭。

「我們要怎麼說？」

「你啥都別說，你做得夠多了。」

駕駛座車門打開，尤哈的身影緩緩從黑暗中現身。他沒有關車頭燈，貓一般的身子繞了一大圈，從側面走向他們。他胸前垂著稀疏的鬍鬚，身穿寬鬆衣服，有空間藏匿很多東西。

加百列下車，示意連恩跟上來。他蛀爛的牙齒疼得受不了。

刺眼的車頭燈從後方照亮尤哈，他們看不見他的臉，他細瘦的雙腿踩在碎石地上，靜不下來。加百列舉起一手替眼睛遮光，走過去，把貨交給他。尤哈一把抓過袋子，往後退，沒像平常好好驗貨。他的動作迅速又無法預測，眼白在黑暗中發亮。

他說，「我要知道怎麼回事。」

加百列問，「你在說什麼？」

「我要知道歐德斯馬克出了什麼事。」

尤哈往前一步，朝他們吐口水。風拉扯他的頭髮，讓夜晚充滿他身上的騷味。連恩站在一旁，看加百列伸展肌肉，怕得內臟都化成水了。他很擔心要是尤哈說錯話，要是惹出麻煩，會發生什麼事。

「袋子裡有兩個月的貨。」加百列說，「以後你去找別人吧。」尤哈緩緩將一隻手滑進外套。時間彷彿靜止，看他從內裡口袋掏出鈔票，交給他們。他把手收回來，彷彿害怕被咬。

「我孤獨一個人，」他說，「但不管怎麼躲，我還是會聽到鳥鳴。現在小鳥悄悄說威達·畢爾盧死了，他們說有人殺了他。我猜你們應該有點消息？」

加百列數起鈔票，假裝沒聽見。連恩勉強站在光圈外，遠眺森林、天空和下方漆黑的山谷。他想叫尤哈上車開走，免得情況失控，免得加百列失去耐心。

「不可思議。」加百列說，「今天晚上他給了全額呢，我們眞榮幸。」

他把錢塞進牛仔褲口袋，嘲弄般朝尤哈點頭。

「那些是我最好的貨，我向你保證，馬上能洗掉你腦袋裡疑神疑鬼的想法。我想現在你該滾回去發臭的破屋，忘掉我們存在。」

可是尤哈很堅持，身子站在碎石地上微微晃動。他大口呼吸，彷彿夜晚的空氣害他窒息。

「我叫你們去歐德斯馬克，」他說，「現在我想知道發生了什麼事。你們欠我的。」

加百列笑了，令人厭惡的聲音迴盪在山谷。他看向連恩，點頭示意。

「上車。」他命令道，「我想單獨和尤哈談。」

連恩不甘情願回到車上。他的脈搏狂跳，地面彷彿在崩塌，害他雙腿走不穩。他坐進駕駛座，想開走拋下他們，但加百列一如往常拿走鑰匙，幾乎像是知道連恩差一點就會轉身逃跑。他用力甩上門，拿牛仔褲擦擦手。他摸索藏在椅子下的刀，但沒有拔出來。如果打起來，他不會加入。

他看加百列走向尤哈。他們的頭靠得好近，他都看不見他們的臉了。只見加百列邊說邊朝空氣揮手，蒼白的手指像黑暗中的蛾。尤哈動了動頭，像是同意或理解。連恩把車窗打開一條縫，靠近窗口，卻聽不出他們說了什麼。

加百列終於後退一步，拍拍尤哈的手臂。尤哈摘下帽子，搔搔頭，再把帽子戴回去，感覺冷靜多了。他看了連恩好長一眼，揮揮手臂。連恩猛然後縮，彷彿給鞭子抽到，最後才笨拙地揮手回應。他看到加百列和尤哈握手，兩人之間的緊張情緒和針鋒相對一消而散。不管他們說了什麼，雙方都達成協議了。

等尤哈終於走回他的車上，連恩感到耳中嗡嗡尖聲作響。

□

哈桑和同事不斷重複問題，卻仍不滿意答案。威達有敵人嗎？有人想傷害他嗎？他們有爭執嗎？麗芙和賽門必須坐在不同的房間，回答同樣的問題，直到字句混成一團，無法辨識。處處都能聽到鑰匙圈叮噹響。房子成了有門關不得的囚牢，每個角落都得照亮，每支鑰匙都得交出去。警方想查看車子、槍櫃和院子小屋。陌生人的手搜過櫥櫃和層架，一切都暴露在無情的春陽下——每張照片和珍貴的文件，還有克莉絲汀娜的睡衣，仍像鬼魂掛在威達的衣櫥後方。麗芙摟著兒子坐在那兒，兩人一起建構固若金湯的寧靜小島，那裡沒有鑰匙。

警察才離開，費莉西雅就來了，像楔子卡在他們之間。她從大門溜進來，走向樓梯要去賽門房間，完全忽視麗芙，宛如靜不下來的鬼魂穿過沒開燈的屋內。麗芙順勢假裝看不見、聽不到她。然後她在陰暗的樓梯平台站了好久，傾聽關起的門後傳來他們的聲音，孤獨的感受像是重擔。

當她再也受不了，她敲敲寒酸的門，趁他們還來不及應聲，便微微推開門。費莉西雅背靠泛黃的壁紙坐著，賽門的頭枕在她大腿上，他哭腫的臉朝向電腦，費莉西雅用手指梳他的頭髮。麗芙咳了一聲，吸引他們注意。

「費莉西雅，」她說，「我不知道妳來了。」

「不然我要去哪裡？」

與湖邊那天一樣倔強的表情，和她的雙腳平衡踩著浮冰時一樣叛逆的笑容。

「你們餓嗎？」

他們互看長長一眼才搖頭，一齊反抗。

她問，「你們在看什麼？」

賽門說，「電影而已。」

麗芙站在門口，抓著門把，努力想找別的話說，好吸引他們注意。她迫切想走進房內，和他們坐在一起，拿出她在床下看到的酒瓶，灌下幾大口。然而很明顯房內沒有她的空間，她不受歡迎。她只能緩緩關上門，回到寂靜的廚房。

她點燃威達的菸斗，半推開窗戶抽菸。風擾動樹木，帶來一連串熟悉的聲音。她可以從中認出幾位鄰居，聽起來就在附近。她嘴裡叼著菸斗，走到玄關，穿上鞋子和外套，然後從鉤子拿下鑰匙，把年輕人鎖在家裡。她生平第一次鎖大門，動作感覺僵硬生疏，鑰匙似乎不熟悉鎖孔。她立起兜帽，讓聲音引領她進入森林。

他們聚集在湖邊，道格拉斯、艾娃和卡爾埃里克，還有兩個人影背對她坐著。營火劈啪作響，火星飄向天空。她在森林邊緣站了一會兒整理思緒，不過道格拉斯瞥見她，示意她過去。他的臉在火光中閃亮泛紅。

「麗芙，過來和我們坐吧。這種時候妳不該一個人。」

她不甘願地靠近，所有人都看著她。強尼也在，他站起身，讓出溫暖的空間給她。他想握她的手，但她不理會他。他雙臂抱胸，手塞進腋下，她看得出他受傷了。可是沒辦法，如果現在她讓任何人抱她，她永遠不會放手。她心底的一切會鬆動傾瀉出來，整個村子會充滿她的羞愧和如釋重負，還有她仍無法用文字描述的情緒：她覺得現在全都結束了，人生終於可以開始。

她問，「你們爲什麼坐在這兒？」

「我們想搞懂我們的村子到底怎麼回事。」道格拉斯的聲音橫跨嗶嗶啵啵響的火焰，眼睛意有所指盯著強尼。「死了一個人，總有人要負責。」

麗芙看他們的臉在火光下嚴肅又堅決。只有瑟茹迪雅露出一絲同情，朦朧的雙眼顯得哀戚，嘴唇激動得顫抖。麗芙把菸斗收進口袋；她後悔過來。旁人的陪伴不曾安慰她，現在也不會。她可以在雲杉間聽見威達嘲諷的聲音，聽見他用逼近瘋狂的恨意一一詛咒他們。仇恨是他最激昂的情緒。

「警察把整個家搜了一遍，」她說，「但他們沒給我任何答案。」

「他們也搜了我們的農場，」道格拉斯朝地上吐口水，「簡直像是覺得我們會殺自己人。」

他的話在她腦中不愉快地震動。她很訝異他突然對威達釋出好感，甚至稱威達爲自己人，因為威達在世時，他可從來沒表現得這麼親近。她知道威達聽到這種話，一定會大肆抗議，可是現在剩她一個人，抗議不是她的風格。光是和她學會要避開的人一起圍坐在火邊，感覺就很不自在了。不管這些人現在怎麼說，他們都鄙視威達。

卡爾埃里克把隨身小酒瓶舉到唇邊，灌了一大口，再傳下去。

沉默降臨。麗芙坐在強尼身旁，感到大家好奇的視線，彷彿知道他們之間有什麼。新人和威達的女兒，這種組合總讓人閒話。等隨身小酒瓶傳到她手中時，她灌了一大口，感到暖意擴散到全身。

她在火焰中看到威達。雖然在停屍間看過他，現在跟來的卻不是屍體的臉，而是他的雙手，婚戒卡在長斑的肌膚間，乾枯的手指探向她。她想起學會騎腳踏車的那年春天。她跌下車擦傷了臉，威達舔濕雙手，用自己的唾液洗淨她的臉頰，像野生動物舔乾淨牠們的孩子。風吹過松樹的頂梢，載著他酒醉哀求的聲音。*要是妳離開我，我不知道會做什麼。*

其他人聊起日夜行經歐德斯馬克的車，即使冬季試車季節早過了。艾娃說，那些不屬於這兒的無名駕駛，他們總該和威達的死有關吧。

麗芙想到他失蹤那天早上，她看到一輛黑車差點開進路邊淺溝。她有告訴警察嗎？她不記得了。

營火旁太熱，她的領子好癢，強尼又堅持坐得太近。她知道在正常的世界，人們會向彼此尋求保護和慰藉，但親暱接觸對她卻有反效果，害她躁動不安，渾身發癢。她猛然站起身。酒精流進血管了，令她站著頭暈。

「我留賽門和費莉西雅在家，」她說，「我不該拋下他們。」

沒有人能反駁她的藉口。她走向森林，冷冽空氣冷卻她發燙的臉頰。她撲進樹木之間，像深深跳進冰冷的井。她站了一會兒，吸滿整個肺的空氣。她注意到身後說話的聲音越來越大，他們的呼喊在黑暗中追著她。他們叫道，這種時候，她不該一個人。他們的口氣帶著一絲急迫，使她走得更快。

□

車頭燈的光束中，森林充滿蒼白的鬼魅。碎石路在黑暗中無預警轉彎，逼連恩用雙手抓緊方向盤。他想打電話給媽媽，聽她說范娜睡了，一切都好，可是這裡沒有收訊。他不斷對加百列說，**我得回家**，可是加百列不聽。他癱坐在副駕駛座，默默抽菸，偶爾抬手指示連恩方向。連恩問他們要去哪兒，他也不回答。他越發疑神疑鬼，懷疑他正開往自己的刑場。不過他試著不當一回事，說服自己這想法太荒謬了。

他終於問，「你和尤哈說了什麼？」

「你不用管。」

「他不可信。如果他決定說出去，我們就完了。」

加百列朝他的臉吐煙。

「尤哈不會說。」

「你怎麼知道？」

「拜託，那個傢伙住在貨眞價實的破屋，他寧願死也不會去找警察。況且說眞的，誰會聽他的？」

碎石路轉爲顚簸的柏油路，坑洞和震顫害連恩頭痛。他咬住臉頰內側，直到舌頭嚐到血味。他感到車旁有水，樹木間的空隙出現彎月的倒影。他們沒有碰到別的車——晚上沒有人開車出門——但他認出他們在哪兒了。再開五公里，就會回到卡爾博丹的家。他只要保持冷靜，專心開車，不要惹事，很快便能回家陪范娜。他已能看到她窩在他兒時的舊臥室，四周環繞脫線的軟玩具和媽媽的石頭。他會打地鋪，在她的呼吸聲中睡去。

然而加百列拍拍他的肩膀，不肯放他一馬。

「停在前面的路旁停車區。」

「爲什麼？」

「我說停就停。」

他手中的方向盤變得濕滑。他萬萬不想停車，但不停可會出事。連恩慢下車速，試圖掩飾忐忑不安的絕望正竄過全身。

路旁停車區有一棟矩形木造建築，一側附有廁所和這塊區域的地圖。小時候他們常在這兒玩，在牆上塗鴉，給迷路的遊客指引錯的方向。幾年前，外地來的一名採莓工在這兒遭到槍殺。事件的謠言到處傳，但警方一直沒抓到凶手。

連恩開進來停車。一盞燈光亮起，其中一扇廁所門開著，掛在鉸鏈上搖晃。他的後背一陣顫慄。

「我得回家。」他說，「媽媽會想說我死去哪兒了。」

「就讓她想吧。」

加百列拿那包香菸抵著連恩的下巴，逼他拿菸。他嘴唇上的疤在昏暗燈光下發亮，但他的雙眼空洞，如同室外的黑夜。連恩把菸塞進嘴裡，關掉引擎。他下了車，不祥的預感拖累他。他聽見暴漲河川從一旁充滿生命力地滾滾流過。

狹窄小徑通往木屋，加百列點頭要他先走，自己跟在後面，甩頭弄得頸骨喀喀作響，害連恩打了個哆嗦。他停在廁所旁的長凳。一捲濕的衛生紙擺在地上，空氣瀰漫尿騷味。他不想坐下。加百列打傷他嘴唇的地方發疼，唇瓣腫起很難抽菸。他心想該怎麼向媽媽、范娜、奈拉和顧客解釋。

加百列靠著髒牆，眼中閃著暗黑的光芒。

他問道，「你還記得採莓工在這兒給人轟掉腦袋嗎？」

「嗯，當然。」

「老天。」加百列說，「牆上都是腦漿，那畫面一輩子都忘不了。」

他的頭開始發暈。謠言說是毒品交易出錯，採莓工才死了，但加百列第一次暗示事件與他有關，他在現場。連恩繼續抽菸，努力不要透露他整個人陷入混亂。

「我們到底在這兒做什麼？」他說完吐口水。「我快冷死了。」

加百列的牙齒在黑暗中發亮。

「我只是希望你知道，我盯上你了。」他說，「很多雙眼睛都盯著你。我不管你是我弟弟——只要走錯一步，你就吃不完兜著走，懂嗎？」

或許是因爲害怕或疲倦，連恩感到笑意浮上喉嚨，他還來不及阻止，便聽到笑聲脫口而出。粗啞緊張的笑。他朝加百列彈彈抽到一半的菸，希望能燙到他。加百列往前撲，但連恩用手肘彎勾住他的脖子。接著他們倒在潮濕的地上，互相捶打拉扯，和以往沒有兩樣。他知道加百列怎麼打架；只要能占上風，他不會吝於動用牙齒或武器。吸毒使他變弱，同時卻也缺乏顧忌而難以預測。

最後連恩倒臥在地上，加百列雙手掐著他的喉嚨。濕潤土壤的寒氣滲進他的衣服和肌膚，寒意徹骨。他無法呼吸，看不清楚。加百列的影子和樹冠樹葉在上方閃爍。他聽到汩汩聲，只可能來自他的喉嚨。他看到范娜，她缺牙的笑容如陽光燦爛。他怒吼一聲，終於擺脫加百列，站起來。他朝加百列的胸口踢去，看他踉蹌跌進樹叢。他體內怒火中燒，他們經常打架，害彼此腦震盪和手指斷裂，但他不記得感到如此憤怒。他看加百列站起來，抖抖身子，拍掉身上塵土。加百列太陽穴的傷口血流不止，但他似乎不以爲意，反而朝黑夜微笑。

連恩擦著嘴巴說，「我說眞的，你每天都越來越像老爸。」

「去死啦。」

連恩摀住發疼的喉嚨，吐了一口口水。他保持距離，但仍氣得發抖。加百列點燃另一根菸，邁步走向車，示意打架暫時結束了。他打開駕駛座車門，朝連恩點頭。

「我盯上你了，」他說，「別忘記。」

他用力甩上車門，發動引擎。連恩站在黑暗中，聞著尿味，看他開車離開。

□

她都快回到家，才注意到有人跟著她。早在看到他之前，她已聽見粗啞沉重的呼吸，便縮進門廊，等跟蹤者現身。卡爾埃里克踉蹌從樹林間出現，雙手抵著膝蓋站了好一會兒，才恢復足夠精力，挺起身對上她的臉。

「誰看了都會以爲妳在逃命呢，」他說，「妳跑得比該死的雪貂還快。」

「你想幹嘛？」

「我只是想確定妳安全到家。」

卡爾埃里克沉沉靠著前廊圍欄，壓得腐朽木頭大聲呻吟。黑暗中他看起來年輕多了，皺紋撫平，眼神發亮。麗芙皺眉垂下眼，努力控制呼吸。短短一瞬間，她以爲是威達在追她。

「威達死了。」卡爾埃里克彷彿能讀她的心。「一切都變了。」

「我去停屍間看過他，我親眼看到他。可是我還是覺得他只是出門散步，隨時都可能從樹叢晃出來。」

「事實需要時間消化，妳得先克服震驚的情緒。」

她不敢說自己感覺多空虛。即使看到屍體，看到威達像貧血的玩偶躺在她面前，一切仍非常不眞實。不管是哈桑告知她消息時，還是後來在停屍間，她都沒哭。她只知道心中越發鬆了一口氣，皮膚也不再發癢。

卡爾埃里克用踩著階梯的那腳支撐自己的重量。她心想是否該邀他進來。現在威達過世了，或許是時候開始表現得像一般人。離開村子前，可能最好和村人打好關係，但她在卡爾埃里克身邊總是提心吊膽，忍不住想起威達帶給她的焦慮，彷彿想爬出自己的皮囊。

「不管願不願意，」他說，「現在我們得團結起來。」

「我們是怎麼有親戚關係的？提醒我一下。」雖然她知道，她還是問他。

卡爾埃里克沒有馬上回答，起初她以爲他沒聽見。他盯著她身後的門。

「威達的母親和我的母親是同父異母的姊妹，不過就我所知，她們彼此不認識。妳奶奶是私生女，從來不准進我母親家。」

「所以你和爸爸才一直處不好嗎？」

「喔，不是，我們的積怨複雜多了。」

「怎麼回事？」

「說來話長，我太累了。改天如果妳想聽，歡迎來我家，我再和妳說。」

聽他嚴肅的口氣，她不禁起身走向大門，舊木板在腳下嘎吱作響。她想問威達爲什麼說他輸不起，想知道他輸了什麼。然而她感覺他站在黑暗中聽他們說話，好像如果她說太多，他仍會對她發洩滿腔怒火。

「有件事該和妳說。」卡爾埃里克指著她說，「造就家庭的不是血緣——而是恥辱。恥辱把我們綁在一起。」

他直直看著她，過了好一會兒，她才有辦法呼吸，身體才能正常運作。不知爲何，他的話烙印了她，切中她心中的痛。她用雙臂環抱身體，試圖蓋住自己。

「我不知道你在說什麼。」

卡爾埃里克露出難過的笑。

「我想妳知道。」

一陣風吹來其他人的聲音，以及營火的味道。卡爾埃里克傾身靠近，悄聲說話，好像擔心夜晚的空氣也會把他的聲音傳得太遠。

「妳到底多了解那個人？」

「誰？」

「妳的房客，強尼，管他叫什麼名字。」

「平常不說不會注意到他。他有工作，付房租，大多時候不打擾人。我對他沒意見。」

卡爾埃里克若有所思抓抓鬍子。他看似想反駁，但最後只把腳挪下階梯，掏出隨身小酒瓶。他喝了幾口，眼睛直盯著她。

「妳一定要小心放進來的人。」他又悄聲說。「現在我們都不安全。我們只能張大眼睛耳朵，不能相信任何一個該死的傢伙，連彼此都不行。」

□

連恩跌跌撞撞走過漆黑的森林。月亮消失在雲後方，他一面跑，冰雹一面擊打他傷痕累累的臉。他的球鞋唧唧叫，冰冷的牛仔褲貼在腿上，但他仍滿頭大汗。加百列不是第一次把他丟在鳥不生蛋的地方，但他發誓這是最後一次了。

他回到卡爾博丹，黑暗中的農舍一片寂靜。狗兒還沒看見他就吠叫起來，等他跑進院子，媽媽早站在窗邊，看向陰暗的室外。他踏進玄關，她已在裡頭等他。

「我的天哪，怎麼回事？」

他只說，「加百列。」

這就夠了，她沒有多問，不想知道。她只接過他的濕衣服，用浴巾裹住他，和過往每次一樣。她領他走進廚房，從冷凍庫拿了一塊麋鹿肉排，給他冰敷腫起的嘴唇。他問起范娜，即使他知道她早就上床睡覺了。媽媽點燃柴火壁爐，他坐在最靠近火焰的椅子，凍僵的關節感到暖意穿過而發疼。或許是因爲他的沉默，或呼吸的方式，媽媽站到他身後，細瘦的手臂摟住他的胸口，臉頰貼著他的臉。他沒有試圖阻止，即使她抱得好緊，弄痛他發疼的身體。

「加百列開走我的車。」他說，「明天我可以開妳的車去上班嗎？」

「當然可以。」

「謝謝。」

「你知道我說過了。」她悄聲說，「就算你們是兄弟，也不表示你們要黏在一起。」

稍作休息後，他悄悄爬上樓。范娜在他的舊臥房沉沉睡去，抱著曾是他的兔子玩偶。他拿來薄被和枕頭打地鋪。他躺著聽女兒睡夢中的呼吸，不免受到焦慮折磨。他想起自己沒有回家的每個夜晚，他不省人事的每個白天，范娜都必須和他媽媽一起坐著等他醒來。每次他終於醒來時，她總是欣喜若狂，好像即便如此他還是世上最棒的爸爸。他試著安慰自己，他已改過自新，很久沒有錯過她的就寢時間，或睡掉一整天。然而他意識到他配不上她，羞愧得不得安寧。

各種思緒在他腦中打轉。晚上總有人打電話來想買毒，他都在路上見客戶，從不讓他們靠近房子，絕不讓他們看到范娜。不過那些日子都過去了，他不再把貨放在家。大家很快便發現，現在都改打電話找加百列。他負責經營大麻農場，照料一切。隨著日子過去，連恩漸漸淡出經營，一天一天努力和過去的生活切割。收入沒了，但無所謂，反正髒錢本來就會從指縫流掉，永遠不夠。而且現在他戒毒了，雖然偶爾會吃藥安定精神，但和以前不同了。

警方和社福單位都在觀察他，如果他不整頓人生，他們會帶走范娜，只是時間早晚而已。要不是他媽媽在，他們早就出手了。她一直都在支持他，他缺席失序時，她也挺身相助。他不知道她爲什麼要幫忙，甚至不知道她怎麼應付，他只知道多虧了她，范娜仍在他身邊。但歐德斯馬克那晚的事實如果走漏，連媽媽都無法救他。這下一切就完了，他將無法參與女兒的成長。想著想著，想到差那麼一點就失去她，無聲的眼淚不禁流下臉頰。

□

麗芙知道開啓威達祕密的鑰匙藏在他臥房，但她不知道從哪兒找起。她翻過他留下的物品，感到他的不贊同灼燒手指，彷彿她犯了禁忌，竟敢拉出他的盒子，翻找藏在裡頭的東西。便宜的菸草、一大堆薩米刀、他很久沒戴的不鏽鋼手錶。灰塵中處處可見警方搜索留下的痕跡。她絕望地想，不管她找到什麼，他們都碰過了。

威達仍在房內。即使她通風放進大量新鮮空氣，他作嘔的甜味仍殘存在褪色的壁紙中。她裝了一桶熱肥皂水，開始刷洗牆面和地板，同時敞開窗戶，讓森林的氣味飄進來。

她拖出床頭櫃，發現他的日記掉到後方的灰塵中。威達像聖經一樣攜帶這本黑色日記，從不讓人碰。他每年買一本新的，把舊的收到地窖的盒子。她還年輕時，偶爾會偷偷去讀，但她很快發現讀完一本形同讀完全部。他的生活就是如此荒蕪。

她放下抹布，開始翻閱日記，在沉默中聽見威達的抗議。紙頁寫滿簡短的筆記，記錄他每天做的事：載麗芙去工作，燻鮭魚，修院子小屋的大門鉸鏈，接麗芙回家。接送麗芙是最常出現的內容，其他的日常活動都必須配合安排，有些日子他甚至沒做別的事。老派扭曲的手寫字記下如此悲慘的人生。

時不時他還會寫註記，證明他仍需要掌控一切。

麗芙01:16出門，04:32回來。

麗芙出門慢跑，去了超過三小時。

21:22賽門的腳踏車停在莫迪家的農場外。

麗芙00:12出門，03:31回來。

02:13看到兩個男人在我們土地上。

最後一條引起她的注意。他提過狼跑到他們土地上，不是男人。這條紀錄寫在四月二十五日，他失蹤前一週。她放下日記，把頭埋進雙手。她早該聽懂的。威達總是用別的說法稱呼男人——他們是野獸、狗、禿鷹，從來不是人。

她開始輸入哈桑的電話號碼，但半途又後悔了。威達的筆記太丟臉，透露太多他們的生活、他的偏執。日記記下病態的人生，不該給他人閱讀。

□

他醒來時，范娜傾身看著他。她的眼睛和他靠得好近，雙眼合而爲一。

她悄聲說，「你的嘴巴都是黑的。」

「我跌倒受傷了，沒什麼。」

「看起來眞的很可怕。」

他輕碰自己的臉，血在下唇凝結成一大塊痂。他坐起身，感到腦袋抽痛，整個身體像要爆炸。范娜伸出雙手溫柔輕觸他的臉頰。

「要我親親讓你不痛嗎？」

「嗯，拜託妳了。」

她噘起嘴，像要吹熄生日蛋糕的蠟燭。連恩閉上眼睛，讓她在臉上落下一吻。他靜靜坐著，重重吞了一口口水，止住刺痛眼睛的淚水。他心想上班要怎麼向奈拉解釋，顧客看到他會怎麼想。他擔心會丟了飯碗。

樓下傳來男子的聲音，害他們嚇了一跳。范娜睜大眼睛。

她說，「加百列來了。」

「聽起來是。」

他還來不及反應，她便放開他，光腳跑向樓梯。即使知道不該在樓梯上奔跑，她還是跑下去，他頭腦太昏沉，沒能提醒她。他從臨時鋪的床站起來，頭和心臟同步抽動。他拖著腳走進浴室，媽媽把他的衣服晾在裡頭，他迅速更衣，往發疼的臉潑冷水。他在內裡口袋找到加百列給他的袋子，拿出一顆鎮靜劑含在舌頭下。他雙手撐著洗臉槽站了一會兒，整理思緒。

連恩下樓到廚房，看到加百列坐在爸爸的舊椅子上，全身靜不下來的精力弄得桌子震動。房內瀰漫做果醬的香味，媽媽背靠流理台，彷彿奇怪的動物闖進她的廚房，而不是她的親生兒子。范娜坐在加百列大腿上，在陽光下容光煥發，隨著他的瘋狂一同興奮顫動。他打量連恩，看進昨晚他穿的髒衣服和破裂的嘴唇。

「哇賽，看來你昨天晚上不好過。」

「你來做什麼?」

加百列把范娜的辮子像繩索纏在手上，挑釁般盯著他。連恩不情願地往房內走了幾步。桌上裝著媽媽藥草茶的茶壺冒煙，旁邊放了自製黑麥麵包。她緊張地開始擺放杯子和食物，身上的珠寶碰撞叮噹作響，像囚犯的鐵鍊。等她終於出聲道別，聲音聽起來好小。她出門去找狗兒，急著離開。加百列對她的影響和父親一樣，總是讓整棟房子充滿恐懼。

大門在她身後猛然關上後，加百列示意連恩。

「坐下。」

「我沒時間，我得去工作了。」

加百列把下巴擱在范娜頭上，青筋突起的手臂困著她，好像打算勒死她。

「我說，坐下。」

他的聲音非常冷靜，只有雙眼透露怒氣。連恩看向時鐘，他還有十分鐘，就這樣。加百列朝范娜的耳朵說悄悄話，逗她笑了。她開始幫他做三明治，放上很多起司、火腿和小黃瓜切片。《皮特奧報》攤開放在他們面前桌上，加百列把報紙推向連恩，用指節敲敲新聞頭條。黑色字體似乎朝他尖叫：

井中尋獲失蹤男子。

房間旋轉起來。加百列傾身越過桌面，雙眼緊盯著他。

「井中，啊？你要怎麼給我解釋？」

□

麗芙坐在第一排，努力想擠出幾滴眼淚。教堂坐滿了人，大家從莫斯可希爾、阿爾維斯堯爾、亞維崔克等村落遠道而來。空氣中充滿香水、鬍後水和各種味道，瀰漫好奇和疑問。她的後頸感到大家的視線。他們都聽過威達，但沒有人認識他。他們是來看他的女兒和孫子。她感覺像被趕出巢穴的狐狸，在太陽下赤裸又害怕。她的手臂摟著賽門，想替他阻擋旁人好奇的態度和擾人的眼光。費莉西雅坐在他另一邊，兩人十指相扣。他們現在總是形影相隨，永遠不分開。麗芙將手擱在賽門肩上，剛好碰到費莉西雅的頭髮，觸感比她想得軟，沒有外表那麼僵硬不自然。她的妝已經花了，黑色痕跡透露她的情緒。不過麗芙心想，那不是眞的眼淚。女孩很聰明，懂得配合做樣子。

麗芙心裡感到停滯空洞。警察也在；她回位子的路上瞥見哈桑。他穿戴深色襯衫和領帶，沒在這個場合穿制服，但她知道他為何在場。她無法忽視殺死威達的凶手可能在擁擠的教堂裡，或許就坐在其中一張硬木長凳上，觀察他的傑作結尾。她前方擺著簡單的木棺材，花朵已開始凋零。艾娃和道格拉斯全權安排，堅持要給威達正式的葬禮。麗芙有表示反對，說他不會想為沒必要的事浪費錢。他說過不只一次，*等我死了，妳可以把我丟進營火，我不想要任何紀念*。要是現在他能看到這麼多人群聚哀悼他的命運，一定會氣得火冒三丈。牧師單調地說個不停，她可以聽見威達抗議，粗啞的聲音在她腦中無比清晰：*這些傢伙，都是該死的禿鷹。現在我連死了都不得安寧*。

她回頭看到大家擠在長木椅上，沒有位子的人靠著泛黃的牆站著。她在站著的人群中瞥見強尼。比起在寡婦家，她發現他更顯高大，像松樹傲視其餘的人。他似乎直接看著她，試圖與她溝通。她繼續掃過熟悉的面孔。他們都在，鄰居和加油站的客人，都戴著哀痛的面具。

賽門把嘴巴湊到她耳邊。

「阿公活著的時候，大家都不鳥他。」他悄聲說，「所以他們現在來做什麼？」

等到咖啡時間，大家過來致哀。各種聲音都說著同樣的話：發生的事太不可思議，太可怕，太糟糕了。威達雖然爲人狡詐，甚至惹人厭，但沒有人該落得這種下場。幾個人分享年輕時的小故事，當時威達掌握人生給的每個機會，經手業務交易，追求女人。這些故事引起空洞的笑聲，試圖讓氣氛輕鬆點，把他塑造成可以暖心懷念的對象，但成效不彰。不過麗芙沒有笑，也沒有哭。她只是坐著看鐘，心想還要多久才能告別回家，不至於顯得不知感恩，或引起太多人注意。

道格拉斯、艾娃和卡爾埃里克聚在她和賽門身旁，試圖轉移注意。她沒料到這番舉動，威達多年來築起高牆，現在一夕間便倒了。瑟茹迪雅也在，坐著端茶碟喝咖啡。趁沒人在聽，她靠過來，撫住麗芙的手。

「最近我不信任自己的記憶了。」她說，「但我很肯定一件事——我找到威達帽子的地方長了雲莓。」

「現在沒有雲莓，雪才剛融。」

「妳懂我的意思。他的帽子落在雲莓田中央。」

他們悄聲談論她。麗芙聽出部分句子，感到大家炙熱的視線，無聲的指控刺痛她的肌膚。

「我們在葬禮，」她聽道格拉斯說了好幾次，「不該在這兒八卦臆測。我們必須讓警方好好辦事。」

她在馬桶上坐了好久，頭埋進手裡。人聲像鳥兒在她周圍吱吱叫，她走回她的桌子和鄰居時，地板在她腳下搖晃。強尼沒和其他人坐；隔著房間，她可以看到他的臉龐閃耀，當他們眼神交會，他眼中閃著奇怪的光芒。賽門的頭髮像陽光灑在她空位旁的椅子上。他們似乎相隔很遠，無數身體隔開他們，黑色尼龍布料和指控眼神宛如汪洋。麗芙擠過穿著正式的人群。她的洋裝像滑溜的皮膚黏在身上，頭髮感覺濕了一片。只有她的嘴巴是乾的，舌頭黏在上頷，即使她願意也無法回答大家的問題。她心中湧起灼熱的怒火，想扯掉白色紙桌巾，把熱咖啡倒在他們自以爲是的膝蓋上，用壓碎的瓷器塞滿他們最好的鞋子。她想在所有人面前，拿碎片抵著自己的喉嚨，但她只能抬起頭，一一對上他們的視線。她經過時，大家都靜下來，彷彿有人走在旁邊，調低了音量。她知道他們都在想同樣的事，但沒有人敢說出來讓她聽見。他們緊繃的肩膀和抿起的嘴巴擺明了他們深信的事實，簡直像大聲喊出內心深處的想法：她殺了自己的父親。

二〇〇二年冬天

她忽視所有跡象：她的胸部發疼，嗅覺變得非常靈敏，幾乎哪兒都去不了。到處都好臭——人的呼吸、開過村子的雪上摩托車油煙、鄰居農場屠宰動物後屍體整齊堆疊在院子的甜味。什麼都逃不過她的鼻子。

她把日益變大的身體藏在層層寬鬆的衣服下，並感謝寒冷天候和仲冬的黑暗。當再也藏不住肚子，她不再去學校。她躺在房內，感到寶寶移動，像蟲在體內蠕動，像巨大的寄生蟲吸乾她的生命力。

父親進來時，她會把被子拉到下巴。不過他也不敢看她，視線總飄浮在她頭上。每天他端來食物三次——黑血腸、肝、骨髓湯——富含鐵質和脂肪的食物能養壯她，好產下新生命。她吃飯時孩子會醒來，又踢又轉，好像渴望什麼。

最後幾個月，父親不希望她離開農場。她只能站在森林邊緣，呼吸雪的味道和周遭的寧靜。可是她能感到他在屋裡看她，害她的身體不得安寧。於是她轉而打開窗戶，傾聽落雪低喃和雲杉間的風聲。黑暗籠罩村落，人和正常的世界感覺好遙遠。父親趕走試圖靠太近的每個人，他說他們不需要別人。

別擔心，我的小雲莓，我們會一起熬過去。

到最後孩子實在太重，她根本沒有力氣出門，每次下樓梯都要半途停下來喘氣。當父親大叫要她待在房間，她也聽話照做。她躺在粉色床單的兒時床上，盯著突起的肚子看。孩子踢的時候，她能看出他的腳。她早知道會是兒子——未來的男人和怪物。她畏懼孩子硬擠出她身體的那天，她得見到他。

她想起所有的車和男人，他們冰冷的手探進她的外套，還有加油站的霓虹燈。他們進入她時宛如融冰的感覺，他們離開後的雞皮疙瘩和發顫牙齒。只有孤狼的記憶給她溫暖。偶爾晚上她會站在窗口尋找他，她的血脈能感到他在附近的狂野氣味和喜悅。他的副駕駛座是她最接近自由的地方。

死亡在日光燈下交流，黑色西裝和洋裝擠在貨架之間，人們臉上掛著冰冷的滿足表情。加油站的商店外即將下雨，天空像骯髒的布幕覆蓋一切，如同進出店門的人筋疲力盡，帶進濕氣。他們剛埋了威達・畢爾盧，每個人都在談這件事。連恩站在收銀台後，聽進他們嘴裡吐出的每句話。

「可憐的女孩，我以爲她要昏倒了。」

「那個小鬼怎麼辦？亂成一團對他沒好處。」

「我不想說死人壞話，但威達罪有應得。自從他太太過世，我看到他就毛骨悚然。」

許多人都在猜測威達怎麼死的。一名短髮大鬍子靠著收銀台，悄聲對連恩說可信來源告訴他事發經過。

「首先凶手轟掉他的頭，再開四輪機車輾過他，壓碎他每一根骨頭。警察從井裡拉他出來的時候，他就像一袋馬鈴薯！」

他們太熱衷討論死人，都沒注意到連恩裂開的嘴唇和割傷的臉頰。只有奈拉問他，連恩脫口說了冰上曲棍球練習。雖然他從小就夢想打冰上曲棍球，但其實從來沒打過。

等到休息時間，他實在太累，得靠著發臭的垃圾桶，免得癱倒在地上。加百列給他的那袋藥丸逐日減少。他不想吃，卻停不下來。他需要排解壓力，他的精神太脆弱，一點聲音都會嚇到他。他值班前吃了兩顆鎮靜劑，但沒有效，整顆腦袋還是疑神疑鬼。他一面抽菸，一面注意加百列是否出現。他總是害怕哥哥從黑暗中晃出來，拿更多問題、更多要求、更多謊言折磨他。

即使加百列否認，連恩知道是他移動屍體。他坐在媽媽家桌旁，佯裝無辜，說不是他。自從沼澤那晚，最近連恩都無法探究他的心。加百列的狀況比他們父親還糟，吸毒使他活在自己的現實中，相信自己的謊言。連恩只能保持距離，不要已經陷入泥沼還被拖得更深。

他才捻熄香菸，儲藏室的門就打開，麗芙・畢爾盧走了出來。她的黑洋裝掛在身上，臉龐蒼白嚴肅。

她問道，「你怎麼了？」

「冰上曲棍球練習鏟人不小心。」

「能分我一根嗎？」

他笨拙地掏出香菸包，試著控制顫抖的手。她沒有打火機，當他把火湊到她臉前，他看得出來她也一樣疲憊。她臉上都是勞累的陰影和皺紋，但他沒看到哭過的痕跡。

「今天是我爸的葬禮。」

「我聽說了，請節哀。」

「奈拉希望我這個月別來工作。他說大家愛管閒事，不會放過我。他說你可以代我的班。」

「到妳回來爲止，之後就會恢復正常了。」

她遠眺暮光，彷彿擔心有人站在外頭偷聽。她駝背短促地大口抽菸。

「別對奈拉說，但我覺得我不會回來了。」

「爲什麼？」

「這兒沒我的事。爸爸不在了，我沒道理待下來。我會賣掉房子，帶兒子搬去很遠的地方。」

他沒聽過她的語氣如此興奮。她撥開臉前的頭髮，看著他，眼中閃耀光輝。這比他膽敢奢望的結果都好。假如她和兒子離開，便不會有人天天提醒他這件事，很快大家就會遺忘。

「我得進去了，免得奈拉跑來找我。」

「我聽說你有一個女兒？」

「沒錯。」

「奈拉說你是爲了她來這兒工作。」

連恩低下頭，盯著他們的鞋子。她的黑色踝靴上露出不成對的襪子，一隻白色，一隻黑色。

「我答應要給她一棟房子。」

「喔，很酷呀。」

她用靴子踩熄香菸。連恩抓住儲藏室的門，替她拉開，點頭示意她先走。她停在門口，靠近他悄聲說：

「你知道什麼比給她房子更重要嗎？」

「什麼？」

「確保她夠堅強，有一天能離家而去。」

□

威達先遭到槍殺，才被丟進井裡。他們開車穿過社區，報紙廣告牌尖聲傳達這條消息。去到哪兒，大家的視線都鑿進他們身上。賽門坐在她旁邊，拉起兜帽，試圖掩飾他在哭。她想安慰他，說阿公至少沒受苦，一定發生得很快，他什麼都沒感覺到。然而文字在她嘴中顯得尷尬。他們在沉默中抵達村莊，周遭新降臨的黑暗連接他們。

兩名陌生人站在車道盡頭的柵欄旁，一男一女，從相機和大麥克風判斷是記者。麗芙認出他們，之前他們也像一對餓著的烏鴉聚在教堂外。

她緩下車速，賽門抓著車門。

「要我叫他們去死嗎？」

「不用，我們什麼都不會說。」

她下車抬起柵欄，省得麻煩他。女記者問，麗芙，妳還好嗎？她的語氣溫柔，幾乎像在哀求，但麗芙把頭縮進兜帽，拒絕看她。她成功舉起柵欄，載他們到安全地帶。進門後，她拉上窗簾，阻擋潛伏在外的好奇人士，還有撕裂她的視線。

她等黑夜覆蓋村莊，才敢踏出門外。她坐在門廊椅子上，叼著威達的菸斗，盯著森林。這時哈桑打電話來，說他在路上。她走下去抬起柵欄放他進來，記者已經走了。

看他下車，她說，「大家會以爲你搬進來了。」

「別和我女友說，她已經覺得我都不在家了。」

他在她身旁坐下。麗芙抽著菸斗，觀察他的臉，判斷能否看出他來做什麼。她把菸斗遞給他，但他搖搖頭。

他問，「妳還好嗎？」

「可以更好吧。」

她等哈桑繼續說。一絲不耐爬過體內，她覺得他只是假裝關心，好監視她。

《皮特奧報》丟在門廊桌上，她用手指戳戳黑色頭條：

「報紙說他遭到槍殺。」

哈桑深深嘆了一口氣。

「沒錯。」

「爲什麼我們要看報紙才知道？爲什麼不是你告訴我們？」

「因爲消息走漏了，報紙不該寫他怎麼死的，調查還在很敏感的階段。」

「你們有概念凶手是誰嗎？」

「就現在的狀況，我不能和妳討論。」

他看來確實很抱歉。他轉過身，好看清楚她。麗芙繼續盯著森林，看樹木在黑暗中融爲一體。

「你們都覺得我開槍殺了他吧？所以你們才來搜房子，才什麼都不告訴我。」

哈桑一手抹抹臉，扭曲他英俊的五官。

「調查謀殺案就必須調查和死者最親近的人，這是慣例。我們不能爲了好好工作而道歉。我只能說，拜託別介意，這是正常程序。」

當天際線吞噬最後一抹陽光，菸斗剛好也熄了。黑夜升起潮濕的寒意，麗芙打了個哆嗦，卻不想進去。現在屋裡東西都打開展示出來，感覺陌生。哈桑靠近一些，輕聲說：

「麗芙，不管妳信不信，我都站在妳這邊。即使我無法確切透露警方的想法，或者我們做事的原因，我還是希望妳了解。我們都是爲了妳和威達努力，沒有人該有那種下場。」

風吹得她的眼睛濕潤，她懶得擦，免得他以爲她在哭。爲了愛而哭。

「我知道妳和威達很親，」他繼續說，「這段時間對妳和賽門都很辛苦。我希望妳了解，如果妳需要什麼，都能找我。不用把我當成警察，就當一般人。」

「爲什麼你覺得我們很親？」

他沒料到這個問題，她看得出來他很困惑。他一手梳過濃密的頭髮。

「這個嘛，不然你們就不會住在同一個屋簷下了吧？他也不會帶妳的照片。」

哈桑在外套裡翻找一陣，喃喃說什麼威達的衣服和證物，最後掏出一個小塑膠袋交給她。找到威達時，照片在他的襯衫口袋裡。麗芙接過袋子，但沒看。她已經知道了。

「照片裡的人不是我，是媽媽。」

「哇，當眞。妳們長得好像，我還以爲是妳！」

照片老舊，滿是撫摸的痕跡。年輕的克莉絲汀娜披散頭髮在笑，只有眼睛透露藏在心底的嚴肅性格，以及很快便將接管的黑暗。麗芙把照片交回去。她有印象以來，威達就把克莉絲汀娜的照片帶在身上。小時候她喜歡看這些照片，盯著她美麗的臉龐好久，永遠看不膩。但隨著她長大，一切都變了，她只在照片中看到自己。

「我才幾個月大她就自殺了。」

「一定很辛苦吧，」哈桑說，「沒有媽媽陪妳長大。」

麗芙站起身，吹哨叫狗來。她的身體累得發瘦，每走一步都疼。她停在大門口，看他最後一眼。

「大家都說她自殺是爸爸的錯，說他把她愛死了。」

□

所有謠言都害他腦袋發暈，想到手機上拍的照片。連恩等到黑夜降臨，狗兒安靜下來。范娜面朝牆壁睡覺，壁紙上的裂痕像蜘蛛網在她小小的身軀上散開。他坐在電腦光線中，看影像很快占滿整個螢幕。威達的背影，他彎腰跪在地上，雙手深埋在蒸騰的土裡，彷彿在找東西。

連恩把照片複製到電腦上，才從手機刪掉。他覺得放在電腦上也不安全，但他就是無法完全刪掉。每次他試著刪除，心裡便有聲音抗議。即使不舒服，他也得看，得了解那晚發生的事。

他拍的照片大多是房子和周圍環境。唯獨一扇窗在夜色中閃耀，月光照亮可當逃離路線的小徑。房子有三扇門，一扇在正面，一扇在後面，地窖門在側面。蘋果樹可以當作梯子，從二樓或屋頂跳下來。富豪轎車停在一旁，車頭埋進黑醋栗樹叢，晨光下生鏽的輪圈蓋像金子。

事發前片刻的模糊影像。老人臉朝下看著地面，孱弱的影子落在雲杉之間，隨著天色變亮，第一抹陽光照在地上。麋鹿瞭望塔的影子蓋在他身上。他避開小徑，幾乎像是也在悄悄跟蹤什麼。

連恩調高照片亮度並放大，電腦螢幕上一切都清楚多了。記憶一擁而上。鳥兒的吱叫和爆裂物的氣味。他裸露的後背流下冷汗而發抖，但他就是停不下來。

范娜在床上動了動，他僵在椅子上。乳白色的光開始充滿房間，在她的睡臉照下病懨懨的光澤。

他轉回螢幕。威達跪在地上，雙手埋進土裡。左側角落有東西吸引連恩注意。他放大照片，瞇眼盯著螢幕，以及看來格格不入的陰影。麋鹿瞭望塔的陰影中有個淺色物體發亮，可能是某種衣物，躲在塔上的人穿的外套。可能是加百列嗎？不對，他在另一側。連恩繼續放大，直到整張照片變成顆粒粗大的混亂畫素。他調高亮度和對比，但只看出模糊的藍色輪廓。他甚至無法確定有人真的站在那兒，極有可能是他疲憊的腦在鬧他。

范娜微微出聲，他點滑鼠關掉照片。就著電腦的光，他看她翻身，辮子垂在床緣，但她沒有醒來。睡意緊抱著她，很難看出她是否還在呼吸。他僵硬地靜靜走過去，一手輕放在她的肩胛骨間，安慰自己她還活著。她剛出生時他也會這麼做，害怕失去她的恐懼難以招架，他晚上幾乎睡不著。

他在床墊上蜷起身子，蓋上棉被和毛毯，但還是覺得冷。他不斷發抖，直到睡意將他捲進惡夢，加百列的咳嗽聲充滿房間。

□

鄰近村莊睡得比歐德斯馬克沉多了，空蕩的穀倉、歷經風霜的房子上大開的窗口看他們開過。麗芙癱坐在座位上，老是覺得有人在陰暗的玻璃後監看她。賽門開車，他需要練習。眼睛下方哀傷的眼圈讓他顯得老成、更成熟。他們經過幾座鞦韆，他慢下來，但這些農場已經好一陣子沒聽到孩童的笑聲了。麗芙試圖吞下不安。

她說，「如果警察在場，我們馬上掉頭。」

「不行啦，他們會聽到我們開來。」

「我無法應付他們看我的樣子。」

警方確認了威達生前最後幾天的行蹤，但似乎仍不相信她說他沒有朋友或敵人。孤獨成了他的防護罩，他只能容忍直系親人。他向來不欠債。警方搜了房子和車，拿走地窖櫃子裡的槍。然而比起警察的問題和打擾，他們試圖看穿她的視線更糟。他們想鑽進她的皮下，亂翻一陣。他們的眼睛在她身上鑿出洞來。

他們經過大亨利的農場，看到他站在穀倉旁，怒目瞪著他們，鮮艷的羊毛夾克在糟糕光線下宛如冬陽。賽門舉手示意，他卻只回以憤怒的表情。

「那你也去死吧。」

「現在沒有人想認識我們了。」麗芙說，「我們去哪兒都帶來厄運。」

「以前也沒有人想認識我們。」

他們老遠就看到圍起來的封鎖區。碎石路上胎痕交錯，警方的警戒線在樹叢裡翻飛。越過長滿雜草的園子邊緣，便是伐平的森林，與周遭的暗綠色相比像生病了。眼前沒有生機，只有月光下的陰影緩緩移過地面。賽門開得很近，保險桿都碰到警戒線了。

他說，「沒有人。」

「你覺得井在哪裡？」

「一定在這附近。該死，雜草有夠多。要不是他們在伐木，絕不會找到他。」

或許是因為暴風雨逼近，或是環境寂寥，淚水突然令她哽咽。自從聽聞死訊就明顯缺席的淚水。麗芙眨了眨眼，淚水改從鼻子流出來。她舔掉鹹鹹的淚珠，伸手去開門。她沒有哀悼的餘裕。

警察在地上到處踩出像黑色小溪的路徑，匯集到一圈光禿樺樹中央的井。井口大張，迎接第一滴沉重的雨水。他們停在長滿苔蘚的石頭前，麗芙毫不猶豫便掀起蓋子。

她猜想凶手是否把他頭朝下丟進去。井又深又乾，她越過石頭往下看，可以聽見古怪的流水聲，來自地底的細語。附近地上可見深色一塊一塊，血在地衣和石頭上留下痕跡。麗芙撇開頭，看賽門盯著樹椿，彷彿在伐倒的樹木間尋找答案。

他說，「有人說幕後黑手是尤哈。」

「尤哈・別克？誰說的？」

「莫迪家農場的工人，她說最近常看到尤哈在鎮上鬼祟出沒。看來他即使沒有執照，也會到這兒打獵。他也不是第一次把人誤認成動物了。」

麗芙搖搖頭。

「只要出事，大家馬上都怪尤哈。我不覺得和他有關。」

她希望賽門聽不出她聲音顫抖。她許多年沒見尤哈・別克了，但她仍記得他蓬亂的鬍子，以及遭到獵捕的眼神。時隔很久了，但她永遠不會忘記他們開他的老車四處跑，看秋意在車窗外綻放，一邊抽大麻，一邊聊自由。那段時光很美好，充滿希望，直到威達介入毀了一切。她不知道他說了什麼趕走尤哈，只知道北森林的孤狼再也沒有來接她。

賽門問，「妳認識尤哈嗎？」

「不算吧。大家不都知道他是誰？」

「妳有夠不會撒謊。」

她想說，只有對你，我永遠無法騙你。她繞著井和過高的黑莓灌木走了幾圈。如果威達眞的遭到槍殺，也不是在這兒。地上血跡不夠多，只有蓋子附近幾塊。唯一的解釋是凶手把他拖過來滅跡，如果她相信瑟茹迪雅的話，是從長雲莓的地方拖來的。井邊沒長過雲莓，土地太乾了。

矮樹叢下藏了一根菸蒂。麗芙拿起來就著光看。萬寶路紅標，抽了一半，看來是用鞋捻熄。

「妳找到什麼？」

「沒什麼。」

她趕忙用手指捏起菸蒂，塞進口袋。

「走吧，我不想再待在這兒了。」

這回經過時，大亨利沒站在他家穀倉外，但她能在窗簾後看到他的影子。她沒有多想，便抓住賽門的手。

「在這邊停。」

「爲什麼?」

「我想知道這個該死的村子怎麼回事。」

□

他打電話，但加百列沒接。他開去他的公寓，尤韓娜來應門。她穿著加百列的衣服，深色頭髮垂在臉前，髮絲間可以看到一眼瘀青。

「加百列不在家。」

「我可以進來等嗎?有重要的事。」

「他說我不能讓你進來。」

「妳知道他在哪裡嗎?」

她搖搖頭，咬著嘴唇。連恩看得出來她有事沒說，但他不想和她吵。她要應付的問題夠多了。

「如果看到他，和他說我來過，好嗎?」

她開始關門，只留下一條縫，讓正常的眼睛往外看。

「他很擔心你。」她用拖長的語調說，「他說你頭殼要壞了。」

連恩笑了。

「上次我看的時候還好好的。」

他在費希斯漢堡店找到人。加百列獨自坐在室外座位，往嘴裡猛塞薯條，雙頰都鼓了起來。連恩下車時他沒有反應，直到連恩在對面坐下，他才抬起頭。陽光下，加百列的臉放鬆那側看來比平常還鬆弛，番茄醬從嘴角滴下。他推開食物，在牛仔褲上擦擦手。

「光看到你，我就沒胃口了。」

「我只能說我也是。」

「你想幹嘛？」

「我們可以開車去晃晃嗎？我有東西想給你看。」

「不行，我在等人。」

「十分鐘就好，結束我送你回來。這很重要。」

湖泊靜靜躺著，閃亮又寂寥。還沒有人游泳，天氣依舊太冷。一抹綠覆上樺樹，但夏天感覺還很遠。加百列打開車窗，點燃大麻菸。他交替咳嗽抽菸，避著連恩的視線。鳥兒尖叫，嚇了他們一跳。他們的神經時時緊繃，身體準備逃跑。

連恩心想，**他也很怕，我們害怕彼此**。

他們互相安慰的日子不再。過往無數的夜晚，黑夜宛如窒息的毛毯，蓋住迴盪著淚水與爭執的房子。總是連恩偷偷爬上加百列的床，從不會反過來。加百列會用雙手摀住連恩的耳朵，不讓他聽見樓下發生的事，不用知道東西砸毀再也無法修復。偶爾在最糟的時候，加百列會唱歌，讓棉被下的空氣振動。他會唱到連恩睡著爲止。

連恩吸了一口大麻菸，彌補他們之間的隔閡，接著按起手機按鍵。

「我覺得不只我們在場，」他終於說，「可能還有別人。」

「別說了。」

連恩把手機舉到加百列眼前，給他看那張照片。老人跪在地上，升起的日光溫暖籠罩森林。加百列深吸一口大麻菸，把煙留在肺中，同時開口。

「我不是叫你把那些東西刪了。」

「我知道，可是你看看。左邊，角落。」

「我要看什麼？」

連恩把手機推得更近。小螢幕上沒那麼清楚，但還是看得出威達身後出沒的藍色影子。

「那裡，樹木之間。你有看到影子嗎？」

加百列吐出煙，瞇眼盯著螢幕。

「我啥都沒看見，只看到你早該刪掉的照片。」

他捻熄菸丟進空可樂罐，往後靠著椅背，垂下沉重的眼瞼看著連恩。他的臉微微抽動，暗示表面下悶燒的怒火。他拿指節敲敲連恩的額頭。

「有時候我懷疑你腦袋裡有沒有東西。」他說，「你不聽話，不照指示做事。我要拿你怎麼辦？或許我應該讓尤哈處置你，省得我麻煩。」

連恩往後靠，假裝沒聽見。他仔細再看一次照片，突然懷疑起自己。或許林間的風影響光線，帶給世界不同的色彩和形狀，害他看到不存在的東西。或許加百列說得對。或許壓力過大的腦袋騙了他，想尋找其他解釋，尋找解套的方法。

他還來不及反應，加百列便從他手中抓起手機，下了車。連恩看他把手機舉過頭頂，奮力丟向柏油地，踩下去。他踩了又踩，最後只剩碎片。怒火把他的臉變成白色面具。踩完後，他撿起碎片，遠遠丟進湖裡。

連恩坐著動也不動，任他發洩。他看水面浮現漣漪，感到身下的地面晃動，大地震顫緩緩升起裂開，等著他。

□

一隻纖瘦的貓坐在大亨利的門廊，一臉譴責地看他們下車。麗芙按了門鈴，沒有人開門，不過她聽見有人在門後移動。

「你就開門吧，」她叫道，「我知道你在家。」

賽門已經往回走要上車，門才嘎吱打開，露出大亨利的臉。麗芙還不到他的胸口，他龐大的身軀占滿門口。即便如此，他一直低頭盯著她的鞋子。

「妳想做什麼？」

「我們想進來和你談談。」

「你們想談什麼？」

「我想你自己想得到吧。」

大亨利拖著腳。麗芙腦中閃過在學時的記憶：酷寒的一月，落雪壓沉樹枝。校車爆胎，即使才首次見面，她和大亨利仍一起踏著雪上摩托車的胎痕，一路聊到歐德斯馬克。碰到雪最深的地方，他走在前頭，讓她踩他的足印。隔天彷彿什麼都沒發生，看不出他們共度的時光。現在也一樣，他長滿皺紋的臉假裝不認識她。

「你們就進來吧。」

房子寬敞安靜，裝潢簡約。大亨利帶他們到廚房，請他們坐下。咖啡杯漬在蠟質桌巾上畫出隨機圖案，能看出他通常坐哪一側。母親過世後，現在他一個人住，兄弟姊妹中只有大亨利留在村裡。

「我想你們都要喝咖啡吧？」

「不用這麼麻煩。」

沒等他們回答，他便拿一大塊木材塞進火爐，開始撈咖啡粉倒進壺裡。

她努力維持口氣友善；她不希望他築起戒心。賽門坐在她旁邊，咬著指甲。大亨利端出邊緣鍍金的高級瓷杯。他頭頂禿了一片，抓個不停。

「發生這種事太糟糕了。」他說，「我去了葬禮，覺得辦得不錯。」

「莫迪家有幫忙，不然根本不會有葬禮。」

大亨利指向窗戶。

「實在很難想像他就躺在外面，離這兒這麼近。我光想就會嚇得全身僵硬。」

「所以你什麼都沒看到？」

他的眼瞼顫動。

「我知道的事都告訴警察了。我不知道威達怎麼跑到我的井裡。」

「你沒看到不該來的人開車經過？」

「最近沒有人會開車經過我家了。林業公司的人從另一邊過來，他們自己砍出一條路。這場慘劇發生之前，沒有人需要經過這兒。現在路上擠滿警察和報社的人，還有其他愛管閒事的惡魔。」

他倒起咖啡，禿掉的頭頂閃閃發亮。賽門把手肘支在桌上，一面緊盯高大男子，一面啜飲滾燙的飲料。麗芙不敢喝任何東西，她的胃亂成一團。

「我猜最近大家都在談吧？我相信你一定聽過一些謠言。」

高級瓷杯在大亨利的大手掌中看來滑稽，好像在玩扮家家酒的茶具組。

「我可能聽過一、兩件事，但我不確定妳會想聽。」

「別管我們，我們只想知道大家怎麼說。」

大亨利嘆氣，舉手摀著臉，交替看他們。

「好吧，如果聽了不舒服，我很抱歉。我們這兒很多人都想一槍斃了威達・畢爾盧，多年來大家累積了很多怨氣。說穿了，拖這麼久很了不起。」

賽門猛然放下杯子。麗芙可以看到他的脈搏在領子上跳動。

她問道，「你有特別想到誰嗎？」

「我不會隨便點名，因爲不只一個人講過同樣的話。妳也知道，大家都不喜歡妳老爸。威達靠別人的不幸成功，他騙走老實人的土地，又轉賣給林業公司和其他外地人。許多家庭一夕間失去一切，這種事忘不了的，傷口都還會痛。」

「爸爸超過二十年沒做生意了。」

「沒錯，但他沿路留下一連串的苦難。時隔這麼多年，現在他們拿到砍伐北森林的許可了，即使那塊地是實實在在的原始林。當年就是威達買下別克家的土地，再轉賣出去，才起了頭。」

這下換麗芙低頭看著桌巾。她感到賽門的視線。她不確定他聽過多少以往的故事，他出生前發生的一切。那些事發生在上輩子，都不是他們倆的責任。她知道有人生威達的氣，但都過了這麼久，早該遺忘了。

她問，「你想要錢嗎？」

「妳啊，腦袋一直不正常。」

「你就開價吧，隨便你。只要你告訴我誰殺了爸爸，你開多少我都會付。」

他抬起頭，直直看著她。他傾身越過桌面，龐大的身軀氣得顫抖。

「我記得以前妳會站在大馬路旁，豎起拇指，想逃離這裡。妳會跳上第一輛開來的好車，但總是哪兒都沒去成。現在太遲了。妳變成妳父親，覺得錢能解決一切。」

她突然站起來，咖啡灑了一桌。陳年的羞恥在心中竄起，她匆忙穿過陰暗的玄關，走進不知從何降臨的黃昏。寒風捲著她，看她跑向車。等賽門追上她，她已發動引擎，轉上碎石路了。他滑進副駕駛座，努力繫上安全帶。他花了一會兒才找回聲音。

「剛才怎麼回事？」

麗芙握住他的手。

「不重要了，你出生前的事都不重要。」

二〇〇三年早春

孩子的哭聲刺穿她，但她提不起精力下床。月光下的嬰兒床成爲牢籠，比囚禁她的監牢小上許多。房子破敗的牆困不住孩子的哭聲，她想像哭號傳遍村子，嚇跑樹上的鳥兒。

最後是父親舉起嬌小的孩子，抱在自己胸前，用手護著他光裸的頭，在黑暗的房內搖晃他。他就這樣徘徊整晚，愛得毫不疲累。每幾個小時，他會靜靜走進她的房間。當他的影子落在她身上，女孩會假裝睡著。

他需要吃奶。

我在睡覺。

妳不希望他死掉吧？

他試圖嚇唬她，但她的身體對恐懼不再反應。她生產時，感覺所有內臟都流了出去，剩下的軀殼空洞響著回音。她沒有胃也沒有心，沒有血液能乘載恐懼。

她原本希望生下孩子後，助產士和護理師會帶走他。她以爲他們會看出狀況，可憐她。然而他們沒看見，也沒有心生憐意。

父親扶她在床上坐起來，撩起她的上衣，露出腫脹的胸部。她懷中的孩子無比沉重，她坐在黑暗中，看他吸吮。她的乳頭給貪婪的小嘴咬得發疼，等他終於放開，脆弱的肌膚都裂開流血了。

她緊閉眼睛坐著，聽父親讚美她。

妳等著看吧，現在他會長得又大又壯。

積雪壓低雲杉，萬物沒有呼吸。四周只聽見嬰兒的哭號，震盪在寂靜的雪白大地上。女孩拿枕頭蓋住臉，假裝她也埋在酷寒中。她在陰暗的窗户上看到孩子倒影，起皺的臉和無牙的嘴哀叫著渴求她給不了的一切。刺眼的光充滿房間，但她無法歡迎新的一天。她只能把手滑到床墊下，抓住等在那兒的刀子。她讓銳利的刀鋒擦過前臂柔軟雪白的肌膚。永遠都有出路，即使這條路不會通往任何地方。

❄

克莉絲汀娜黑色的眼睛越過房間看著她。她走過去，從失去光澤的相框拆下照片，拿在手中坐著看了好久，手指撫過顆粒模糊的面容。她們長得如此相似，她簡直像在照鏡子。兩人只有頭髮不同，克莉絲汀娜的髮絲濃密黑如焦油，使她淺色的眼睛像星星閃耀。

麗芙翻過照片，注意到右上角有幾個數字。起初她以爲是日期，但不可能，數字太多了，總共十一碼。她看出是威達的字跡，細長傾斜。她看著關起的衣櫃門，保險箱就在門後，依舊鎖著，在黑暗中挑釁她。警方說他們會派技師來開鎖，但得花一陣子。她搖搖晃晃站起來，呼叫賽門。

她忘了費莉西雅也在。他們一起漫步走下樓梯，頭髮亂七八糟，臉頰泛紅，彷彿給逮個正著。

「妳在叫什麼呀？」

麗芙遲疑了一下，看著費莉西雅。女孩朝她微笑，狂亂的藍色頭髮讓她看來像精靈，像童話故事的角色。她終於舉起克莉絲汀娜的照片。

「我覺得我找到保險箱的密碼了。」

賽門接過照片，端詳那行數字。他肩上散落少許發炎的斑點。麗芙腦中聽到威達刺耳的聲音。孩子，穿件毛衣吧，我們才不用看你的身體。

他說，「來吧，我們試試。」

衣櫥門發出沉重的嘆息打開。她丟掉威達的衣服後，衣櫥內看來非常陰暗空曠，只剩幾支衣架在穿堂風中擺動，還有保險箱的黑眼。保險箱固定在底部，無法移動。麗芙很小的時候看過裡頭一綑綑的鈔票，但時隔太久，現在她不能仰賴當時的記憶。

麗芙和費莉西雅越過賽門的肩膀，看他轉起密碼鎖。每一聲喀都像槍響迴盪在麗芙體內。費莉西雅注意到了，便撫上麗芙的背，尷尬地拍拍她。她身上散發微微的酒味，或者只是香水，麗芙不確定。她的上臂刺了老虎的臉，狡詐的嘴巴大張，巨大寫實的牙齒在嘴裡閃耀。

她問，「妳知道裡面放什麼嗎?」

麗芙搖搖頭。

「上次我看爸爸打開的時候還很小，當年他還信任我。」

「我爸也一樣。」費莉西雅說，「他眞的每天晚上睡覺都把錢包壓在枕頭下。」

她語帶笑意，但她放在麗芙背上的手感覺冰冷。賽門蹲下來，幾滴汗水流下他的背，聞起來像剛跑過下大雨的森林。他的手小心翼翼護著旋鈕。響亮的第十一聲喀後，保險箱門晃了開來，太過突然，他們都倒退一步，好像以為威達會坐在裡面，伸手想抓他們。就在這兒了，她有記憶以來便不斷嘲弄她的黑色開口。她想到尤哈，她的想像總是他站在這兒，打開保險箱門拿錢。然而裡面沒有一綑綑鈔票或寶藏，只有灰塵在陰暗的開口內打轉。

賽門轉過頭。

「裡頭沒東西，空的。」

她震驚得發抖。

「他一定有別的地方藏錢。或者爲了安全，他終究放進銀行了，但我很難相信。」

威達向來不完全相信銀行，他總是說同時要有藏寶箱，以防萬一。

賽門伸手探進保險箱，摸摸晶亮的層板，直到手指碰到東西嗒嗒響才停下來，緩緩拿到燈光下。麗芙屏住氣。當她看見項鍊，腦中湧現回憶，自由和乾肉的氣味籠罩她。斷裂的鍊子和心型墜飾因爲時間久遠失去光澤，但無疑是尤哈很久以前給她的那條項鍊。

賽門問，「這是什麼？」

「我的項鍊。」

「怎麼會在保險箱裡？」

「我不知道。」

但她當然知道。項鍊是給她的訊息，提醒她那年秋天背著他找上尤哈。他們天真地打算拿了錢就跑——年幼的愚蠢和最終的背叛。所以威達才清空保險箱。即使他們從未執行計畫，他也沒有原諒她。她探向項鍊，腦中可以聽見他的咒罵，她心中無比恐懼，彷彿他還在世。

□

連恩坐在員工休息室，瀏覽房仲網站上的房子。每一間都太貴，他又不想住在他付得起的破爛地方。他的夢想是水邊的小紅屋，後面有森林和自家花園。遠離媽媽的狗，遠離加百列，遠離過往的人生。他會努力與鄰居相處，邀他們來喝咖啡聊天，表現得像正常人。只要給他機會就好。

他的新手機比加百列砸壞的那支大，螢幕清楚多了。奈拉走進來，站在連恩後方，他們一起看漆成紅色的夢想滑過螢幕。

「如果你知道怎麼蓋的話，買地自己蓋房子比較便宜。」

「我完全不懂蓋房子。」

「你爸沒教你？」

「我十三歲他就過世了。」

爸爸只教他怎麼破壞東西，媽媽家牆上的洞多過她能拿來遮的照片，但這種事不能說出口。奈拉拍拍他的肩膀，連恩不禁僵住身體。

「如果你打算這麼做，我可以教你。我蓋了自己和兄弟的房子。超級辛苦，但知道你建了自己的房子，完工的感覺可是無與倫比，久久都不會忘。」

連恩吞了一口口水，感到喉嚨開始發疼。他不習慣別人伸出援手；他不知道該說什麼，只能像白痴坐在那兒，假咳掩飾情緒。或許奈拉察覺到了，他沒再多說，只是微微一笑，替他們倒了咖啡，接著回到店裡。

連恩才偷偷把一顆藥丸塞到舌頭下，入口的密碼鍵盤又響了起來。他以爲奈拉忘了東西，然而是麗芙・畢爾盧走進來。大門猛然在她身後關上，響亮的聲音迴盪在牆面間。他們看著彼此。

她問道，「有咖啡嗎？」

「應該有。」

她走去咖啡機，倒了一點咖啡到馬克杯。他口中滿是苦澀的味道，趕忙吞下藥丸，努力不要哽住。他的手機還在面前桌上，但螢幕已經黑了。她不會看到他夢想的房子。

他問道，「妳來值班嗎？」

「不是，奈拉覺得我還沒準備好再站上舞台。」

「什麼舞台？」

她在他對面坐下。她上身裹著紅色法蘭絨襯衫，手肘處的補丁都磨舊了，正面可見深色的咖啡漬。她看來像借穿父親衣服的小女孩。

「收銀台就像舞台，你沒發現嗎？大家都看那個方向。你得站在那兒，成天重複同樣無聊的句子。」

連恩看著她，眨眨眼。他以爲只有他感到大家的視線，只有他在演戲。

「我懂妳的意思。」

她笑了。幾縷扁塌的髮絲垂在她臉上，但後方的眼睛閃閃發亮。他可以瞥見兒時的她，肩膀還沒弓起，陰影尚未劃過臉龐。

「我只是來向奈拉拿一些表格。」她說，「畢竟他堅持要我請病假。」

「但妳寧可來工作？」

她聳聳肩。

「至少可以聽到大家在說什麼，所有的謠言和臆測。坐在家裡可聽不到。」

「反正都是一堆屁話，」連恩說，「妳聽不到還比較好。」

她歪過頭，聚精會神看著他。

「你可以說說你聽到什麼嗎？」

「哪方面？」

「我爸爸、我。我知道大家會說閒話，進來的每個人都對發生的事有一套理論，沒有反而奇怪。」

連恩喝完咖啡，瞥向時鐘。三分鐘，就這樣，然後他就得回去收銀台了。

「我不聽八卦。」

「少來，你不必顧慮我的感受。大家都怪我吧？他們覺得我殺了自己的爸爸。」

「如果是我，我才不管別人怎麼想。」

日光落在她臉上，她的雙眼藍得驚人，他必須撇開頭。

他起身去洗馬克杯，感到她的視線跟著他，滿心期待。他回頭試著露出安慰人的笑，就像安撫擔心的范娜。他掛著笑，即使愧疚的良心像重物壓在胃上。她坐在這兒受苦是他的錯，是他闖進她的世界，亂鬧一通。

離開休息室前，他拍拍她的肩，咳了幾聲找回聲音。

「我覺得奈拉說得對，妳應該回家休息。」

□

她無法休息，無法應付停滯的空檔。她必須動起來，不讓自己坐定思考。她額頭靠著窗戶，看向殘缺的花楸樹，黑色樹枝像指節散開在沉眠的草地上。她會把枝幹和去年秋天的落葉一起燒了，再從根拔起樹樁。她承諾自己很多年了。

房子都是清潔劑的味道。地板掃過刷過，狗兒在濕木板上留下掌印，陽光流瀉進來，照亮家具表面。威達的房門大開，現在房內和過往的主人一樣空虛，沒有靈魂。

一樓的窗戶開著，春天的空氣飄進來，一掃以往的苦澀。威達沒留下什麼，連味道都不在了。她把他的衣服在車道上堆成一疊，一堆毛衣、羽絨衣和法蘭絨上衣，泛黃的舊內褲和都是洞的襪子，看起來像巨大的雜色動物蹲在草地上。回憶的營火最終會燒掉所有衣物。

樓上窗戶飄下一陣費莉西雅的笑聲。麗芙以為賽門會抗議她打掃，會說他想保持威達的房間一如往常，但他什麼都沒說。或許他懂她，或許他也覺得現在呼吸容易多了。不然他就是純粹給藍髮女孩迷昏了。

笑聲趕她出門。她在閃亮的家具表面間突然感到孤單，刷洗乾淨的房子瞬間顯得陌生。她站在裂開的鏡子前，用手指梳頭髮，拿冷水潑腋下，再捏捏臉頰。然後她高聲告訴年輕人她要出去一會兒。**拜拜**，他們的聲音傳來，急著希望她離開。他們的笑聲跟著她到車道。

她跑過威達的那疊舊衣，進入松樹林。溫暖的天氣蒸發掉最後一抹冬意，水在地上冒泡，鳥兒沉默已久後找回聲音。她感到春天也充滿了她，陽光照暖肌膚，讓她內心萌發生長起來。沒有空間去想威達和黑暗了。

她抄捷徑越過沼澤地，想趕快到寡婦尤韓森家。現在換她歡笑，消失一陣子了。然而她還沒離開軟爛的地面多遠，便有東西在陽光下一閃，讓她慢下來。原來是一片金屬反射光線。她曲折移動靠近，在草叢和長滿苔蘚的樹樁間跳動，最後蹲下來看著閃亮的物體。當她看出那是什麼，不禁屏住氣。玻璃破了，金屬也扭曲，但錯不了。這是威達的眼鏡，他不戴就彷彿瞎了。她小心翼翼從水中撈起壞掉的鏡框，謹慎地用拇指和食指拿著，彷彿在拿寧可別碰的動物屍體。她把眼鏡放進外套內裡口袋，踩水在找到眼鏡的地點附近走動，尋找更多線索、一個解釋。然而四周只見苔蘚泥巴，還有地面潮濕的吐息升向天空。她想起威達坐在廚房窗邊，拿望遠鏡對準黑暗，深信有狼在他的土地出沒。

幾公尺外有四輪機車的胎痕，兩道深色凹痕消失在松樹之間。相反方向則是瞭望塔，投下憂傷的陰影籠罩一切。她幾乎可以聽見槍聲迴盪在村子，感到子彈的風，看到鳥兒從樹上飛起。這就是事發經過。瑟茹迪雅說對了，他死在這兒，雲莓田的正中央。

飽滿的水滴像珠寶掛在樹枝上，她擠過低矮的枝枒，水珠破裂落在她身上。雲杉拉扯她的頭髮，她感到野生動物在藏身處盯著她。想到威達過世時這麼多目擊者陪伴他，真是諷刺。烏鴉在樹木間盤旋，渴望柔軟的身體部位，嘴唇和眼睛。當屍體還新鮮充滿了血，遠方的獵食動物朝天抬起鼻子，深深吸進第一口死亡的香氣。或許凶手把他拖到井裡不只爲了藏屍，還要保護他免於在自家土地上給撕成碎片。最後的慈悲？

她往瞭望塔走去，腳下的地面吧唧作響。威達的眼鏡躺在倒下的松樹旁，她倚著發黑的木頭，試著判斷高塔的距離。威達毫無勝算。謀殺他的凶手必然是早上誘引他進入森林，直接走進陷阱。她看得很清楚了。

四輪機車在地上留下深深的凹痕，但黑水從地底滲出，糊掉了胎痕。到處都是各種痕跡，毫無頭緒。她小心踩著同樣的水坑，泥巴才會一併糊掉她的腳印。低矮的雲朵憑空出現，遮住太陽。她彎腰貼近地面，最後一段路幾乎用爬的，努力尋找線索，什麼都好。等她來到高塔顫巍巍的梯子旁，她的衣服已經濕得滴水，寒意穿透層層衣物，害她牙齒打顫。她爬上梯子，腦中聽到威達宛如咒語的沙啞聲音。他吟唱道，**還沒有蚊子，雲莓叢還沒開花。很快我們將再次在草地做愛，很快我們的孩子將會到來。**

高塔上空無一物，只有從寬大裂縫飄進來的松針和松果。她跪下來，掌心撫過不平整的地板，尋找菸蒂或槍手可能留下的東西，但什麼都沒找到。她把手塞進牆上鬆脫的木板，在狹小藏匿處挖了一陣，直到手指摸到塑膠。她很訝異袋子還在。她屏息從洞口拿出塑膠袋。她很肯定袋子以前是藍色，但多年來都變白了。陳舊的鈔票褪色，邊緣皺起，全都黏在一起，沒辦法數。她胸口湧起劇烈的啜泣。她把一綑綑鈔票丟回袋子，推回木板後面。她不想記得了。

她爬向槍眼，發黑的木板嘎吱作響，令人擔心。突來的陣雨下在沼澤，如悄悄私語落在苔蘚上。她小的時候，他曾答應教她打獵。每年秋天他前往森林時，都重複同樣的老話，說隔年一定會帶她去。但等到隔年，她還是不准靠近獵槍。

牆上的麋鹿透過縷縷煙絲盯著她，好像狡詐地咧嘴笑。窗簾拉上，但陽光仍滲進房內，暴露出灰塵和他們蒼白的冬季身體。強尼的手放在她臀上，輕如羽毛。氣氛應該很平靜，但他堅持要談威達，把死去老人的鬼魂帶進這一刻。

「調查進行得如何？」他想知道，「妳有再聽到什麼消息嗎？」

「警方說有進展，但我不知道是什麼意思。」

「他們有嫌犯了嗎？」

「有也沒告訴我。」

「鋸木廠那邊謠言滿天飛，茶水間吵得像嗡嗡叫的蜂巢。」

「我可以想像。」

她把手放在他胸口，手指揪著粗糙的毛髮。他的心在她手下飛快地跳。

他遲疑地說，「他們常提到妳。」

「他們都怎麼說？」

「發生這些事妳會得利。」

她抽回手，盯著麋鹿頭幾秒，然後下床，伸出一隻手臂遮著身體，開始尋找她的衣服。

有時她可以在房內感到年邁寡婦的存在，老年的臭味殘留在牆裡。她知道大家在說閒話，一直都是。她有印象以來，八卦總是跟著小受害者麗芙・畢爾盧和她小氣的父親。

「妳生氣了嗎？我只是轉述聽到的話。」

「大家都滿嘴屁話，我才不在乎他們怎麼說。」

「拜託，別走。」

她找到毛衣，迅速套上頭。她的外套擱在衣櫃上，內裡口袋放著威達的鏡框。她拉起拉鍊，感到銳利的金屬抵著胸口。強尼點燃另一根菸，火光照亮他深邃遠望的雙眼。她緩緩走到他的床頭櫃，彎腰從菸灰缸挑起一根菸蒂，仔細端詳。

「妳在做什麼？」

「你會打獵嗎？」

「不會。我應該要會嗎？」

「你沒拿過槍？」

「服兵役的時候拿過，但很久沒拿了。」

「你到底會不會開槍？」

「這我不確定，」他笑了，「我猜我不算完全沒概念吧。」

她把菸蒂丟回菸灰缸，去拿她的牛仔褲。褲子現在鬆垮垮掛在她腰上，過去一年多她的體重掉了不少。一切都開始凋落，連她的身體也是。她更衣時，外頭的狗兒吠了起來。一輛車沿路開來，她靜靜走到窗邊，隔著窗簾往外看。

「是警察。」

強尼趕忙捻熄香菸，抓起衣服，笨拙地拉棉被蓋住凌亂的床單，還有他們身體在床上壓出的痕跡。很快不耐的敲門聲響徹老屋。麗芙緊貼牆面站著，躲在麋鹿頭的陰影下。

「我不希望他們在這兒看到我。」

強尼離開去玄關，拿了她的鞋子回來。

「從窗戶出去。」他悄聲說，關起臥室門。

她聽見他們走進玄關，女子的聲音在屋內響起。她說他們想聊聊他的鄰居畢爾盧一家，還有村裡發生的慘事。強尼請他們到廚房；椅腳刮過地面，水從水龍頭一湧而出。麗芙鑽到窗簾後，打開窗戶的鎖。死蒼蠅腳朝天躺在兩層玻璃間，黏滿黑蟲的脆弱蜘蛛網卡在她的外套和頭髮上。外頭太陽已下山，森林黑暗的懷抱在幾步之外等她。她先抬起一隻腳跨過窗台，再抬起另一腳。她的雙腿懸在空中，強尼的狗跑過來，好奇地聞她的鞋子。她放手開始跑，牠們也跟上來，一路追她到沼澤。她在水坑中一個踉蹌，倒在地上。她閉起眼，讓寒意浸濕衣服。狗兒嘴裡的惡臭令她咧嘴露出自己的牙齒，挑釁要牠們了結她，把她撕成碎片，讓沼澤的苔蘚和黑水吞噬她。但牠們拋下她，任她陷進泥巴。

□

紅色福特轎車停在加油機旁好一陣子了，都沒有加油，駕駛也沒有要下車。顧客進進出出，但連恩一直看著那輛車，突然害怕對方和加百列或警察有關。一座加油機剛好遮住駕駛，更令人煩躁。連恩的想像爆發，即使他知道便衣警察通常開較新的富豪V70，他也沒看到加裝的車尾燈或明顯的天線，沒什麼顯示他們是警察。正好相反，畢竟車子的馬達狀況挺差的。極有可能是和加百列混的廢物，可以取代連恩當司機。

下班後的人潮來了又走，等隊伍變短，紅車已經不在了。連恩試著甩掉疑神疑鬼。輪班結束後，他從咖啡機倒了咖啡，探頭進辦公室向奈拉說再見，然後從儲藏室離開。門上的燈泡該換了，他用手機照路，免得踏進黑暗，以防加百列潛伏在門外陰影裡。

然而這回不是加百列在等他，是那輛紅色福特轎車。儲藏室的門砰地一聲在他身後關上，他想也回不去店裡了。咖啡從杯子濺出來，他背靠大門，眼看一名深金髮女子下車，朝他微笑。她身穿紅大衣，牙齒沾上紅色口紅。

「連恩・利利亞？」

「請問妳是？」

她越靠越近，他腦中冒出數個可能。她看來太輕浮，不像警察，又穿得太時髦，不可能替加百列跑腿。

「瑪琳・西古達朵提，」她說，「《諾蘭郵報》的記者。」

記者。他早該想到，奈拉警告過他，禿鷹會繞著麗芙的慘劇不走。他告訴自己，什麼都別說。現在的重點是給麗芙和孩子一點安定平靜。

瑪琳・西古達朵提脫下手套，伸手向他致意。她抓住他的手指，強而有力與他握手，笑容艷紅燦爛。連恩心想自己是否該回以微笑，是否至少該裝得樂於助人，還是忽視她最安全。他抽回手，喝了一口咖啡，走向他的車。他不希望她看見恐慌逐漸掌控他。

她大步跟上來，問起他的工作，問起同事間的氣氛，問起麗芙。

「我沒什麼好說。我是新人，什麼都不知道。」

他坐上駕駛座，把杯子放進杯座。記者從車門探進來，不願意讓他開走。

「聽說麗芙・畢爾盧因爲爸爸遭到謀殺而丟了飯碗，你接手她的工作。是這樣嗎？」

連恩哼了一聲。

「不是，才不是這樣。」

他關起門，逼她後退。他發動引擎，抓緊方向盤，火熱的不耐感擴散到指尖。他沒看記者便倒車，假裝她不存在。回家路上，不安的情緒一直跟著他。大家似乎都覺得他占了麗芙的位子，令他不悅。或許因爲他們不完全錯。

□

麗芙跑過森林。樹根不斷絆倒她，她一次又一次重重跌在潮濕的地上，再掙扎爬起來繼續跑。她跑得還不夠快。黑暗中某處傳來狗吠，急迫的叫聲只在狩獵時會聽到。等她回到熊農場，她看到警車停在車庫旁。透過窗戶，她可以看到賽門的金髮和哈桑壯碩的身軀。警方彷彿入侵了村子每一棟房子。她腦中閃過轉身逃跑的念頭，但爲時已晚，她無處可去，無處可躲。

她走進玄關，迎面聽到他們的笑聲。哈桑的鞋子整齊放在門墊上，與她破爛的靴子相比，擦得晶亮的鞋彷彿在嘲笑她。咖啡香籠罩他們，兩人中間放了一盤餅乾，要不是他穿著警察制服，看來就像平日和朋友喝咖啡。她站在門口，看到兩人瞥見她時震驚的眼神。

「妳怎麼了？」賽門問，「妳看起來完全瘋了。」

她這才意識到自己衣服全濕，雙手沾滿黑色泥土。

「我抄捷徑穿過沼澤，就這樣。」

她看著哈桑。

「你來做什麼？」她口氣嚴厲，幾乎帶著敵意，但哈桑只是一笑。

「我知道你們看到我很膩了，不過我只是來分享好消息。我才和賽門說，最近警方調查頗有進展。很抱歉我不能講細節——我只能說，我們在發現威達的井附近找到確切證據，我相信很快就會查出我們要的答案。」

麗芙拍拍胸前口袋，摸到裡頭威達鏡框的堅硬邊緣。她頓了一下。

「我找到一樣東西，可能對調查很有幫助。」

「什麼東西？和我說吧。」

「我碰巧找到爸爸的眼鏡，就在麋鹿瞭望塔附近。他沒戴眼鏡根本看不見，所以去哪兒都會戴。」

她小心從口袋拿出眼鏡，走過去交給哈桑。刮舊的鏡框反射光線。

「我覺得他在那兒遇害，」她繼續說，「沼澤那邊。瑟茹迪雅也暗示過，但當時我沒聽懂。她說她在長雲莓的地方找到爸爸染血的帽子。」

哈桑掏出藍色橡膠薄手套戴上，才拿起鏡框，仔細檢查。

「妳可以指出在哪兒找到的嗎？」

「應該可以，離瞭望塔不遠。」

「妳非常確定是威達的？」

麗芙和賽門都點頭。絕對沒錯。他們靜靜坐著，看哈桑輕輕把壞掉的眼鏡放進紙袋，標上日期。看到別人這樣對待威達的物品，像是包裝難看的禮物，著實奇怪。東西少了他便失去力量，變得不甚眞實。

二〇〇三年春天

孩子是他們之間黑暗中生長的異國之花。春天帶來新希望，替房間注滿特別的光芒。父親和女孩俯瞰孩子，在他皺皺的臉上尋找自己的痕跡，心中充滿只有愛能帶來的純然恐懼。

每次去診所都害她的焦慮感飆升。女孩讓孩子靠著她纖細的肩膀，每天都感到他長得越大越重。他吃飯、睡覺、哭泣，伸出強壯的小手指找她。即便如此，每天早上她依然俯瞰他，看柔軟的身體成長，摸摸他毛茸茸的頭，在他空白的眼中尋找裡頭有怪物的跡象。她深信他帶有某種隱形疾病，並爲此崩潰，因爲她知道哪裡不對勁。他不像其他小孩，他根本不該來到世上。

「小鬼沒問題，」她父親說，「大家都看得出來。」

可是去診所的路上，即使冰霜仍在樹上閃耀，她的脖子總是汗濕一片。一如往常，父親在停車場等她。她抱著孩子走進門，沉重的門在她身後關上時，他的視線刻進她後背。刺眼的陽光跟著他們進入候診室，使她面對醫生睜不開眼。女孩坐在椅子邊緣，看他們替孩子量測秤重。他脆弱的頭周圍環繞春光的光環。醫生語帶笑意和她說話。

「小傢伙眞可愛。」

他的成長完全正常，沒什麼好擔心。就算醫生瞥見怪物，也沒提到。她擔心的是女孩。

「妳有人可以幫忙吧？偶爾休息一下很重要。」

「我過得還行。」

「兒子的爸爸呢？妳還是不知道是誰？」

「嗯，我不知道是誰。」

她把謊言當作溫暖的大毛毯，裹住自己和孩子，強效的自保之網讓他人保持距離。父親在停車場，坐著雙手抱頭，前後搖晃。

❄

早晨明亮，生氣蓬勃。她穿越村子，走雜草叢生的小道繞過瑟茹迪雅家，免得碰到老太太。她穿過灌木叢，聽見鳥兒在遠方尖叫。

卡爾埃里克的房子在小丘上。他家的農場代代相傳，但照料得很好，不像熊農場。雲杉之間可以看到閃耀的紅屋子。她隱約記得小時候坐在陽光照暖的廚房，拿杏仁餅乾沾咖啡，威達和卡爾埃里克則在房子後面交談討論。至少威達這麼說，即使卡爾埃里克拿酒瓶丟他，逼他跑下山丘，他還是這麼說：他們在交談討論。不過隨著她長大，威達也開始警告她注意卡爾埃里克，說他心術不正，和女人在一起往往會失去理智。**難怪他是單身漢**。

卡爾埃里克的臉在日光下顯得浮腫，慘灰的肌膚蓋滿黑色粗大毛孔。

「喔，是妳呀，麗芙。進來吧，進來吧。」

屋內狀況更好，廚房翻修過，新地板逼她穿襪子小心走動，說話也壓低聲量，像在教堂。卡爾埃里克把咖啡濾壓壺放在他們之間的桌上，問她咖啡要不要加牛奶。當他打開冰箱門，她聽見他灌了幾口藏在裡頭的東西。

「還是妳想喝烈一點的？」

「咖啡就好，謝謝。」

她四處張望，視線停在廚房長椅上掛的一組圖。鉛筆素描畫出枯樹將光裸枝幹伸向模糊的灰色天空，每張圖看來都是同一棵樹，只是角度不同。克莉絲汀娜上吊的那棵花楸樹。她認出來，感到後背一陣顫慄。

卡爾埃里克打開一罐啤酒，聲音嚇了她一跳。

「妳和賽門還好嗎？」

「不差，還過得去。」

「警察幾乎天天來問問題，但好像都沒有進展。還是妳知道的比我多？」

麗芙搖搖頭。她想到沼澤和威達的眼鏡，但她不想談自己知道的事。至少不是和卡爾埃里克說。

「警察這樣不行呀。」他說，「妳是威達的家人，他們卻什麼都不告訴妳，眞是有夠惡劣。」

他喝起啤酒，忍住一聲嗝。瞧他無精打采的動作，她知道這不是他今天喝的第一罐啤酒。他濕潤的眼睛盯著她，害她想轉身逃跑。

「我從來不懂妳爲什麼和威達住。」他說，「我一直以爲妳會離開去見識世界，或至少搬出去自己住。」

如果他要問這種問題，她可後悔婉拒更烈的飲料了。他的餐桌看來和地板一樣新，木頭晶亮沒有刮痕，沒有瑕疵可以盯著看。

「我來是想談你和爸爸，」她說，「你們之間的嫌隙。」

卡爾埃里克壓扁啤酒罐，從冰箱再拿一罐。他鬍子上方的臉頰漲得正紅。

「我們不該說死人閒話，不過我對警方怎麼說，也就和妳說吧。我沒在哀悼威達，差得遠了。我們在村子終於能自由呼吸了。如果知道凶手是誰，我會拍拍他的背感謝他。」

她心中燃起怒火，灼熱得出乎意料。她的毛衣黏在背上。牆上畫的枯樹似乎在動，嘲笑她。

「你怎麼說這種話？」

「妳等一下。」

卡爾埃里克走進隔壁房間，她聽見他拉開抽屜，把東西摔來摔去。她的視線落在工作桌上擺的一把刀。深色皮革刀套配上麋鹿角刻紋刀柄，和威達以前掛在皮帶上的刀像極了。她站起來好看清楚，一邊傾聽卡爾埃里克的動靜，一邊用手指撫過做工精細的皮革。她從刀套抽出刀子，拿起來就著光線，端詳精美的細節，並開始感到不安。

等卡爾埃里克回來，她舉起刀，刀鋒對著他。

「這看起來像爸爸的刀。」

卡爾埃里克靠著門框，瞇眼盯著她和刀。

「我小時候就有那把刀了，亨利舅舅送的。以前他常刻刀給我和威達，所以妳爸爸有類似的刀不奇怪。不過我向妳保證，那把刀是我的。」

他腋下夾著相本，輕輕放在桌上。

「過來坐下吧。」他說，「看看這些老照片，或許能多了解一些。」

她不甘願地把刀歸位，坐下來。看她沒有要翻開相本，他站到她身後，伸出顫抖的手翻起頁面。相本裡都是老照片，那時卡爾埃里克消瘦的雙頰還留著鬢角。他笑得好燦爛，她幾乎認不出來，但照片中的女子她不會認錯。油亮的秀髮，那表情讓她五臟六腑停下運作。每天早上她都在鏡中看到同樣的臉。

她一會兒才看懂。卡爾埃里克的手臂摟著克莉絲汀娜，兩人的頭緊緊相靠。其中一張照片中，他們在裸泳，太陽西沉到湖的另一端。另一張照片中，他們腳踩越野滑雪板，身穿相配的帽子和雪衣。他們都好年輕，大概是賽門的年紀，還只是孩子。有些照片有其他人，但她只認出威達。他坐得稍遠，咧嘴笑，也很年輕。摟著克莉絲汀娜的人不是他。

她看著卡爾埃里克。他的嘴唇像鬍子中流血的傷口。

「所以你和媽媽交往過？」

「克莉絲汀娜是我第一段轟轟烈烈的愛，我唯一愛過的女人。」

他說話的聲音頗為清醒，清楚又穩定。他臉上散發苦痛。

「可是怎麼了？」

「妳很清楚怎麼了。威達從我手中搶走她，我的世界就崩解了。」

□

「爸爸，你會綁魚骨辮嗎？」

「魚什麼？」

「魚骨辮，看起來像魚骨頭的厚辮子。」

「聽起來很詭異。」

「很難、很難綁，但賈蜜拉的媽媽會，因爲她是美髮師。」

「我相信我學了就會。」

范娜從後座朝他笑。

「賈蜜拉說媽媽比爸爸會綁頭髮，但我說才怪，影音網站上的所有髮型我爸爸都會。」

連恩笑了。

「嗯，我可以試試看。」

她語帶驕傲，令他感動。世上居然有人相信他，只看到他的好，他想自己永遠不會習慣這種感覺。等他注意到警車，已經太晚了。車子停在媽媽家的車道，柵欄後的狗快抓狂了。他們家很少訪客，大家都不習慣，更別說狗兒了。他考慮回轉躲回大馬路，但他知道來不及了，對方已經看到他。

范娜伸手指敲敲車窗。

「警察來了。」

「我看到了。」

「你覺得他們在找加百列嗎？」

「我不知道，我們進去看看吧。」

他繞過車子解開范娜的安全帶，膝蓋發軟。她一定察覺到他的恐懼，因爲她靜下來，堅持要他揹她。她瘦弱的手臂緊勾著他的脖子，他只想帶她跑進樹叢消失。

他太過害怕，走進大門時不禁反胃。他知道這下一切都會結束，他犯的錯來討債了。他等太久，即使試圖過正常的生活，也救不了他們。警方會帶走范娜，他再也不能當她的爸爸。別人會抱她，綁她的頭髮，爲她的笑欣喜若狂。值得她的人。

他脈搏加速，感到頭暈。然而不管發生什麼事，他都不能失控，不能嚇到范娜。他會請媽媽帶她到別的房間，再讓警方逮捕他，她才不用看到爸爸其實是哪種人。

媽媽在玄關迎接他們。她抱住他們，頭髮聞起來像番紅花。

「他來超過一小時了，」她悄聲說，「但他不肯說是什麼事。」

哈桑坐在爸爸的椅子上，用媽媽在馬拉喀什買的鑲金邊杯子喝茶。她在爸爸的葬禮後去的，遲了多年試圖去找尋自我。連恩靠著門框，范娜仍掛在他脖子上，睜大眼睛，臉頰緊貼著他。

「你終於來了，」哈桑說，「我差點都要放棄了。」

「你想做什麼？」

「現在我比較想知道你背上的小猴子是誰。」

范娜從連恩肩上探出頭。

「我不是猴子。」

「喔？那妳是誰？」

「我叫范娜。」

「范娜？」哈桑盯著她，「上次我看到妳的時候，妳才這麼小。」

他用雙手比出小嬰兒的大小。

「你認識我嗎？」

「不認識，但我認識妳爸爸。有時候他惡作劇，我得來好好訓他一頓。」

哈桑朝范娜眨眨眼。連恩輕輕放下她，問她想不想出去一下，看看狗兒。她扮了個鬼臉，看著連恩和哈桑好一會兒，才和奶奶出去。

連恩等到門在她們身後關上，才轉身面對警察。他說服自己哈桑獨自前來是好事，如果警方打算逮捕他，應該會派更多人。

哈桑說，「眞是能引以爲傲的孩子呢。」

「你想做什麼？」

「坐下吧，我們聊聊。」

連恩緩緩走過房間，沒脫外套直接坐下來，即使廚房的空氣甜膩窒悶。哈桑把糖倒進茶裡，一張撲克臉看著連恩。

「了不起。」他說，「你看來變了個人，我差點沒認出來。」

「你來就爲了這個？評論我的外表？」

「不是，我只是覺得你看起來不錯，我很高興。顯然你在整頓生活。」

「我很努力了。」

他從窗口看范娜和媽媽。狗圈的柵門嘎吱響，她們奮力穿過一大群興奮的狗，風把玩她們的頭髮。很快她們也要隔著柵欄拜訪他了，想到這兒他深感痛苦。

「我聽說你開始在加油站工作了。」

「沒錯。」

「奈拉說你在值麗芙・畢爾盧的班。」

聽到她的名字，連恩感到身下的椅子消失，地上的裂縫變寬。

「等到她的生活安定下來而已。」

「你和麗芙之前就認識嗎？」

「我在店裡向她買過東西，就這樣。」

「她有對你提到父親的死嗎？」

「只有說他遭到謀殺。」

哈桑大聲喝茶。他們中間的桌上擺了一塊石英，反射著光。連恩知道是媽媽放的石頭，想要保護他。即使他對她的石頭毫無信心，看了仍心生安慰。

「她沒說別的？」

連恩突然發現哈桑不是在追查他，而是在調查麗芙。所以不只村人認爲她殺了威達，警方也這麼想。他拿起桌上的石英，緊緊握著，感到如釋重負的情緒流過全身。

「有一天她問我是不是覺得她做的。」

「做什麼？」

「那個呀，殺了她自己的父親。」

「那你怎麼說？」

「我要她回家休息。」

哈桑的視線不屈不撓。

「所以你不覺得麗芙．畢爾盧和她父親的死有關？」

石英嵌進他的手掌。他的機會來了。他知道如果加百列坐在這兒，他會怎麼做：把握機會，使盡全力加深她的嫌疑。只要為了保命，他的良知絕不會擋路。

范娜的笑聲從窗口傳來，連恩感到石頭割破皮膚。

「麗芙．畢爾盧超級怪，」他說，「但她不是殺人犯。」

□

他們駛向海岸，賽門坐在旁邊，看著手機。律師琉斯林德來電，請他們過來討論威達的遺囑。麗芙根本不知道他立了遺囑，聽到消息深感震驚。她擔心他最後的決定，是否又試圖以此懲罰她。

他們拋下無風的森林，一路開到看見海洋倒映天空。賽門的頭髮長得好長，可以梳成短馬尾綁在脖子上，露出耳朵下方的紅色印子，她以前沒看過。她認出痕跡是費莉西雅的唇形。這種要留下印記的童稚需求，試圖把自己嵌進對方，像樹皮上的刀鋒。這不是愛，但她不能說。這種事只能等人生慢慢告訴他了。

其實她很慶幸他終於找到伴。他不再是視線低垂的溫柔孤單男孩了。當年的男孩下課總對著圍籬踢球，因爲其他孩子不想和他玩；他總是坐在校車前段，如果有人霸凌他，司機才能介入；聖誕節他想要芭比娃娃和彩虹小馬當禮物，才能送給女生。女生有時比較好心，比男生好心多了。她們會做項鍊給他，他回家得藏在毛衣下，免得威達看見。不過他當然終究發現了。威達伸手從他身上扯下項鍊，廚房地上撒滿整片閃亮的串珠。麗芙仍記得世界崩塌的可怕聲響。

她問道，「你難過嗎？」

他點點頭，看向車窗外，避著她。她看他擦擦眼睛，不希望她看到眼淚。

小鎮在春陽下閃耀。人們脫下外套，在艷陽下揪起冬天蒼白的臉。小河像大動脈流過鎮上，兩旁種了一片綠色的樺樹。麗芙開過十字路口和圓環，抓著方向盤的指節泛白。她不習慣繁忙的交通，車子似乎從各個方向開來。

等他們終於停好車，賽門問道，「妳難過嗎？」

她帶了威達的菸斗，坐著笨拙地塞起菸草。

「我當然難過。」

「可是看不出來，妳都不哭。」

「我哭不出來，我想我不知道怎麼哭。」

「我這輩子沒看過妳哭。」

她笑了。好多事他沒看過，他不知道。關於她，那些夜晚，還有陌生人的車。男人的手抓住她的肌膚時，碎石像雨敲在汽車底盤上。他們的身體和舌頭強行進入她，令她感到解放。還有結束後的空虛。回家路上，總是威達開車，拒絕看她。這時她才會開始哭，也只有這時候。她摸摸兒子的頭髮和長鬍碴的下巴。

「當我懷了你，我的眼淚就沒了。」

他們早到了，會面時間是十點，現在還不到九點半。麗芙下車，靠著引擎蓋，點燃菸斗，咂咂嘴唇學威達抽菸。回憶像重擔壓在胸口，她到處都看到他。早上他放在餐桌上扭曲的手，也是她學騎腳踏車時放掉車後架的那雙手。她一直騎到靠近大馬路，才發現他沒有跟著跑，成了遠方一個小點。這時腳踏車才開始晃動，很快她便倒在碎石地上，擦傷了膝蓋，遭到背叛的眼淚刺痛眼睛。他越過眼鏡上緣看她。他曾說過，**妳和我，我們必須團結一致，如果離開彼此，一切會分崩離析。**

賽門下車陪她。他伸手拿菸斗時，她沒有反對。他們靠著肩，站著朝閃亮的屋頂呼煙圈。兩個人都沒有哭。

進入律師事務所後，感覺大家都盯著他們。琉斯林德帶他們進辦公室，麗芙踩著不穩的靴子走過圖紋地毯。他眼眶泛紅，雙手汗濕，光頭冒汗發亮。他的鼻毛下垂，說話時和濃密的鬍子混在一起。辦公室都是灰塵，有種水果腐爛的臭味。

「還請節哀順變。威達是好人，發生這種事眞是可怕，太可怕了。」

琉斯林德舔舔手指，翻閱文件，但一群果蠅徘徊在廢紙桶上，分散她的注意。他說他認識威達超過二十年，很榮幸能和如此有魅力的人共事。麗芙坐在椅子邊緣，試圖判斷他說的是眞話，還是阿諛奉承。她很驚訝威達選擇信任律師和銀行，而非家人，但她知道都是爲了把持權力。無論發生什麼事，他都有最終決定權。

琉斯林德把一張紙滑過桌面，手指在紙緣留下汗濕的印記。他單調的鼻音響徹房間。威達的遺囑立於賽門出生那一年，內容既不驚人，也不獨特。

「威達只想確保死後孫子也能繼承。如果沒有遺囑，當然是由子女先繼承，也就是全額會交到妳手上，麗芙。然而威達希望你們各繼承一半，因此把所有財產都平分了。在他看來，這樣比較公平。」

麗芙看著兒子，感到胸口輕飄飄，聽到自己笑出聲來。她想像的內容完全不同，應該惡劣又刻意傷人，最後仍試圖控制她。什麼都有可能，但不是這樣。

賽門看來一臉茫然，眨眼看琉斯林德朗讀細節。他說出的數字聽起來下流又難以理解。這樣一筆錢能改變一切。麗芙發現很難聽進他說的話，她只看到鼻毛和蒼蠅，還有威達的影子籠罩他們。她想像他抱著新生兒來回踱步，一手像盾牌護著孩子光滑的頭。他不時偷瞄她，彷彿害怕她會從他身邊帶走孩子。他從第一刻便愛著男孩，遠比她早多了。

回家路上她開得太快，無視測速照相機的閃光和野生動物圍欄的間隔。雲朵飛速劃過天空，春風把周遭大片的森林吹成風暴。老富豪轎車顛簸開過地上的裂縫。

賽門說，「我們可以買新車。」

「我們可以買各種新東西。」

她知道與威達共度的貧困生活終於結束了，應該感到快樂才對。現在什麼都不用擔心了，不管是車、鏈鋸，還是破敗的房子。他們站在世界頂端，所有決定都掌握在手中。然而她還是無法放鬆。想到他們新獲得的自由，她覺得胸口受壓。自由如此陌生，幾乎帶著威脅。或許賽門和她的感覺一樣，因爲他坐著遠望森林，咬著臉頰。

他說，「我想拿這筆錢做點好事。」

「例如？」

「我想幫費莉西雅的家人。他們快失去一切了——牛群、土地。銀行不願意再貸款，如果沒人伸出援手，他們就完了。」

風逼得車子靠近路邊深溝，麗芙緊抓方向盤，手都疼了。

「我覺得你不應該介入莫迪家的事。」

「爲什麼？」

「你想幫忙很好，但你還年輕，而且感情扯上錢絕對沒好事，最後肯定很難看。」

「是嗎？妳對感情有什麼概念？妳從來沒認眞交往過，至少我沒看過。」

他高人一等的口氣令她想起威達，陰沉的眼神也是。她忽然意識到死亡沒有意義，因爲老人仍活在他們體內。

賽門溜出門的聲音喚醒麗芙，房子的心似乎從沒跳得這麼厲害。窗簾外的光象徵溫暖重生，突然她知道時候到了。衝動如此強烈，她甚至沒想到要加衣服，只穿著睡覺的T恤便走到柴棚，拿了一罐汽油。她在狂怒中澆濕威達的東西，破舊的衣物現在看來無害，浸濕躺在那兒等著火柴。火苗劈啪一響猛烈燒了起來，天候穩定，火焰貪婪竄起。她想像升向天空的煙都是他，惡臭宛如他彎腰逼近她時喉嚨的臭味。火舌閃爍怒吼，以至於她沒聽見賽門靠近。他忽然出現，汗水淋漓，喘不過氣。她擔心他會抗議，會像在停屍間發現一切成眞時哭出來。但他只站在她旁邊，盯著跳躍的火焰。

她說，「我在考慮夏天前把房子賣了。」

「爲什麼？」

「現在我們自由了，不需要待在這兒。」

他們必須大叫，才能蓋過火聲。

「可是我想待在這兒，」賽門說，「我不想賣房子。」

「你一直說想住在鎮上呀。」

「那是之前，阿公還在這兒掌控一切的時候。現在我們可以作決定了。」

他沒能繼續說，因爲幾輛警車沿路開來，雖然警笛沒響，藍色警燈沒亮，但開得很快，太快了。麗芙轉過頭，看警車開過她的車道，繼續開進村裡。她的胃開始絞痛。

賽門問，「妳覺得他們要去哪裡？」

「好問題，要等一會兒才會知道吧。」

「我去費莉西雅家一趟，他們可能知道。」

麗芙待在火邊，看他走進森林消失。她想叫他，請他留下來，卻說不出話。孤獨令她害怕；這種時候威達便會出現。他的影子在她的眼角徘徊，彷彿什麼都沒變，彷彿他還活著。

她回到廚房，坐在窗邊，看火焰攀得更高。狗兒坐在她腳邊，每次牠豎起耳朵，她的心便跳得更快。她坐得像威達，駝背躲在窗簾後，眼睛盯著馬路和營火。遭人窺探的感覺湧上，就像站在加油站的收銀台，每個人都看著她。她說服自己有人站在外頭，躲在樹木中，她的頭位處他們視線的中心。

警方過了一會兒才回來。這回警車開得慢多了，但她仍看不見誰在開車，哈桑是否也在場。車子行經柵欄時，她屏住氣，擔心警車會轉上她的車道，但他們繼續前進，繞過小丘消失。

不久後，卡爾埃里克開到柵欄口，按按喇叭。她走下去放他進來，他的新車在陽光下閃耀如鮭魚。他笨拙地繞過營火，在碎石地上壓出胎痕，剎車停在門廊前。他下車，緊張地四處張望，好像覺得有人會撲倒他。他的視線停在冒煙的衣服堆上。

「我認爲警察載走妳的房客了。」

「當眞？」

「我剛才和他們會車，兩輛警車。強尼・偉斯伯坐在其中一台後座，看起來很不開心。」

麗芙瞇眼往下看著馬路，努力掩飾內心波濤洶湧。

「我什麼都沒聽說。」

「妳在燒什麼？」

「只是一些爸爸的東西。」

卡爾埃里克點點頭，彷彿他理解。她在他臉上看到威達的痕跡，他們家人都有疲憊的皺紋。他將滿布血管的手探進外套，起初她以爲他會拿出小酒瓶來喝一口，就像他們在森林裡碰到那次，彷彿只要見到人他就忍不住想喝酒。然而他拿出一條手環，交給她。黑色皮革上編著白蠟線，上頭的麋鹿角釦摸起來清涼。

「克莉絲汀娜的。我不知道合不合妳的尺寸，不過無所謂，應該給妳才對。」

皮革很軟，看來經常穿戴，白蠟線年久褪色，但手工藝極爲精巧。她不發一語，把手環戴上手腕，讓卡爾埃里克替她扣上釦子。她注意到他的手也僵硬，但沒有威達那麼糟。手環大小完美，她可以感到自己的脈搏在手環下跳動。

「妳家兒子呢？」

「他在莫迪家。」

卡爾埃里克朝地上吐口水。

「我就知道道格拉斯吃定他了。」

「什麼意思？」

「道格拉斯到處吹噓他們要接管整個村子，他的女兒和妳家兒子。自從威達過世，他就表現得像贏了樂透。」

麗芙摸摸手環。她感到火焰的溫度，把嗆鼻的煙深深吸進肺裡，努力不去想強尼坐在警車上，或道格拉斯沉重的手臂摟著她兒子，或遺忘在沼澤的眼鏡。一切都轉得太快。她心中迴盪威達的警告：當妳開始依賴別人，就會迷失自己。

她遛了狗，才把狗兒獨自關在家，出門走進樹叢。傍晚的陽光照亮小徑，不過她不需要光也認得路。周圍的村子很安靜，只有莫迪家的牛味越過沼澤飄來，伴隨偶爾響起的狗吠。除此之外，四下沒有任何生跡。

寡婦尤韓森的房子獨自聳立在沼澤旁。燈全都關著，沒有狗兒跑過碎石地來迎接她。她只聽見塑膠在風中拍打，走近一點後，她看到門上貼了警示條，還有告示牌提醒已封鎖此區域。麗芙越過警示條，推推門，但門鎖著。自從強尼搬來，門第一次鎖上。

她站在廚房窗外，拿手機的手電筒照進黑暗。裡頭看來一如往常，滴水板上放著待洗的碗盤，桌上有幾根燒過的蠟燭和一盒火柴。寡婦的刺繡從牆上回望她。她繞過房子，從臥房窗戶往內瞧。麋鹿頭依然掛著，彷彿什麼都沒發生。被子捲成一團掉在地上，彷彿警察把他從睡夢中拖走。她關掉手電筒，將手機抱在胸前。她不想再看了。

賽門回家時，她坐在漆黑的廚房。費莉西雅和他在一起，他們跺掉鞋子上的春泥，掛起外套，一面興奮交談。當他們走進廚房，光看他們的臉，便知道發生大事了。即使她不想聽，也無法阻止他們告訴她。她不確定自己能承受他們說的話。

「警方逮捕了強尼・偉斯伯。」賽門說，「我們看到警察帶他走。」

費莉西雅補上，「我們問他做了什麼，但警察不肯告訴我們。」

「是他吧？他謀殺了阿公。」

賽門滿臉通紅，說話時口噴白沫。麗芙只能搖搖頭。

「我覺得了解狀況前，我們不應該妄下結論。」

「妳愛他吧？所以妳才替他說話！」

「我沒有替誰說話，但不知道怎麼回事前，我們不該評斷別人。」

賽門用力拍牆，力道大到打出一個洞。他驚恐地看著受損的牆，再看她，接著跑上樓梯，躲進房間。費莉西雅朝麗芙愚蠢地眨眨眼，才回過神來，趕忙跟上去。麗芙待在原地，感到孤獨竄過血管，只有牆上破開的黑洞作伴。

二〇〇三年夏天

孩子在她懷中沉睡。她拿厚開襟毛衣遮住他精緻的小臉，擋住太陽、風和行經的車輛。脆弱的綠樹彎腰垂向碎石路，夏天的氣味懸在清涼的空氣中。時間還早，但陽光已穩定照亮灰塵漫漫的碎石路，反射在車窗上，令她看不見誰在開車。她站在路旁深溝，懷裡抱著孩子，看車子一輛輛開過。她肩上揹著一包尿布，背帶逐漸陷進她的肌膚。孩子的重量使她手臂發痠。他長得很快，明亮的眼睛每天都看到更多。她必須趕快，時間已經開始從他們手中流走了。

一輛黑車出現在山丘頂上，陽光下引擎蓋如油一般閃耀。女孩抱著孩子，深吸一口氣，踏上馬路，舉起空的手，露出燦爛的笑容，笑到臉頰都痛了。直到車子慢下來，她才看到駕駛是女生。她收回手，但來不及了。女子停下車，搖下車窗，越過墨鏡上緣看她。

「妳要去哪裡？」

女孩把手放在孩子柔軟的脖子上。她通常會避開女駕駛，她們看得太多，眼睛探究一切。她們不像男人，困在幻想當中，只看想看的。女人能掌握現實。

「阿爾維斯堯爾而已。」

「我看妳帶太多東西，扛不動吧。上來，我載妳一程！」

女子的頭髮染成酒紅色，波浪鬈髮環繞她的臉。女孩終於打開車門，坐進車內，女子的臉好奇地顫動。她摘下墨鏡，伸手整理她的開襟毛衣，一臉愛憐看著睡覺的孩子。

「喔，」她說，「這是誰呀？」

「不好意思，我沒有帶安全座椅。」

「有這麼寶貝的小乘客，我會小心開車。」

女子請她吃巧克力太妃糖，喝保溫瓶裝的咖啡。咖啡聞起來很香，但女孩怕潑在睡著的孩子身上，便婉拒了。她將柔軟的襁褓抱在胸口，盯著眼前的路。女子上下打量她。

「我該在哪裡放妳下？」

「哪邊對妳方便都行。」

太陽爬上天空，樹葉呈現詭異的光澤。女孩點出鄉間的美景，好轉移話題。這是她多年來發展出的超能力，能躲避旁人的好奇，還有他們試圖設下的陷阱。女子現在不笑了，巧克力太妃糖鼓鼓地卡在她的臉頰。

「他會打妳嗎？」她突然問，「妳有生命危險嗎？」

「沒有人打我。」

「今天星期五，警察局開到三點。」

「嗯。」

「不然我放妳在那邊下？警察可以幫妳。」

女孩的心在胸口跳得好用力，她害怕會吵醒孩子。她咬住臉頰內側，直到嘴中充滿血味。她再也不要搭女人的便車了。她們經過教堂時，她的空手握住車門把。要不是抱著孩子，她早就開門跑了，但現在她不禁遲疑，害怕傷到他。她是爲了他才在這兒，可不能傷了他。

夏日入侵街道，到處都是人，吸飽陽光的柏油路和快樂的氣氛使空氣顫動。女孩飢渴地盯著人群，看他們的笑容和曬黑的腿。女子停在一排低矮的紅色建築前，用手指摸摸孩子沉睡的臉頰。

「我陪妳進去吧。」

「不用麻煩了。」

她趕忙帶孩子和包包下車，緩緩走向關起的門，直到階梯口才轉頭。女子朝她揮揮手，接著打到前進檔開走。她很訝異女子這麼快離開，沒有堅持。門上掛了馬上回來的牌子，她拉拉把手，發現門鎖著。如釋重負的感覺擴散到雙腿，她癱坐在階梯上好一會兒。孩子張開嘴，尋找她。她坐在警局階梯上，臉朝向太陽，閉起雙眼，給孩子餵奶。突然她感到筋疲力盡。

微風吹來死亡的臭味，環繞警局的樺樹沙沙搖動。她站起身，跟著味道繞過屋子轉角。陰影下並排三個垃圾袋，一堆蒼蠅繞著黑色塑膠袋飛。她一手護著孩子的頭，傾身撥開第一個袋子的開口。一顆麋鹿頭往上盯著她，蒼蠅爬滿牠看不見的雙眼，了無生機的嘴巴露出部分舌頭。女孩猛然後縮，用開襟毛衣蓋住孩子。她忍不住的驚呼迴盪在樹木間。

身旁有個聲音說，「盜獵麋鹿。」

一名下巴長青春痘的年輕警察憑空出現。她把孩子抱得更緊。

「可是誰會做這種事？」

「啊，一旦給恨沖昏頭，很多瘋狂的事都會發生。」

他拎著外帶餐點的袋子，脖子上的毛髮汗濕，制服看來很暖。女孩屏住氣，四下只聽見孩子喉嚨的咯咯聲，以及動物屍體上蒼蠅的嗡嗡響。慘死的麋鹿像是給她的警告，令她的脊骨發冷打顫。

「我能幫妳什麼忙嗎？」警察問，「妳是來通報案件嗎？」

他比手示意她進來警局。他打開門時，女孩四處確認逃跑路線。孩子在她肩上吐出一口溫熱母奶，她仔細端詳警察泛紅的脖子，努力整理頭緒。要對男警察撒謊較難；他們受過訓練，可以嗅出事實，而事實很危險。她絕不能說出去，否則他們會從她手中帶走孩子。

男警察替她拉開門，深色油漬在他手中的袋子上擴散成一片。她踏進清涼的空氣，鼻中仍殘留死亡的味道。她燦爛地笑，掩飾心中猛跳扭動的恐懼。

「我沒有要報案，只是想借電話打給爸爸。我們好像走散了，找不到彼此。」

警察靠向孩子，咧嘴笑得臉上出現皺紋。

「當然沒問題。爸爸很重要，找不到可就麻煩了。」

❄

哈桑抵達時，威達的東西已燒成一堆焦炭。她很感激他單獨過來，她一秒都沒闔眼，因爲失眠而頭腦昏沉。

「妳燒了什麼？」

「爸爸的一些舊東西而已。」

他朝焦黑的殘骸眨眨眼。

「妳不覺得有點誇張嗎？妳知道有二手商店吧。」

「這些都是垃圾，沒辦法賣。」

「有人什麼都會買。」

「爸爸不會喜歡別人穿他的東西到處跑，他寧可全部燒掉。」

他走進玄關，地板在他腳下嘎吱響。狗兒縮在角落，耳朵平貼著頭。麗芙心想是警察制服還是哈桑魁梧的體型嚇到狗兒，或是牠感知到情況嚴肅。哈桑蹲下來伸出手，耐心等待，直到狗兒決定靠近他。

「要咖啡嗎？」

「麻煩妳了。」

她走進廚房，等他開口說話，因而忘了數她舀了幾匙咖啡粉到壺裡。然而他待在原處，搔抓狗兒的毛，用愚蠢的聲音讚美牠，跟牠聊天。要是平常，她看了應該會笑出來。

稍後他們隔著桌子面對面坐著。他的視線不斷飄回屋外那堆焦碳，彷彿答案就在那兒。

「我希望妳至少留了幾樣紀念品。」

「我的回憶夠多了。」

他陰鬱一笑。

「妳過得還好嗎？」

「我還活著。」

「賽門呢？他還能應付嗎？」

「他不好過，不過大多時候他都躲去女朋友家。現在他就在那兒。」

「費莉西雅・莫迪？」

「嗯哼。」

她心想他怎麼知道賽門和費莉西雅在交往，是賽門告訴他，還是他自己發現的。由於村裡謠言滿天飛，他現在應該非常了解他們了。

「我知道妳也和村裡的人交往。」哈桑說，「妳跟強尼・偉斯伯在一起？」

「我不會說我們在交往。我們偶爾會上床。」

他看著她。她臉如火燒，無法看他。

「據他所說，你們的關係沒那麼簡單。他說你們從去年秋天開始交往，而且他愛妳。」

「隨他怎麼想都行。」

「妳會怎麼形容你們的關係？」

「就像我剛才說的——我們時不時會上床，從來沒有別的意思，我也不懂跟警方有什麼關係。」

哈桑往後靠著椅背，端詳她的臉，像在尋找什麼。她的手需要有事做，便拿起窗台上威達的菸斗和菸草包。

哈桑說，「昨天警方羈押了強尼・偉斯伯。」

「我聽說了。」

「我們合理懷疑他謀殺了妳父親。他嫌疑重大，對他不利的證據很充足。」

鬆散的菸草從她指間滑落，灑進她沒碰的咖啡。強尼的影像閃過腦海：他喉嚨上的疤在昏暗的燈光中閃耀；他眼神陰鬱，說她必須偷偷摸摸，顧忌自己的父親，實在不合理。事發前沒幾天，他突然坦承威達試圖趕他走，那時他語中的焦慮令她深感不安。她想起威達的屍體躺在停屍間，手指柔軟蒼白，額頭現在完美平滑。她試著想像：強尼射殺父親，把死氣沉沉的蒼老屍體丟進井裡。想到這兒，她不禁作嘔。她緊抓著菸斗，卻沒能點燃。哈桑不肯挪開視線，掃視她的臉，尋找某種情緒反應，好給他一點線索。

「目前他都否認，但他也說威達不喜歡他，你們的關係必須保密。他說妳會等威達睡著再跑到他家，你們必須像青少年一樣偷偷摸摸。」

「爸爸只喜歡自己人，我和賽門。」

「強尼說威達過世那晚，妳跟他在一起。」

她手中的菸斗隨著脈搏晃動。沒錯，她在強尼家待了一會兒，她從來不待超過幾小時。她太害怕威達，擔心他發現他們的關係。或許就是這樣，他發現了。或許他跟蹤她，等她離開才現身。她在腦中想像他們兩人在月光下對峙，不禁僵在原地。

「我只待了幾小時。」

「幾點？」

「午夜到凌晨兩點，搞不好沒那麼久。我從來不久待。」

「爲什麼之前妳沒提到？」

「我覺得不重要。」

哈桑看著她，彷彿他們不認識彼此了。

「可以告訴我妳和強尼怎麼認識嗎？」

「去年秋天他到農場來，想要老寡婦尤韓森的房屋鑰匙。我不記得日期，但我很肯定下過初雪了。我們打招呼，就這樣。實際細節都是爸爸處理。」

「你們之前沒有任何接觸，像在線上之類？」

「沒有，爸爸都處理好了。他不想賣房子，只想出租，覺得這樣最安全。但我不知道他怎麼找到強尼，他只說他找到人想住尤韓森家的房子。不久後，強尼就來了，站在門口向我們拿鑰匙。我以前沒看過他。」

「你們的性關係什麼時候開始？」

「不久之後。」

「誰起頭的？」

她往外看森林在春風中搖曳。

「有天晚上，我慢跑經過寡婦家，看他坐在那兒。他在老房子裡看起來好孤單，於是我問他有沒有咖啡，他泡了一壺給我。就這樣開始的。」

她說的都是實話，但她仍感覺像騙子。或許她太震驚，腦中都是灰霧，無法理解一切。她到底多了解強尼？每次他嘗試更加靠近都遭她擋下，令他挫折不已。他從未暴力相向，但每次他哀求她留下來，她卻還是離開跑回家時，她都感到他很失望。每次他們必須分開，他臉上都會閃過一片陰影。她想這都是她的錯，她應該更小心。從她聽得懂以來，威達便警告她注意外在世界，小心怪物在他們的土地邊緣遊蕩，等著出擊。如果牽扯上他們，可就麻煩了。

哈桑一臉聽天由命。他也沒有碰他的咖啡。

「聽說妳父親過世後，妳繼承了很大一筆錢。」

「可以這麼說。」

「妳和強尼談過錢嗎？」

她搖搖頭，頭髮落在臉頰上。只要可以避免，她從不和任何人談錢。說實在話，光聽到錢這個字她就覺得窒息。錢醜陋邪惡，在人之間築起高牆，剝奪大家的常識。她仍聽得見威達的警告，從小他灌輸她的悲觀態度。他以前總說，**錢是大家互相殘殺的主因。我的小雲莓，如果妳珍惜生命，就絕不能提起我們的財富。**

□

透過窗戶，連恩可以看到孩子在玩，他們看來在繞圈圈跳舞，范娜在中央轉呀轉，裙子像黃色雨傘。雖然聽不見，但他知道她在笑。最冷血的混帳都無法抵抗她極具傳染力的笑，他是爲了她的笑而活。

他把外套留在車上，希望職員看到他的工作制服。他驕傲地穿著藍色襯衫，像展示國旗一樣。他希望大家看出他很認真，生活都上軌道了，大家可以把問題和擔憂的眼神收起來。

他踏上碎石小徑時，口袋裡的手機震動起來。或許是媽媽要他買狗食——只要講到她的狗，她可以像賭客一樣急。她老是說，**再買一包兩公斤的就夠了，不然我就得拿出冷凍庫的鮭魚了**。

但不是媽媽打來，是加百列。他聽起來在跑步，喘得很大聲。

「小弟，現在就過來。東西全都給砸了！」

「不行，我在學校。」

「我在溫室，你得快點過來！」

「怎麼回事？」

可是加百列還沒回答，電話就斷了。連恩站在校外爬梳整齊的碎石路上，試著回電，但電話只是響個不停。加百列通常不會求救，只會發號司令。連恩感到恐慌擴散到全身。范娜瞥見他，停下舞步。她把頭貼著玻璃門，站著看他，眼睛圓睜嚴肅。她厚實的辮子亂糟糟垂在一邊纖細的肩上，臉頰泛紅。連恩把手機放回口袋，擠出燦爛的笑，趕忙過去。她推開門，在門口迎接他，端詳他的臉幾秒，才讓他抱起她。她的下巴貼著他，非常溫暖。

范娜努力穿上外套時，老師們聚了過來。他們出於好意的油膩笑容令他起雞皮疙瘩。他們想知道他在加油站的工作如何，他找到公寓了沒。最年輕的老師馬可斯說他在阿波切斯的表親要賣房子，看他有沒有興趣。他的手機在口袋裡瘋狂震動，等他們準備好離開，加百列已傳來兩封簡訊。訊息寫著：快點，全毀了！

范娜問道，「我們要去買狗食嗎？」

「我們得先去看看加百列伯伯。」

「他吸毒了嗎？」

「沒有，沒有，他只是有事找我。」

范娜靜靜坐著，讓他綁安全帶。最近騙不了她了，或許一直以來都是。他咬著牙開車。他真的應該叫加百列管好自己的鳥事，但現在他不能背棄他，還不行。代價太高了。連恩好不容易走上正路，得盯緊加百列，免得他造成更多問題，試圖破壞連恩努力維護的生活。

模糊的車窗外一片春意盎然。處處可見蒸騰噴灑的水，在車子和路標留下骯髒的薄膜。范娜的靴子懸在椅子邊緣，像黃色的太陽。

「奶奶說加百列開始吸毒前超級聰明，甚至比你聰明。」

「她說的嗎？」

「她說毒品燒壞了他的腦袋。」

范娜張開手指，發出滋滋聲。手機又在口袋裡震動，但連恩沒理會。水感覺也汩汩流過他的身體，冰冷骯髒的水流匯集在喉嚨，刺痛眼睛，威脅要勒住他。

「爸爸，你覺得會痛嗎？」

「什麼？」

「腦袋燒壞的時候。」

連恩搖下車窗，吐了一口口水。

「嗯，我覺得會。我想很痛吧。」

「可是如果會痛，大家爲什麼要吸毒？」

「因爲有時候不吸反而更痛吧。」

□

一疊紙落在桌上，悶悶一響。還款通知書和債務執行署的信沾滿咖啡漬，全都皺成一團。哈桑用指節敲敲一排又一排的數字，皺起的眉頭把他的臉變成別人，更年老疲憊。她把頭轉向外頭的樹梢。她不想看到信，不想知道。

哈桑緩緩把信件推過桌面，將她帶回現實。

「妳覺得妳多了解強尼・偉斯伯？」

「其實我完全不了解他。我只知道他來自南方，在吉摩史崔克的鋸木廠工作。」

「妳都沒想到要對新房客做信用調查嗎？」

「那些事都是爸爸在管，我不認爲他會花錢調查，他寧可自己決定。」

「強尼曾經付不出租金嗎？」

「據我所知沒有，畢竟房租也不貴。房子空了十年，有人想住我們就很高興了。」

「可惜你們沒做信用調查，不然就會知道強尼・偉斯伯有超過兩百萬克朗的債務。他的收入將近三年都在貧窮線邊緣，顯然過得非常辛苦。他多次嘗試自殺，脖子上的疤是最近一次自殺未遂的結果，從醫療紀錄來看，他差點就成功了。」

他脖子上的疤。麗芙的指尖可以摸到突起的表面，那一條白色肌膚比其他部位柔軟許多。她曾差點問他疤怎麼來的，不知爲何卻遲疑了。光是感知到他人的黑暗，便足以讓她退卻。她自己的黑暗面夠多了。

「我完全不知道，我們沒聊過他的過去。」

「後來發現強尼和地下犯罪組織來往，試圖還清債務，卻越陷越深。這些新夥伴的威脅顯然逼他北上，我覺得他向你們租房子也不是偶然。我們沒收他的筆電，找到數百筆網路搜尋，都在研究威達的財產，時間橫跨他搬到歐德斯馬克前後。所有證據都指向他一開始就看準你們的錢。」

麗芙可以在陰影中聽到威達嘲弄的聲音。**我怎麼跟妳說的？妳只能相信自己人，其他人**

都是乞丐和禿鷹。從她有印象以來，他便不斷警告她，要注意森林另一側伺機而動的邪惡和貪婪。

她想到強尼，想到香菸火光照亮他的臉，她偶爾在他害羞的表情中瞥見的脆弱。強尼從未暗示他缺錢。起初是她找上他，一切都是她主導的。

「如果錢是他的目標，他藏得很好。」

「強尼・偉斯伯很絕望，」哈桑說，「絕望的人會做蠢事。目前他否認涉入犯行，但我懷疑他還能裝多久。」

一陣雨猛烈急促打在窗上，把他們都嚇了一跳。他們沒注意到暴風雨席捲村莊。很快他們必須提高聲量，才能聽見對方說話。

「如果他要錢，不能搶劫就好嗎？爲什麼要殺了爸爸？」

「也許他不是故意的，可能是情急之下的致命決定。」

麗芙握拳抵著嘴巴，開始感到反胃。她想起強尼說過，威達曾去見他，要他搬出去。或許那是最後一根稻草。她想告訴哈桑，卻說不出口。她心中有好多話威脅要流瀉出來，很多絕不能說的話。她的手成了嘴巴的屏障，下巴緊緊咬住。

哈桑往前傾，查看她的臉。

「妳跟威達說了你們的關係嗎？」

「沒必要，」她悄聲說，「他還是發現了。」

「他發現後怎麼說？」

「每次我認識人，他都說同樣的話。」

「說什麼？」

「他們最終都會傷害我。」

□

他曾發誓絕不讓范娜靠近大麻農場，但加百列的語氣告訴他這次得破例了。僅此一次。

農場位在河邊的廢棄渡假小屋，窗戶封起，蔓生的雜草遮住牆壁，只有草地上的胎痕顯示有人進出。加百列的車停在樹木間，駕駛座車門給風吹得左右碰撞，但不見他人影。

范娜說，「眞糟糕的房子。」

「只是有點年久失修。待在這兒，我很快就回來。」

風吹擊樹木，連恩下車時，空氣中明顯充滿屋內生長的作物氣味。他四處張望，掃視騷亂的森林。最近的房子距離很遠，就算有人住，也只在夏天。他奮力走過灌木叢，突然覺得哪裡錯得離譜。農場是他的主意，當年范娜還小，他又還沒準備好戒毒，自己種大麻表示他不用和一堆笨蛋往來。他本來是這麼打算，但後來加百列加入，想擴大規模，自己販賣大麻。那時連恩已做了所有苦活，播種、測試生長燈和空氣過濾器，直到一切運作正常，作物開始成長。沒想到他有這方面的天分，或許他遺傳了媽媽的綠手指，她對所有生物的喜愛。過去一年，他試著拋下整樁該死的生意，叫加百列自己經營，說風險太高了。然而加百列很聰明，總有辦法引誘他回來，總是知道他的罩門在哪兒。

他走近門口，這才意識到哪裡不對勁。屋內太暗了，燈都沒開，淡紫色的光芒只剩徹底的黑暗。他回過頭，隔著擋風玻璃看到范娜睜大的雙眼。她咬著辮子，她只要緊張便會吸咬頭髮，弄得垂下的髮絲濕成一團。他曾試著嚇她，說到時候她肚子裡都是頭髮，不戒掉壞習慣就得開刀，但她依然故我。他知道是他的錯，他造成他們的焦慮。

屋內傳來加百列嘶啞的咳嗽。連恩推開門，走進毀滅的現場。

地上都是泥土和破裂的玻璃。作物全不見了；有人來過，從盆栽拔走植株。現場只剩最孱弱的幾株，凋萎成一堆躺在殘骸之間。生長燈砸碎，黑色塑膠牆面襯板給扯下來，撕成一條條丟在所有東西上。

嗡嗡響的風扇安靜無聲，不再轉動。一切都毀了，彷彿龍捲風掃過房子。

加百列蹲在混亂的中央，在垃圾中找東西。

「哎呀，哎呀，你終於來了。怎麼拖這麼久？」

「這裡發生什麼事了？」

「我跟你說，是尤哈。他爲了威達的事想懲罰我們。大概一半的作物都不見了，剩下的會死掉，每盞該死的燈都破了。他砸了整座農場。」

加百列拿起一個花盆，奮力扔向牆面，幾塊碎片卡進深色木板。連恩待在門口，努力整理頭緒，判斷他們損失了多少。說實在話，他現在不在乎了。他只是慶幸警察不在這兒等著逮捕他們。他才不管什麼大麻農場，搞不好毀了正好。

加百列在屋內走動，靴子踩得玻璃碎片劈啪作響。他面如死灰。

「走吧，」他說，「我們去找尤哈。」

「范娜和我在一起，我哪兒都不能去。」

「我都忘了你變得多混帳。算了，我自己去。」

「你要做什麼？」

加百列踢了壞掉的燈一腳，一堆玻璃碎片飛過房間。

「你等著瞧，等我收拾完尤哈，他連大麻菸都沒辦法捲。我會保證他的下場跟畢爾盧老頭一樣。」

□

道格拉斯．莫迪把酒杯斟滿烈酒，舉起自己的杯子，裡頭的酒都濺了出來。他伸出空的手臂摟住麗芙，汗濕的臉頰靠著她的額頭，開始敬酒。

「敬警察，」他說，「感謝他們認眞工作。殺死威達的凶手繩之以法，我們終於可以開始放下這樁悲劇了。」

麗芙低頭看她盤子上一塊塊的麋鹿肉，油脂沉澱成一片黃色薄膜，她一口都吃不下。她不該來莫迪家，光踏過門檻感覺就像背叛了威達。她也不喜歡道格拉斯和艾娃看她的眼神，彷彿她是他們放棄解的謎題。

她是爲了賽門才來。他坐在她對面，沒像平常那樣吃飯，只是用叉子戳食物。不過她看得出來，他很習慣莫迪家。他一口氣灌下烈酒，麗芙不禁猜想他來找費莉西雅的時候多常喝酒，因爲這肯定不是第一次。

「我看他都沒有自己的東西，就覺得怪。」艾娃說，「去年冬天我去拜訪他，他家裡都是寡婦尤韓森的東西，完全沒有他自己的家具，看起來好悲哀。」

「對啊，眞該死。」道格拉斯說，「我們一開始還可憐那個混蛋。他對這兒的生活毫無準備——深冬搬來，壁爐連一根木頭都沒有。我們給那個可憐人柴火，免得他還沒安頓好就凍死了。結果現在發現他是冷血凶手，我想到都全身發寒。」

麗芙的手臂又開始發癢。盤子上的食物變得一片模糊。浪費這麼好的肉很可惜，但她連叉子都舉不起來。大家的對話總是轉向強尼・偉斯伯，她知道他們在等她開口。看她不說話，道格拉斯又把她摟到身邊。

「麗芙，妳怎麼看？我聽說妳和強尼曾經在一起，你們倆有點搞頭。」

麗芙推開整盤沒碰的麋鹿肉，瞥向賽門。

「沒有，」她說，「我們沒什麼搞頭。我偶爾過去檢查房子，就這樣。」

道格拉斯朝她露出不可置信的笑。

「我很訝異威達沒有起疑。」他把牙籤塞進嘴唇下，「妳騙不了他。」

他的臉頰泛紅，雙眼興奮發亮，麗芙覺得像歡慶聖誕節的小孩。他明顯很享受現況，不過他這麼激動是因爲是威達過世，還是因爲平時不出事的小鎮陷入騷動，著實難以判斷。每次他靠得更近，她就想尖叫。

等到艾娃終於起身清理桌面，道格拉斯早已倒了更多烈酒。麗芙吞了一口，接著又一口，酒精舒暢地一路燒到她的胃。她注意到桌子下賽門的手放在費莉西雅大腿上。

艾娃邊吹口哨，邊泡咖啡。她端來冰淇淋和雲莓果醬，意有所指朝賽門微笑。

「別擔心。」她告訴他，「我準備了雪酪給你，我知道你怕胖。」

或許是她口氣中的母愛，或她撫摩他頭頂的方式，麗芙突然無法呼吸。他才十七歲，他們讓他喝酒前，應該徵詢她的同意。一整杯烈酒，接著又一杯。用雪酪取代冰淇淋。艾娃完全不懂他的恐懼。他怕的不是發胖，而是餐桌上威達的鄙視，叨唸他要注意飲食，說他如果又醜又胖，永遠都找不到女人。他腦袋裡想的都是這些。艾娃和道格拉斯完全不懂她兒子，卻表現得像他是自己的孩子。

麗芙站起身，大家都靜了下來。賽門盯著她，雙頰脹紅。他揪起臉警告她別亂來，免得他們難堪。

「我要走了。」她說，「我不太舒服，不好意思告辭了。」

道格拉斯伸出手，試圖要她留下，但麗芙趕忙走到玄關，盲目地翻起外套。她找到鞋子，但艾娃得幫她穿上夾克，替她拉起拉鍊，彷彿她是小孩。麗芙早已打開大門，面向冰冷的夜晚，吸滿整個肺的空氣。牛在穀倉哞叫，她跌跌撞撞走進黑暗，第二次出聲告辭，才關上門快步離開，返回她自己的家。她抄近路穿過森林，回頭看賽門是否跟來，然而她身後只有黑暗。

二〇〇八年夏天

孩子的笑讓她的心飛揚。男孩站在水裡，沐浴著陽光，圓潤的身體和洋溢喜悅的臉使她難以直視。他快樂的情緒會傳染，鑽到她的肌膚下，帶給她新生命。她感覺像摘下眼罩，重新發現世界——森林綻放精巧的綠意，兒子第一次練習游泳在水面上留下蜻蜓水紋。多虧了他，世界好美。

她沒看到男子奮力穿過柳蘭，沿路拍打蒼蠅。她先聞到糞肥的味道，當他坐在她旁邊，臭味過於強烈，她得用嘴巴呼吸。她向他打招呼，視線沒有離開水裡的孩子。她的口氣有些尖銳，表明他不受歡迎。這是他們的天堂，他們在世上美好的時刻。

「妳要喝一杯嗎？」

他拿出保溫壺裝的咖啡，堅持要連他們之間長椅上逐漸融化的一片厚起司一起給她。他看著孩子，眼中露出獵食者的光芒。她身上每根肌肉都揪起發疼。

男子把起司泡進咖啡，咧嘴一笑。

「妳家兒子長得眞不錯。」

男孩拿起網子，掃進水裡捕捉蝌蚪和鱸魚。他動起來重心不穩，差點跌倒，好險最後一刻找回平衡。他同時尖叫又大笑。她旁邊的男子也笑了，不可能不笑。咖啡溢出杯緣，滴在草地上蒸發。他對男孩叫了幾聲，說他需要眞正的釣竿。天氣很熱，汗水滴下她的背脊。她知道他想做什麼，她看他遮蔽直射眼睛的陽光，瞇眼認眞端詳男孩，看他的鬈髮和圓潤的臉頰。

他說，「他看起來實在不像妳。」

「沒錯，眞是幸好。」

他咯咯一笑。咖啡燙到她的喉嚨，嚐起來像糞肥。她早知道他接下來要說什麼，簡直可以聽到文字在他嘴中成形。

「他的父親是誰？」

「你不認識。」

「但妳一定知道大家很好奇吧。」

「我不在乎。」

他從頭上脫下上衣，拿來擦乾腋下。他的肚子在腰帶上顫動，胸口有一個她沒看過的刺青，飛舞的字母拼出他女兒的名字。他剝下另一片起司放進嘴裡，朝男孩扮鬼臉。男孩也扮起鬼臉，彷彿他們在私下對話，與她無關。

蒼蠅在空中嗡嗡竄飛，聚成黑色一團停在他骯髒的靴子上，想飛到她頭髮裡的汗水。她喝完咖啡，喊男孩該回家了，不過他盯著水底，假裝沒聽見。男子往後靠，拍拍隆起的雪白腹部。

「有人甚至問過是不是我的。」

「當眞？」

「但我得實話實說。我們好幾年沒在一起了，所以不可能是我的，就算我希望是也不可能。」

「我不知道你對村裡的八卦有興趣。」

「大家想查個清楚。沒辦法，這就是人的天性。」

她站起來，又叫了男孩一次。他把網子丟在草地上，捧起胖胖的小手放到水下。她身後的男子咳了一聲，不肯放棄。

「不會是妳爸爸霸王硬上弓吧？」

她沒有提高聲量，但出口的話似乎仍迴盪在水面上。

「你下地獄死死好了。」

她趕忙走到水邊，抱起男孩，耳中聽到自己重重的心跳。她抱著男孩走開，那一桶青蛙蛋撞著她的後背。

❄

院子一片漆黑，只有狗兒在動。牠把鍊子拉到最長，雙眼盯著房子，輕聲低吼，彷彿屋內躲著危險怪異的東西。

麗芙把鑰匙插進門鎖，卻發現門已經開了。她踏進門口，聞到奇怪的味道，酸臭味令她肚子翻騰。她從櫃子拿起鞋拔，像武器舉在胸前，隨著氣味走進廚房。她看到窗邊一道人影坐在威達的椅子上。她伸手去開燈，感到恐懼湧上喉嚨。刺眼的燈光照亮一名她認不出來的男子。麗芙用兩根手指抓住狗兒的項圈，阻止牠繼續靠近。

「你是誰？」

「拜託，麗芙，妳認不出我嗎？」

他發白的頭髮長過強壯的肩膀，和恣意生長多年的鬍子纏在一起。他的臉明顯比身體更早老化，肌膚歷經風霜，季節的更迭留下皺紋。看到他眼中熟悉的光芒，她不禁驚呼。

「尤哈？」

「好久不見了。」

她記得他們一起度過的秋天。尤哈在陰暗的路旁停車區等她，樹葉飄落車頂，冬天逐漸接近。那時他的髮色較深，皮膚比較健康。他帶給她無比希望，現在她想到仍胸口發疼。

「你不能隨便走進我家，差點嚇死我。」

「我聽說威達的事了。我很遺憾，請節哀順變。」

「你才不遺憾。」

他淡淡一笑，感覺憂傷又坑坑疤疤，不是她記得的笑容了。她放開狗，牠嗅著朝他走去。看來比起人類，他比較懂得與動物相處。她端詳他穿的邋遢衣服——綠色羊毛外套和深色內襯褲子，上頭可見森林和壁爐火焰的痕跡。他的腰帶掛著兩把刀，不過看來沒有其他武器。

麗芙待在水槽旁，保持距離。她從窗口查看賽門的蹤跡。桌邊男子的視線一直跟著她，她對上他的眼，挑釁他。

「你坐到爸爸的椅子了。」

「但他不需要了吧？」

尤哈對她眨眼。就著廚房的燈光，她仍能看到把頭枕在她大腿上睡覺的男子，感覺時間完全沒有前進。

「我一直在路旁停車區等你。」她說，「我等了整個冬天，但你都沒有來。」

「威達叫我離妳遠一點。」

「你就乖乖聽他的話？」

「妳父親很會說服人。」

「我很想你。」

他的笑容消失了。他一手蓋住眼睛，輕輕呻吟。麗芙沒有動，不想靠得太近。一如往常，她的鼻子習慣他的味道，現在聞不到他了。他的指甲和手掌紋路裡有泥土，彷彿一路從地底挖上地面。過去將近二十年，他避著她、遠離她，但現在他突然出現，坐在她桌旁，好像他也在等她。

他再次緩緩抬頭，視線盯上牆上掛的賽門照片。

「那是妳兒子嗎？」

「對。」

「他更像威達，沒那麼像妳。」

「去死吧。」

尤哈舉起兩隻骯髒的手掌。

「相信我，我不是來和妳吵。麗芙，我很高興妳還是像冬天的湖泊閃耀微光。我知道我來晚了，我早就該來了，但我現在來了。我覺得我們可以互相幫忙。」

「我不相信。」

他一直瞥向緊貼窗戶的黑暗，好像擔心有人在外偷聽。她拿來威達的伏特加，替他們各倒一點。尤哈感激地喝了，酒水在他龜裂的嘴唇上發亮。

「天哪，」他說，「感覺好像昨天我們才一起開車兜風。」

麗芙啜飲伏特加，不想說她覺得像上輩子的事了。

尤哈問道，「妳記得我和妳說過威達和土地的事嗎？」

「你說你哥哥過世後，父母把地都賣給了爸爸。」

「開始是這樣沒錯。簽約的時候，他們都是沒辦法清楚思考的狀態。我哥哥的屍骨還沒涼，威達就來了。當時沒有人想看到我，於是我睡在車上，但他們還是受不了。我媽媽在謝萊夫特的醫院，對工作人員說不管發生什麼事，即使我是她唯一在世的兒子，都不准讓我進去。」

他一旦講開，便停不下來。麗芙站在水槽旁，威達的私釀酒溫暖她的內在，也餵了氧氣給她心中悶燒的怒火。她等了尤哈一整個冬天，現在他在這兒，又老又疲憊，仍對老早遭到的虧待同樣充滿憤慨。她意識到不是只有她卡住了；還有人比她更淒慘。她把杯子重重放在桌上，要他住嘴。

「這些都和我毫無關係。」

尤哈嚇了一跳，咬緊牙關看著她。

「還有一件事妳可能不知道。」

「什麼事?」

「威達發現我們在一起之後，我和他談了條件。他答應我可以繼續住在北森林，只要我離妳遠遠的，就能住在那兒。他遵守諾言將近二十年，但今年三月我收到伐木公司的信。」

他從內裡口袋拿出一張紙，緩緩攤開。

「他們要砍伐那塊地，要我仲夏就搬走。」

他看著麗芙，臉激動扭曲，彷彿想大哭、尖叫，或做出更糟的反應。她看了只感到怒火倍增。原來只消威達簡單的承諾便足以讓他拋下她。

「你很清楚，我和爸爸的業務無關。」

「但妳繼承了他的錢，不是嗎?」

「你來就爲了講這些，因爲你想要錢?」

他揪起臉，雙眼淚流不止，好像她的話傷到他。陷入哀痛的他比較像當時的年輕人，她曾敬愛如兄長的男子。那年秋天，她相信他，把希望押在與她如此相似的孤獨上。然而他選擇了土地，不是她。

「我只想拿回屬於我的地。」他說，「我知道妳可以幫我。」

「我不這麼認爲。」

他用手背抹抹臉，視線在牆面間跳動，難以對上她的眼睛。

「警察抓錯人了。我知道誰除掉威達，可不是報紙寫的那個投機客。」

「你怎麼知道？」

「麗芙，我隱世而居，不和大家往來。我會牽扯上的都是小賊和迷失方向的人，事實就是這樣。他們都活在陰影中，不受關愛，就像我。不管喜不喜歡，我們都會知道黑暗中發生的每件事。這是我們的詛咒。」

他指向黑夜。

「我知道誰殺了威達。」他繼續說，「不是向你們租房子的淘金客。警察抓錯人了。」

「也許你應該去向警察說，不是我。」

「我才不鳥警察，我想幫妳，妳還聽不懂嗎？麗芙，我希望妳知道，隨著日子過去，我經常想到妳。再怎麼說，妳都有資格知道事實。我只要威達承諾我的土地，然後我就會告訴妳凶手是誰。」

麗芙緊抓著水槽邊緣，手指都痛了。

「我沒辦法給你土地，你自己也知道。爸爸都賣掉了。」

「那給我他賣掉北森林賺到的錢，我們就扯平了。」

尤哈沒問就叼起一根菸，煙從他的鼻子和嘴巴冉冉飄出來。他等她回答，當她不說話，他不耐煩地用手指敲敲桌面。

「麗芙，我不多求什麼，只請妳導正是非。然後我就會交出殺妳爸爸的凶手。」

□

連恩站在垃圾桶旁，一面抽菸，一面試著在風中讀晚報。路旁廣告牌上粗黑的頭條寫著四十二歲男子因謀殺歐德斯馬克的百萬富翁而遭到逮捕。報紙描述男子離群索居，欠了大筆賭債。警方推測他北上追求新的開始，而老人畢爾盧的財富讓歐德斯馬克雀屏中選。威達・畢爾盧的名字曾出現在全國富人名單上，嫌犯應該非常清楚。這名四十二歲男子租了畢爾盧的一棟房子，在吉摩史崔克的鋸木廠工作。同事說他很安靜，大多時候不與人交談，除此之外沒什麼問題，工作也做得很好。警方不願多談謀殺的動機，但所有證據都指向錢。

「你不能讀什麼都信。」有個聲音憑空冒出來。連恩放下報紙，看到她站在那兒，臉色蒼白，眼神空洞，但表情堅毅。

「我不會。」

麗芙伸手去拿他的菸，叼進嘴裡，深吸一口，眼睛仍緊盯著他。連恩摺起報紙，夾在腋下。他點燃另一根菸，試圖和她保持距離。他瞥向時鐘，發現休息時間快結束了，奈拉隨時都會探頭出來找他。

她說，「警察抓錯人了。」

「我不意外。」

她臉上泛起微笑。她站得太近，他們必須撇開頭，免得把煙吐到彼此臉上。奈拉開門出來時，他們猛然跳開，好像給人逮到。

連恩站在收銀台，看麗芙和奈拉走進辦公室。他撫平報紙，放回架上。顧客走進店門後，總是先去拿報紙，歐德斯馬克的頭條新聞比牛奶或菸草還重要。他們站在那兒，哼歌翻閱報紙，連恩則注意盯著辦公室的門。只要她在附近，他的身體便無法放鬆。他像籠中的動物在收銀台後繞圈圈，每次顧客想和他說話，他便咬緊牙關。他可以在大家臉上看到死去的老人。他心想她說警方抓錯人是什麼意思，還有她真正知道多少。

等她終於從辦公室出來，她只朝他的方向點點頭，便從儲藏室的門出去了。他的身體繃緊。她看他的眼神讓一切淡去，彷彿她能直接看穿他掩飾的面具。奈拉從辦公室出來，站在連恩旁邊，低聲開口。

「我們得看著她。」他說，「我擔心她快崩潰了。」

「什麼意思？」

「她說她要自己找出殺害她爸爸的凶手。」

下一次休息時，她人還在。連恩才推開儲藏室的門，燈亮起來，她便出現在陰影中，幾乎像在等他。

「我的車發不動，你有跨接線嗎？」

起初他聽不懂她的意思，只能像白痴盯著她的嘴巴。也許他預期聽到其他糟糕的話。每次她找上他，他都覺得一切要完了。

他搖醒自己。

「跨接線。有，當然有。」

他不需要移車，她破舊的老車就停在旁邊。他從後車廂拿出電線，掀起引擎蓋。她站在旁邊，不斷用顫抖的手梳頭髮，害他好緊張。

他說，「老東西也不如從前了。」

「我會買新車，只是還沒時間罷了。」

「妳要忙的事夠多了。」

「爸爸老是說買新車就像拿錢擦屁股。」

她說起來很好笑，像在模仿她父親。連恩笑了一聲，瞥了她一眼，發現她也在笑。笑容讓他感到冷靜一點。厚重的雲聚集在頭上，她打開手電筒，方便他接上電線。

她沒頭沒腦地問，「你認識尤哈・別克嗎？」

連恩差點掉了電池夾。

「北森林的孤狼？大家都認識他。」

「昨天他來找我。」

「喔？」

「他說警方抓錯人了，他知道誰殺了爸爸。」

「哇。」

「但他要錢才肯告訴我。」

連恩緩緩站起身。他的頭嗡嗡作響。

「妳可以發動引擎了。」

她關掉手電筒，坐上破車。車門鬧脾氣，不肯關上，試到第三次才猛然關起。她終於轉動鑰匙，引擎發動了。透過骯髒的車窗，他看到她在笑。他回以微笑，但心臟跳得好快，幾乎無法呼吸。她搖下車窗向他道謝，他收起跨接線，緊抱在胸前。

「尤哈・別克瘋了。」他說，「我不會太相信他的話。」

時間雖晚，電話一響加百列就接了。晚上是他清醒的時候。

連恩說，「出事了。」

「嗯。」

「我們住在森林的朋友，我覺得他打算招了。」

「我這就過來。」

連恩沒辦法坐著乾等，他在有限的空間內繞圈圈，時不時停在窗邊查看馬路。他可以看到樓下狗圈裡狗兒的影子。范娜沉沉睡去，其中一隻小狗躺在她旁邊，牠抬起蓬亂的頭，擔憂的眼神看他在房內徘徊。

他還沒聽見車聲，便在樹木間看到車燈。他盡可能悄悄下樓，留范娜在溫暖的房內睡覺。加百列轉上車道，狗兒尾巴興奮地拍打圍籬。主屋亮起燈，連恩在盆栽後方看到媽媽探詢的眼神。她和狗兒一樣，清醒又蓄勢待發，什麼都逃不過她的法眼。

加百列下車，引起周遭一陣騷動。連恩大吼要狗兒安靜，擔心牠們吵醒范娜。他們坐在陷進草地的粗糙沙發上。當年爸爸罹癌後，把沙發從起居室拖來院子。他生病的第一個冬天，雪埋住了沙發，但等早春到來，他馬上剷掉雪，替椅墊鋪上麋鹿皮，挖了洞生火。接著他坐下來，一直坐到過世。

加百列豎起領子，朝毛衣咳嗽，掩飾肺部的隆隆響。橘色羊毛衣散發大麻的甜味。

「我昨天碰到珍妮佛。」他說，「她有問起你。」

「然後呢？」

「我給她看幾張范娜的照片，看她長多大了。不過我錯了，她看了整個抓狂，開始尖叫拔頭髮，扯下來好幾撮。」

「我以爲她在斯德哥爾摩。」

「嗯，這個嘛，她回來了。她想向我買貨，但我趕她走。我對她說不會再賣給她。」

連恩朝草地吐了一口口水。碎石路像蛇在月光下蜿蜒，他差點以爲珍妮佛會從暗處走來，睜著無色眼睛，挺著懷范娜的孕肚。在他眼中，她仍懷著他們的孩子。懷孕不在計畫中，他們也沒有打算留下孩子，但珍妮佛錯過診所全部的約診，很快便看到她的小腹突起，感到孩子在裡頭移動。連恩這輩子沒像范娜出生那年夏天那麼惶恐過。出於恐懼，他每天都喝得爛醉。珍妮佛更糟，她會偷偷吞藥，偷喝私釀酒。即使身體無比笨拙，走起路來搖搖擺擺，她晚上仍不回家。隨著預產期接近，連恩爲了找她踢破了三扇大門。范娜出生那晚，他遭到逮捕，和他獨處的警察煮了咖啡，送他私藏的香菸。連恩在無窗的房內踱步，不斷重複他們生的不會是小孩，而是怪物，因爲他們都沒能戒毒，老天一開始就沒給珍妮佛肚子裡的東西機會。隔天早上獲釋時，媽媽站在門外，哭得臉紅起皺，告訴他現在是小女孩的爸爸了。一個完美的小女孩。

他斜眼瞥向車庫門，確保范娜沒站在那兒偷聽。

「珍妮佛知道條件。如果她戒毒，什麼時候想見范娜都行，我不會阻止她。」

「她永遠不會戒的。你真該看她搞得那團亂，走廊上都是頭髮，簡直像兩隻貓打過架。」

加百列得意一笑。他們可以看到媽媽站在窗口，點了蠟燭，燭火隨著她在窗簾後移動而閃爍。

「你想談尤哈的事。」加百列說，「他又做了什麼？」

連恩遲疑了一下。告訴加百列總是有風險。講到情緒，他就像吊繩木偶，受到皮膚下持續悶燒的衝動和怒火控制。然而連恩得在一切惡化前告訴他。

「他去找威達·畢爾盧的女兒，和她說警方抓錯人了。他說他知道誰真的殺了威達。」

「他怪在我們頭上嗎？」

「還沒說，他想先拿錢。」

加百列的下巴嚼動，香菸火光像螢火蟲在黑夜跳躍。

「他住在那種鬼地方，倒是貪婪得要命。」

「她還沒付錢，但看得出來她有興趣。她想救男朋友，那個欠債的傢伙。」

「什麼？警察逮捕了她的男朋友？」

「大家都這麼說。」

加百列啞聲笑了。

「你不用擔心，我處置好尤哈了，我剛從他那邊過來。」

他把一隻手舉到連恩臉前，露出幾根染血的指節。黑夜藏住他剩餘的身體，不過他打開手機燈光，讓連恩看到新鮮血跡潑灑在他的衣服和手臂上，臉上也是。他看起來像屠宰了動物。

「老天，你做了什麼好事？」

「你不是叫我處理尤哈嗎？所以我去了北森林一趟，向他拿作物，順便和我們的孤狼聊一聊。他不會再麻煩我們了。」

二〇〇九年夏天

孩子越長越大，她沒有空間去思考離開了。春天和夏天來了又走，但女孩不再舉著拇指徘徊路旁。開車的男子只是記憶中的陰影，偶爾她會在覆蓋村子的黑暗中看見他們，但她不再認爲他們能拯救她。

現在父親開車載她進村，送她到閃著霓虹燈的加油站。每天她站在人群中，幾乎像是她也歸屬這裡。有一年冬天，她抱著賽門等威達在外頭加油，結果店主奈拉給了她這份工作。或許他可憐她站在那兒，這麼年輕就有自己的孩子要照顧。

「我們店裡需要一些新血，」他說，「如果妳有興趣的話。」

起初她僵站著，彷彿沒聽見，但隨即趕在父親介入前趕忙說好。等他走進店門，她和奈拉已經握手談妥了。

現在她站在舞台上，頂著刺眼的光，對好奇的人回以微笑。他們來付汽油和牛奶錢，總忍不住在閒聊時問個問題。他們問起孩子，眼神閃爍，嘴唇抿緊。當兒子到加油站拜訪女孩，握著她的手站在一旁，大家會端詳他臉上所有的細節，在美麗的童稚五官上尋找答案。他們說，眞奇怪，這孩子彷彿憑空出現，幾乎像是天堂墜落的天使。

她完全忘了那綑鈔票在麋鹿瞭望塔陳舊的木板間腐朽。過往的謊言、那些黑暗的謊言把她困在這兒，她對孩子的愛勝過她曾有的任何夢想。父親坐在廚房他的椅子上，預見發生的一切。他領頭走過森林，給孩子看將來他會繼承的所有土地。

每隔一陣子他便說，如果妳離開我，我會投水自盡。愛和威脅成爲包住他們的織毯，緊緊綁住他們。村子像是黑洞，把他們吸進去，永不放他們走。每天早上一樓窗外都是同樣的景色，深色花楸樹和森林的高牆。房門外鋪著紅色地毯，像臍帶通往兒子的房間。現在她不再與父親獨處，永遠不會了。

❄

她很多年沒和尤哈・別克來往了，但腦中的記憶依然鮮明，血液仍記得荒野的氣味和自由的感受。她只看過他可悲的房子一次，但恐懼似乎強化了她的記憶，帶領她進入無光的森林。狹窄的馬路蜿蜒穿過郊外，經過廢棄的農舍，空蕩的窗戶茫然回望她。西沉的太陽在後照鏡中燃燒，森林的陰影探向車子。她幾乎要放棄掉頭時，終於看到擠在松樹間的小木屋，和她印象中一模一樣。他的車也在，她仍能感到粗糙的椅套磨擦她的腿，聞到大麻味，聽到她的聲音哀求他帶她走。

她盡量不去看掛在樹上的動物屍體，但仍不免聽到繩索嘎吱作響，蒼蠅環繞死物嗡嗡舞動。兩隻西方狍的毛皮撐開掛在樹之間，暮光下看來像巨大的翅膀，她可以聽見小溪在灌木叢間呢喃。然而當她走向尤哈家，她並不害怕。她見識過他的瘋狂，知道他並不想傷害她。

她小心翼翼敲門，引起一陣尖銳狗吠，但不見尤哈人影。最後她握拳用力猛捶，連門上鉤子掛的頭骨都不住震動。

「尤哈！」她叫道，「是我，麗芙・畢爾盧。我帶錢來了！」

外套內那綑鈔票磨痛她。這輩子她沒拿過這麼多錢，即使他們需要各種東西——新車、新屋頂、新生活——她還是連遺產的一克朗都沒辦法碰。這筆錢令她害怕，突來的自由癱瘓了她，她想不出來該怎麼做。但現在她突然站在尤哈．別克家門口，願意付錢買殺父凶手的名字。這麼做或許徒勞無功，但她說服自己只要找出事實，惡夢便會結束，人生才會開始。

她推推門，門扇緩緩滑開。狗兒等在門內，狼一般的身軀頂著蓬鬆的毛，不肯讓她摸，她踏進木屋後也緊跟著她。迎面飄來悶熱的空氣，她先聞到男子的味道，隔了好久才看到他。門口灑入灰色光線，照亮昏暗室內陰影中幾件簡單木製家具。到處都是打獵的紀念品——角、頭骨和毛皮。她彷彿走進地下墓穴，四處妝點著死亡。

尤哈躺在木屋後端的床鋪上，像纖瘦的包裹不動也不出聲。要不是氣味明顯，她根本不會注意到他。

「尤哈，是我，麗芙。你醒著嗎？」

他連嘆氣回應都沒有。

「你還活著嗎？」

她留著門半開，小心朝屋內走了幾步。一陣陣新鮮空氣吹過亂糟糟的室內，灰塵、松針和枯葉繞著她的靴子打轉。木屋宛如森林的延伸，更像營地，不像正式的家。

他要不死了，不然就是陷阱。住在野外的人絕不會睡得這麼沉，不顧周遭的世界。他沒有本錢這麼做。

她靠近床鋪，狗兒張口低吼抗議，但沒有靠近。她又叫了尤哈的名字，他沒有回答，她感到深深的恐懼湧上心頭。直到她站在床邊俯瞰他，才聽見他呼吸。他身上飄起作嘔的血味，甜中帶著鐵味。她想起屠殺獵捕動物的記憶，威達切開動物屍體時冷冽的眼神，以及新傷口冒出的熱氣。

她輕輕把手放在尤哈肩上。他在她手下呻吟，扭曲的臉上閃耀凝固的血跡，鬍子黏成一團落在胸口。他不知從哪兒伸出手，抓住她的手腕，力道證明他還有生氣。他的聲音只剩微微細語。

「他想殺我。」

「誰想殺你？」

「唉呀，是惡魔本人呢。」

麗芙瞥向大門。

「他還在嗎？」

「我聽到他開車走了。我沒有反抗，後來他就沒興趣了。他以爲搞定了。」

尤哈放開麗芙，試圖撐起身子，卻劇烈咳嗽，又倒回麋鹿皮上。聽起來他體內有什麼鬆脫了。麗芙四處張望。假如她想知道事實，她必須先幫助尤哈．別克。

「你得去醫院。」

「最好是，我寧可現在死在這兒。」

他皺起臉，指向壁爐台上的酒瓶。

「給我喝一杯就夠了。」

「你的傷口需要清洗。」

「不用，該死，給我酒就好。」

她無視他的抗議，留他在木屋，自己想辦法走到小溪取清水，回來清洗他的傷口。沒有其他東西可用，她只好撕下一塊自己的上衣來擦洗他。她好不容易輕輕脫下他的衣服，羊毛上衣和鋪棉背心，還有長襯褲。他痛出一身汗，卻仍試圖開玩笑。

「原來妳是來看這個呀。」

她洗掉一層泥土，露出下方的瘀青。他肩膀腫起，她一碰便叫出聲來。然而他的臉更糟；嘴唇和兩邊眉毛都有發炎的割傷，臉頰、下巴一路到喉嚨的血都乾了。她用布一擦，血跡如樹皮一塊塊掉下來。狗兒坐在他們旁邊，堅持要舔他受傷的身體，動作溫柔誠懇，宛如母狗舔去新生幼犬的羊膜囊。麗芙沒有阻止，因爲她看尤哈感覺好多了，狗兒有安撫他的作用。

大致清洗他的身體後，她拿塑膠杯倒了幾滴私釀酒，交給他。她也笨拙地捲了一根大麻菸，塞進他的雙唇間。他喝下酒，顫抖著吸了幾口菸，終於有體力撐著身體坐起來。麗芙拉開外套，給他看那綑鈔票。

「告訴我殺死爸爸的凶手是誰，錢就給你。」

「我不想要妳的錢了。」

他的上顎少了幾顆牙，講話咬字模糊。麗芙拉上外套。腎上腺素和沉悶的空氣害她反胃。

「我想坦承我的罪，」尤哈說，「就這樣。」

他的語氣令她血液發寒。麗芙走到大門口，把臉湊到門縫，吸進即將下雨的味道。他看來沒想清楚。她猜想他是否給人打到頭，或許腦震盪了。

「我只想知道爸爸發生什麼事。」

「抱歉，說來話長，而且只有我們倆知道，因爲我不會告訴警察，我只說給妳聽。」

「那就說吧。」

尤哈點點頭，準備好。

「全都從我收到伐木公司的信開始。我收到信非常震驚，時隔多年要從我的土地、埋葬哥哥的這片土地趕我走，我眞的很難接受。威達發誓我可以待在這兒，只要我不接近妳，條件就不會變，他是這麼說的。可是去年春天我去找他，他當著我的面大笑，說決定權不在他。原來他的保證都是空話。」

一陣咳嗽打斷他。麗芙待在門口，看男子孱弱的身體在昏暗燈光下顫抖。她的胸口越發感到恐懼。

「是你吧？你殺了爸爸。」

「如果我有勇氣謀殺威達，早就下手了。但我太膽小，做不出那種英雄事蹟。我的良心已負擔一條人命，沒辦法承受更多了。」

「你說你想坦承你的罪。」

他的下巴和鬍鬚掛著咳出的痰。他從地上撿起毛衣，擦擦臉，閉緊眼睛整理思緒。

「我認識一對兄弟。」他終於說，「一個沒用，另一個是惡魔。他們會送大麻和咖啡過來，省得我開車去村裡買，對我這種隱士很方便。他們年輕健壯，飢渴追求人生給的機會，可不像我。我一聽說砍伐森林的事，就決定送他們去找威達。這是我一勞永逸的復仇辦法。」

麗芙猛然一縮。

「你要他們去殺他？」

尤哈深吸一口大麻菸，揮手否認她的指控。

「老天，沒有，當然沒有。我從來不希望他死。他們只應該拿回一部分這些年他偷的錢。錢就躺在你們稱爲家的廢屋裡發霉，那些錢屬於我和他愚弄的其他可憐人。威達靠剝削別人來塡滿荷包太久了，是時候要他自食惡果。」

麗芙抓著門框。雖然背後冷風吹拂，一股熱潮仍使她臉龐泛紅。

「但我早該知道不能相信他們。」尤哈繼續說，「我說沒用的那個，他手指誤扣扳機，殺了威達。現在他們決定也要處置我，因爲我知道太多了。但想除掉我沒那麼容易。」

「這對兄弟叫什麼名字？」

尤哈遲疑了很久，眼瞼沉沉落下，她幾乎看不清他的表情。

「利利亞兄弟，」他終於說，「連恩和加百列，他們家在卡爾博丹有房子。他們的爸爸死於癌症，媽媽好像是嬉皮，會收容流浪狗。妳肯定認得出他們家，到處都是雜種狗。」

「連恩？你說連恩嗎？」

「對。怎麼，妳認識他？」

麗芙吞了一口口水，腦袋發暈。加油站的連恩，夢想要買房子的破碎男子，總是難以正眼瞧她。她從外套拿出那綑錢，交給尤哈，但他搖搖頭。

「我不想要妳的錢。妳只要矯正是非就夠了，我不求別的。」

她遲疑了一下，鈔票壓進肌膚。她飛快伸手把錢放在桌上，從門口溜出去，留他在屋內。

碎石路像蜿蜒小溪穿過森林，沉靜的雨替世界灑下閃亮濾鏡。她開著車，威達刺耳的聲音迴盪在她腦中，警告斥責她。他自以爲是的笑懸在擋風玻璃上，她打開雨刷刷掉。他沒提過他賣掉北森林，或時隔多年尤哈得離開他的土地。尤哈不會撒謊，他說連恩和哥哥到歐德斯馬克洗劫他們，這就是事實。她第一次在收銀台看到連恩，就知道他哪裡不對勁。每次見到她，他都擔心到面部抽搐，只要她靠近，他的身體就會繃緊。他被帶到加油站，到她眼前，都不是巧合。一切都是宏觀大局的一部分，雖然她不了解，但威達過世前老早就警告她了。

她先聽到狗叫，才看到房子。房屋所在地偏僻，和熊農場一樣破舊不堪。院子一側是狗圈，她可以看到欄杆後興奮搖動的尾巴。她停下車，手指僵硬抓緊方向盤。她的鼻腔殘留尤哈的氣味，她低下頭，看到衣服沾了一些他的血。她瞥向後照鏡，發現臉上也有紅色血跡，宛如古老的作戰妝容回望她。她舔舔手指，努力擦掉最糟的部分。她的眼睛害怕得充血。她盡量不去多想，讓直覺引導她。腦中的聲音說她應該打電話給哈桑，和他說她的打算，但她知道他會勸退自己。其中一扇窗口出現一張臉，女子頂著鬈髮，眼神狂亂。麗芙下車，腦中的血液隆隆作響。狗吠伴隨她走上小徑，在她用指節敲門時叫得最大聲。她另一手擱在刀上。

女子來開門。她身穿及地洋裝，鎖骨間有一隻眼睛的刺青，回看麗芙。

「有什麼事嗎？」

她比麗芙大不了多少，但歲月在她嘴巴周圍刻下苦悶的線條，使她顯得疲憊不已。麗芙伸出手，自我介紹。

「我想和妳的兩個兒子談談。」

「妳是警方的人嗎？」

「我在加油站工作，是連恩的同事。」

「他做了什麼蠢事嗎？」

「我只是想和他談而已。」

女子戴著閃亮石頭串成的項鍊，她用手緊緊扭著，指頭都發白了。她朝房子對面的建築物點點頭。

「連恩在車庫那邊。」

麗芙轉過頭，瞥見一張腐朽的沙發半埋在草叢裡。後面有扇窗亮著，但沒有人往外看。

「謝謝。」她還沒說完，女子已關上門。

她經過時，嚎叫聲再次響起，貪婪的掠食眼睛在欄杆後緊盯著她。她感覺像走過監獄走廊，擺脫不掉飢渴的眼神。

她來到車庫外，走上通往大門的樓梯。她迎面看到一張橘色標誌，上頭畫了閃電，寫著禁止進入。她聽到室內有聲音，孩子高亢的笑聲讓她挪開握刀的手。她敲敲門，警示標誌掛在釘子上晃了晃。一個小女孩來開門，她綁著厚實的辮子，眼神充滿疑問。

「妳是誰？」

小孩讓她亂了陣腳，麗芙趕忙想要說什麼。她盤起雙手，遮住衣服上的血跡。

「爸爸在家嗎？」

連恩坐在昏暗的室內，看到她出現顯得很震驚。他沒穿制服襯衫，感覺年輕許多，身上的深色兜帽上衣淹沒了他。與其說像爸爸，他看來更像大哥哥，彷彿在扮演大人。

「妳來做什麼？」

或許是他的語氣吧，女孩聽了小跑步進房，躲在他背後。麗芙看了不禁回到過去，想起警察的深色褲子，還有威達的手在餐桌下摸索她的手。她認命地感到自己的存在像春天的薄冰，準備碎裂。再走兩步，深邃的水就會吞噬她。

「尤哈·別克叫我來的。我得和你談談我爸的事。」

她看出他聽懂了。他吞了一口口水，喉結上下跳動。他抱起女孩，讓她坐在大腿上，她把臉埋進他的喉頭。

「范娜，去奶奶家玩一下，我們大人要聊一聊。」

女孩坐直身子，臉頰紅潤如蘋果。

「我要請奶奶泡咖啡嗎？」

「聽起來不錯。」

「還有烤熱的麵包捲？」

「如果有的話。」

他跟著女孩到門口，兩人站著看她跑向主屋。連恩的呼吸急促。麗芙想起她的刀，她握住刀柄，準備必要時抵住他的脖子。他朝房內揮揮手。

「妳要喝點什麼嗎？我有啤酒和果汁。」

「我不用，謝謝。」

她背對門站著，看他繞過房間。他從冰箱拿出啤酒，坐在桌旁。圓桌上散落蠟筆和圖畫紙，還有進度不一的藝術作品。其中一張用不穩的字跡寫著「范娜♥爸爸」。連恩朝桌子點點頭。

「過來坐下吧。」

「我站在這兒就好。」

□

她不敢走進房內，眼睛直盯著他，好像他隨時可能攻擊。她一手放在背後，擺明藏著某種武器，可能是手槍或刀，嚇不了他。

她說，「你到加油站找工作，是為了挑釁我。」

「我去找工作，因為我想重新開始。」

「那天晚上，我在屋外路上看到你的車。」

她的濕頭髮一綹綹垂在臉上，衣服沾上深色污漬，好像爬過泥巴。或者是血。她的視線似乎刺穿他的皮膚，令他全身羞恥得發癢。連恩打開瓶蓋，灌了一口啤酒。

「我不知道妳在說什麼。」

「少來，尤哈全都告訴我了。況且我有看到你，爸爸也有。他說房子周圍有狼遊蕩，但他指的是你。他逮到你，所以你殺了他。」

他的手指刺痛，手中的啤酒罐發燙。假如加百列在場，他會拿罐子丟她，掀翻桌子，大叫她不知道在說什麼。他會掐住她的脖子，舉起她，讓她腳趾離地。沒有多久以前，當連恩仍受衝動控制，他的反應可能也一樣。然而現在他盡可能坐定，讓啤酒和緊張的情緒在胃裡冒泡。

「尤哈很會編故事。」

「顯然你也是。我和奈拉都信了你賺人熱淚的小故事，深信你要展開新人生。我第一次在加油站看到你，甚至覺得你很可憐。你看來好困惑，不知所措。現在我知道原因了。」

「我和妳爸爸的死沒有關係。」

他直直看著她的眼。習於撒謊一輩子後，他的聲音冷靜穩定。或許還不遲，他可以說服她整件事都是誤會。

她的臉和玩偶一樣動也不動，看不出一絲情緒。她的右手仍放在背後，另一手握著門把，但她的胸口起伏，彷彿正在狂奔。連恩猜想她是否報了警，警方是否在路上。或許他們已經抓了加百列，或許他在某個偵訊室，正在說他拼湊起來的說詞。無論如何，都會是他們各執其詞。他能做的只有說服警方，說服她。

麗芙朝房內踏了一步。她竟然獨自前來，勇氣可嘉。

「警方逮捕了無辜的人。」她說，「但我不會放棄，一定會查出事情眞相。」

連恩喝完啤酒，開了第二罐，腦袋同時打轉。范娜的畫擺在桌上，哀求他，畫中太陽的光芒碰到草地，人們臉上掛著燦爛笑容，蝴蝶有繁星般的翅膀。畫的正中央寫著她的名字，「范娜♥爸爸」。

淚水刺痛他的眼瞼。眼前的女子也是別人家的女兒，死了爸爸的女兒。他望著她，感到無比的倦意襲來，體內每根肌肉都放棄戰鬥。他沒有精力，就是無法再撒謊了。

他終於說，「我在場。」

「什麼？」

「我沒有開槍射他，但我看到他倒下。我在場。」

字句開始從口中流出，他阻止不了。麗芙屏住氣，聽他描述他們把車停在湖邊，站在樹木的陰影中，觀察他們家窗口蒼白的光，以及破舊屋內的動靜。他描述他們等待時機，確保不會出錯。即便如此，他們仍脫離計畫，跟著威達進入森林。那是加百列的主意。其實他們太晚抵達，太陽早已準備升起，夜晚即將結束。他告訴她他們分開，他和加百列走散了。他說得耳朵發燙，嘴巴乾到話都卡住了。他喝起啤酒，避著不看她，描述森林和沼澤。一切突然清晰出現在眼前：浸水的地面在晨光中紅了臉，霧氣纏繞樹木，老人的身體如狂風吹打的樹木搖擺，接著倒地。槍聲響起時無聲的驚嚇，鳥兒衝上天前無止盡的沉默。

「我們從沒打算要人死。總而言之，那天外頭出了大錯，我哥哥有時候做事不經大腦。」

他哭到哽咽，出口的字句糊成一團。他大口大口吸氣，她的眼神令他害怕。她靠近桌子，范娜的圖飄了飄。

「所以是你哥哥下的手？」

「我原先也這麼想，但現在我不確定了。我覺得那天早上還有別人在，就爲了殺他。」

連恩瞥見她手中的刀，蒼白的手指握著刀柄。她的恐懼與他相映。他盡量不去想警察，不去想接下來會怎麼樣。他只努力告訴她眞相。

「我有東西想給妳看。」

他沒等她回答，便起身拿來筆電。他顫抖著雙手輸入密碼，打開放照片的隱藏資料夾。加百列要是發現會殺了他，但現在不重要了，什麼都不重要了。連恩不擔心哥哥或警察。他只知道自己必須說出藏在心底的一切，否則重擔會壓死他。

他轉過螢幕讓她看。她咻地一聲從刀鞘拔出刀子，緩緩走到桌旁。她聞起來像雨和汗，頭髮滴著水。連恩喝了幾口啤酒，假裝沒看到刀子，實際上卻用眼角餘光盯著，準備必要時從她手中搶下來。

他打開照片，聽到她驚呼喘氣。她的家在螢幕上閃過，孤單的窗戶和大門，森林中小徑交錯的黑色開口。當他點開老人的照片，她的身體開始發抖。

「我不知道他怎麼跑到井裡去，」連恩說，「因爲他在沼澤中槍的。」

她說，「我知道。」她的聲音來自體內深處。「我知道他死在哪裡。」

他們看威達在地上彎下孱弱的身體，彷彿在禱告，雙手猛抓潮濕的土地。

「他在挖東西，」連恩說，「但我不知道他在找什麼。」

「他掉了眼鏡。」她悄聲說，「他在找眼鏡。」

連恩把箭頭拉到左邊角落，放大照片。他仔細打量模糊的樹和溫暖的破曉天空，彷彿第一次看。他指向螢幕。

「加百列在另一側，我不太確定在哪裡。」

他把手指挪到樹木間飄盪的淺色塊。

「可能是我多想了，但那邊看來還有人，穿藍色外套。妳看得到嗎？」

麗芙傾身靠向螢幕，手指壓著嘴巴，臉白得嚇到他了。他站起來，想叫她在椅子坐下，免得昏倒，但她推開他，刀子差一點擦傷他。她的眼睛沒有離開螢幕，盯著模糊的輪廓和藍色影子。藍影看來是外套或毛衣，在綠色松針之間格格不入。或許是錯覺，但他看得越久，便越相信那兒有人。

她站起身說，「我什麼都沒看到。」

連恩失望極了，彷彿肚子挨了一拳。

「妳看不出來可能有人嗎？穿藍色外套？」

可是她看不到。她只搖搖頭，快步遠離他走向門口。雨傾盆落在屋頂和唯一的窗上，她拉起兜帽擋雨，瘦小的身子消失在閃亮布料中。連恩突然停下來。要不是照片就在眼前，他不會發現，但兩者實在過於相似，簡直叫著要他注意。他從螢幕看向麗芙的外套，又看回螢幕。藍色直擊他的眼睛。

□

雨水匯聚在路上，形成閃爍的死亡陷阱。她開得很快，無視車子在彎道上危險打滑，擋風玻璃的雨刷跟不上降雨的速度。雨勢非常大，她無法區分天空和森林；萬物糊成一團，宛如沒有盡頭的陰暗隧道。她哭得渾身顫抖，鹹鹹的眼淚流下臉頰和下巴。她沒看到通往村子的路標，只知道標誌在那兒。隱形的繩索牽起她和兒時的家，避免她迷路，避免她離開。路上蓋滿泥巴，黏上輪胎。全開的車頭燈照亮雨水像白矛從天而降，向膽敢踏出門的人宣戰。她沒想到會碰到來車或行人，因而驚險地差點撞倒他。

他走在路中央，躬起身抵禦風暴。她緊急剎車，泥巴都濺上他的臉了。她調暗車頭燈，讓他看得見是她，接著拿濕外套擦乾臉上的眼淚，免得他看到她這副瀕臨崩潰邊緣的德性。他坐進副駕駛座，她伸手摟住他，讓衣服吸滿他身上冰冷的雨水。她感到他在發抖，便從後座抓來狗兒的毯子，披在他肩膀上。他仍是她的孩子，她的兒子，沒有人能從她身邊帶走他。

「你在這裡做什麼？」

「我和費莉西雅吵了一架，不想再待下去了。」

她發動車子，沿著村裡小路開，感覺心臟在胸口要爆炸了。等她開到柵欄和通往熊農場的車道，她選擇繼續往前。賽門坐立不安，沉重的呼吸讓車窗起霧。

「妳在做什麼？妳錯過車道了。」

「我們去兜個風吧。」

「現在嗎？外面狂風暴雨耶！」

「我只是想和你聊聊。」

他扮了個臭臉，但沒有抗議。等他們開上大馬路，雨勢漸歇，她可以看到路標和大石頭。以前夏天她會躲在這兒，等待完美的車，載她遠走高飛。

「你們吵什麼？」

「什麼？」

「你和費莉西雅。」

「我不知道。」

「你不知道？」

「我不想談。」

麗芙瞥了他一眼。他感覺更像是生氣，不是難過。他臉上流的是雨水，不是淚水。她心中突然綻放一絲希望。他們離開的機會來了，最後一次機會。現在換她開車了。

「我年輕的時候會在這條路上搭便車，我有和你說過嗎？無論如何我都想離開，甚至急到不在乎誰停下來載我。」

「如果妳那麼想離開，爲什麼回來？」

「爸爸每次都會找到我。不管我跑多遠，他總是坐在車上等。然後你出生了，我就不想跑了。」

賽門用手指畫過車窗，在凝結的水霧上畫圈圈。

「搭便車很危險，妳可能會死掉。」

他蠻橫的口氣和威達以前一樣。她心想他是否發現他們一天比一天相似，多令她害怕。她開進路旁停車區，回轉開回歐德斯馬克，果斷的決定在胸口跳動。

「等我們到家，我要你打包行李。」

「爲什麼？」

「我們要離開這兒，再也不回來了。」

她點燃菸斗，在漆黑窗戶上端詳自己的倒影。室外夜色漸濃，但還有不少時間。連恩面對的代價太高，不會報警抓她。強尼在牢中的畫面飄過腦海，不過她從齒間吐煙，不去想他。自由渴求受害者和他們的血。

賽門在樓上的動作讓房子從地基開始搖晃。他用力摔門，沖馬桶，卻不下樓，直到她出聲喊他。

「你打包好了嗎？」

「我不打算走。」

「你沒得選，我叫你打包，你就打包。」

或許他從她的口氣聽出她來眞的，這才走下樓梯。他頭髮仍是濕的，穿著慢跑褲，清楚擺明他打算待在家。他盯著她放在桌上的包包，裡頭裝了幾套衣服，必要之物，就這樣。其他她都會留下。

「現在大半夜的，不能等到天亮嗎？」

「沒時間等了。」

「急什麼？」

他的影子橫越房間，籠罩著她。她意識到他嚇著她了，她害怕自己的兒子。她可以看到他喉嚨的脈搏跳動，焦慮流竄全身。她朝掛著外套的椅子點點頭，藍色布料在昏暗光線中閃耀。

她命令道，「坐下。」

他不甘願地拉出椅子，把頭埋進雙手，手指揪著頭髮，好像想把髮絲連根拔起。在新長出的肌肉和男子氣概下，她仍能感知到她的兒子。瞧他顫抖的嘴唇和哽咽的聲音，使他變得清晰多了。

「我不懂，爲什麼我們要走？我們自由了，阿公不在了。」

「把外套穿起來。」

「什麼?」

「椅子上的外套,穿起來。」

他抬起頭,直直看著她,眼中充滿恐懼。他繼續盯著她的臉,緩緩從椅子拿起外套,套上手臂。外套給他穿太小了;布料卡在他的肩膀,袖子搆不到他的手腕。破舊布料似乎擠出他胸口所有的空氣,使他呼吸急迫困窘。

「滿意了嗎?」

她搖搖頭。

「我想知道阿公遇害那天早上,你穿我的外套去做什麼。」

他把臉藏在手中,躲進心底好一陣子,才開始解釋。

五月二日，清晨

老朽的手硬闖進他的夢鄉，僵硬的爪子在棉被下抓住他，粗暴又不耐煩。房內充滿黑暗和外公的吐息。一會兒後，他才看清那張衰老的臉。

「阿公，你在做什麼？」

「小子，起來，我們得動作快。」

他拿著獵槍。男孩看到黑色槍管，往後縮靠著枕頭。他感覺到外公要開槍射他，一切終於瘋了，全都結束了。他想呼叫母親，但外公看穿他的打算，伸出拳頭狠狠摀住他的嘴巴。他的手指有爆裂物的味道。

「狼在外頭遊蕩，該逮住那些混蛋了。」

「可是現在半夜耶。」

「馬上就要日出了。快點！」

外公遞出獵槍，他沒用的手再也抓不住武器，更別說開槍。男孩了解爲何要大清早吵醒他了，原來是要他當劊子手。他想抗議，但外公的口氣使他屈服。他的聲音現在聽起來不啞了，嗜血的渴望似乎有治癒的效果。老人站在窗邊，從窗簾縫隙往外瞧，等男孩更衣。外公呼吸時，肺部粗重喘息。

他靜靜走在男孩前面下樓，僵硬的關節隨著木板嘎吱響。他的外公和房子一起變老，早過了黃金年華。下到玄關後，男孩遲疑起來，緩緩綁著自己和外公的鞋帶，接著起身假裝找帽子找了好久。他聽到風颳過外牆，不禁畏懼牆外的黑暗和寒冷。他終於從掛鉤扯下母親的外套，最溫暖的那件。外公越發不耐，推男孩走在前面，彷彿他是不守規矩的動物。

他打開門，冷風迎面襲來。東邊天空可見一抹血紅，但日光感覺很遙遠。外公往下指著湖。

「你走東邊，我走西邊，我們在沼澤碰頭。」

他爪子般的手輕快溫柔拍拍獵槍。

「這次別遲疑，懂嗎？要一槍致命。」

他說完便走了。男孩關上身後的門，躡手躡腳穿過房子，到後面門廊的門，盡可能靜靜開門，踏進寒冷的室外。他們不是第一次分頭走了，外公喜歡在多個地方同時有眼線。風拉扯男孩，他靜靜走向森林邊緣，傾聽不對勁的異樣聲響，卻只聽到樹木嘆息，還有狗兒站在玄關哀喚他們。外公從不拋下牠。他一定眞的認爲外頭有狼，不小心會把狗兒撕成碎片。男孩出發前抬頭瞥向母親的窗户，白色窗簾在陰暗的光線中像鬼魂飄動。他知道她怎麼睡，臉朝著門，刀子藏在床墊下。她的祕密跟著他進入灌木叢。

他體內住著怪物，雖然外表看不出來，大家仍感覺得到。他經常站在鏡子前，深深看進自己的雙眼，如果站得夠久，便會看到一絲怪物的蹤跡。大家總說他是外公的翻版，幾乎像要鬧他。他告訴自己他們全都知道。小時候，他很高興別人說他們長得像，這麼說讓他感到成熟。但那時他還不知道世界多麼黑暗，人們會對彼此做出什麼事。

乳白色的霧飄在松樹間，他只聽見腦中血液狂吼。他感到怪物蠢蠢欲動，想要逃跑。他的手指緊扣獵槍，重量壓得手臂發疼。晨曦逐漸充滿森林，雲杉揮打撕扯他，但痛楚驅使他前進，煽動著怪物。

他先到了。沼澤在蒼白的光線下蔓延，像蒸騰的肌肉傷口。他踩水繞著邊緣走，查看外公是否在對側，但他還沒到。年齡像重物沉澱在威達的關節，使他變得笨拙遲緩。其實他們再也不需要對威達唯命是從了。去年聖誕節早上，媽媽拿禮物走進來時，他就說過了。他說外公太老，無法控制他們的生活，現在他們可以隨心所欲過活了。但她只露出那種笑，表示他得安靜，因為就算輕聲細語或用唇語，外公還是聽得見。他像全能的神飄在他們上方，即使他們眼看他衰老，仍懷疑他不會死。

麋鹿瞭望塔出現在樹木間，孤獨的雪堆攀著陰影中的深色木材。他把獵槍揹在肩上，伸手去抓梯子。梯級潮濕，可以摸到一片片脫落的地衣，他的鞋子踩在濕滑表面上差點滑跤。起初他的打算很單純，只是要關照外公。直到他坐下來，把獵槍槍管擱在射擊口，他才意識到機會來了。他可以自由了。

新發現在他體內震盪，使他難以穩住獵槍。外公踏進沼澤時，太陽在男孩背後。老人在灌木叢中笨拙移動，像受傷的動物。男孩要做出慈悲之舉，他會結束老人和他們的苦難。他看到外公跪下，看他在潮濕的地上彎下身。他掉了眼鏡。當他終於站起來，轉頭面對太陽和男孩，他的雙眼像黑色凹痕。

男孩想過好多次了。只要外公死去，只要他們能自由，一切都會好多了。當他不再掌控他們的每一步，一切都會簡單許多。

子彈擊中外公，力道大得把他往後撞飛。空中布滿黑鳥，男孩再次瞄準時，鳥兒在他耳中刺耳尖叫。外公教男孩射擊，如果不是他倒在地上，在苔蘚中像魚扭動掙扎，他應該會以男孩爲傲。看來好不眞實，彷彿全都發生在夢中。透過準星，他看外公的身體不再動彈，開始沉到苔蘚下。土地試圖把他往下拖，急著掩埋他。一切似乎都在閃爍。

男孩把獵槍揹回背上，急忙爬下梯子。他站了一會兒，看著沼澤上動也不動的突起，努力消化是外公躺在那兒。這時他好像聽到聲音，狼的嚎叫。牠們在追他。他轉身就跑，盡快跑回家。他把武器藏進柴棚，偷偷溜回自己的房間。母親的房門仍關著，他突然渴望在房內陪她，想衝進去告訴她一切。他會說全都結束了，而她會完全了解他的意思。她會掀起被子，空出位子給他，像他小時候用指尖撫過他的眼皮，悄聲說他體內沒有怪物了，他們把怪物趕走了。

然而他不敢。他偷偷摸摸走進自己房間，聽鉸鏈嘎吱作響。他脫掉冰冷的濕衣服，爬進被窩躺著，仰望天花板。他試著說服自己只是作夢，但他的心仍瘋狂跳動。他騙不了自己的身體。時間過去，房間越來越亮，顏色變了。他聽到母親甦醒，睡眼惺忪的腳步走下樓梯。燦爛的陽光照穿窗簾，她劈頭便呼叫外公，語氣中的孤單都傳到男孩這兒了。他用手摀住耳朵，閉上眼睛，假裝聽不見。

❄

房子和熟悉的房間立刻顯得陌生，她胸口麻木，努力想找回觸感。她必然得感到什麼。賽門的視線追著她的雙眼，坦白後他的聲音沙啞，疲憊的身體癱靠在桌旁。麗芙用手指梳過他濕潤的頭髮，他撇開頭。

「妳叫我去上學，但我沒去。我跑回沼澤，看他躺在那兒。烏鴉已經對他下手了，我到的時候他沒有眼睛。」

他在椅子上搖晃，月光落在他毫無血色的臉上，麗芙擔心他會昏倒。她繞過桌子，輕輕扶他站起來，帶他到起居室，協助他在沙發躺下。她坐在他頭旁邊的地上，輕撫他蒼白的臉頰，努力壓住湧上喉嚨的反胃感。她不想再聽了。

「你該休息一下。」

可是他繼續說，一旦開始便停不下來了。

「我不知道為什麼動手，只知道我非做不可。」

他的手指箍住她的手腕，拉近她。他瘋狂的表情令她想起威達。

「媽，他希望我像妳，但我做不到。我永遠沒辦法像妳。」

她把臉靠在他的胸口，傾聽他的心臟強健跳動。她的兒子。她知道他體內有什麼在動，某種狂野陌生的東西控制他的身體，這些年來她只是感覺到，現在終於浮上表面了。房間緩緩轉亮，很快他們便能清楚看到對方，很快他們將無從躲藏。

他說，「媽，強尼被關是我的錯。」

「才不是，是警察的錯。」

「不對，是我。我陷害他。」

「什麼意思？」

「隔天早上我假裝去上學，結果卻走到寡婦尤韓森家。我站在樹叢裡，看強尼出門去鋸木廠，當下我就決定了。我從柴棚拿出獵槍，藏在他的地窖。大門開著，我就直接走進去。我把獵槍擦乾淨，確保上面沒有我的指紋，然後把槍和剩下的彈匣留在那兒。阿公從來沒註冊他的槍，我知道不用擔心。獵槍大有可能是尤韓森家的，或強尼的，不需要是我們的。」

他的肌膚摸起來發燙。她希望他別說了，試著要他住嘴。他的話讓他們都不舒服。他的聲音快啞了，但他仍堅持繼續說。

「妳記得去年聖誕節有人闖進學校嗎？」

她點點頭。

「小偷留下菸蒂，才給警察逮到，因爲上面有他們的DNA。我想到就靈機一動。我從強尼的菸灰缸拿了一些菸蒂，放進塑膠袋。四輪機車的鑰匙掛在他家玄關，我就開車搬走阿公。我想載他去很遠的地方，也許去石灰廠，但我怕有人看到我。最後我只開到隔壁村的井，把強尼的菸蒂留在那兒，就這樣陷害他。」

一切太難以承受。麗芙踉蹌走到浴室，朝生鏽的洗臉槽劇烈嘔吐。吐完後，她站著看碎裂鏡中的自己，認不出她的臉。等她出去，早晨已進入起居室，賽門閉上的眼瞼籠罩在病懨懨的光中。

兒子沉沉睡去，她在旁邊的扶手椅坐到陽光傾瀉進房間。她去廚房泡了咖啡，但等冒煙的杯子放在桌上，她卻沒辦法喝。她不再在陰影中看到威達，或聽到他的聲音。她的潛意識終於接受他過世的事實。

她把行李放到車上。清晨的草地成了一片蒲公英花海。她注意到車庫裡的紅色汽油桶，抬頭看向房子和飢渴的舊木板。她可以想像大火把木板燒得扭曲，聽到一切崩塌時的呻吟。她把汽油桶拿到屋子牆邊，往內瞥了一眼沉睡的孩子，肩膀不住發疼。他身上從來看不出來。他生來短短幾年，她老是猜想怪物藏在哪裡，但在他身上從來看不到。每個醫生都堅持他是非常健康的小男孩，他符合所有成長曲線，正常長大茁壯。假如他體內有什麼伺機而動，肉眼也看不見。

她旋開汽油桶的蓋子，閉氣免得聞到汽油味。她的腦袋嗡嗡響，無法整理思緒。她要燒了房子，載兒子去安全的地方，把錯攬在身上，應證村人的懷疑。畢竟照片是拍到她的外套，也是她一直沒能脫離威達。賽門只是小男生，只是孩子。可是她坐在汽油桶旁，臉朝著太陽，不管多麼想，她都沒辦法放火燒了房子。

她腦中看到賽門的臉，年幼的賽門，臉頰圓潤，整個人充滿歡笑。都是她的錯，她失敗了。是她把自己的邪惡灌輸給他，奪走他的笑容。她想通了，結論越發清楚。放火不能解決什麼，撒謊也是，謊言只會帶來另一座囚牢。如果她擔下責任，賽門永遠無法自由。謊言會像冰冷的影子跟著他一輩子，隨著年歲變得越大越重，直到他承受不了重擔。她知道最黑暗的祕密都是如此，會由內慢慢毀了你，只留下碎片。只有眞相能拯救他。如果他想要有機會活下去，她必須讓他好好贖罪，否則他永遠無法做人。

她走回屋內，鳥兒在後頭尖叫。她可以聽到起居室傳來賽門規律的呼吸。她輸入號碼，嘴唇緊靠著電話悄聲說：「趕快過來，我們需要幫忙。」

幾乎一小時後，哈桑開上碎石路。屋外停著警車現在仍感覺不眞實，就像他來告知威達過世那天早上。她等他走上前廊階梯，才去叫醒賽門。她用拇指撫過他的眼瞼，看他顫抖眼皮清醒過來。

「哈桑來了。」

他撐起身子。

「爲什麼？」

「該說出眞相了。」

她以爲他會生氣，會推開她走向門口，跑去他的地窖，躲在運動器材之間。然而他伸手摟住她，緊緊迫切地抱著她，上回他們如此擁抱，他還是小男孩。她感到恐懼在他體內鼓動。哈桑從前門呼喚他們。

賽門打開門，走上前廊，朝警察伸出雙手，露出厚實的手腕。

「你們要找的人是我。」

警局和她抱著賽門站在階梯那天看來一模一樣。她把雙手放在曬暖的紅磚上，垂下頭。她得出來呼吸新鮮空氣。現在只有蒲公英靠著牆，沒有黑色袋子，沒有死掉的麋鹿。

「妳打電話來是對的。」

哈桑把手放在她的肩胛骨之間，她沒聽到他出來。他輕撫她的背，她雙腿發顫，連站直都很吃力。

「應該是我坐在裡頭才對。」

「怎麼說？」

「我應該保護他，給他未來。然而我明知有什麼影響，卻還讓他和威達在歐德斯馬克長大。」

「妳不可能知道最後會這樣。」

她倚著他，兩人轉身走回警局。她掃視停車場，確定威達沒有還坐在那兒，等著開車載他們回歐德斯馬克。

哈桑輕輕扶她在走廊的椅子坐下。

「別拋下我。」

「我沒有要走，只是去倒咖啡。」

她不敢看其他的警察，沿著閃亮的走廊都能聽到他們的制服磨擦作響，燈條像冬陽刺痛她的眼睛。哈桑把熱騰騰的咖啡塞進她手中，站在她旁邊，閒聊轉移她的注意。她必須在外面等賽門做筆錄，他出來時戴著手銬。警方會帶他去監獄所在的小鎮，他們面對彼此道別，她看他的眼睛澄澈，顯得如釋重負。只有她哭了。她摟著他的脖子，他把臉頰緊緊貼著她的臉，沒辦法伸出手臂回抱她。

❄

閃耀的夏日降臨村子，空氣中能聞到濃密的枝葉和曬暖的森林。麗芙坐在前廊階梯上，手裡拿著鑰匙等待。太陽曬傷她的臉，馬蠅在周圍嗡嗡轉，尋覓著血。她不想在空蕩的屋裡多坐一分鐘，屋內的寂靜幾乎使她窒息。她發現自己老在豎耳傾聽賽門的跳繩打在地窖地上，還有老人拖腳走上樓梯。不管他們其中一人死了，另一人關在牢中，他們仍活在這四面牆內，讓她不得安寧。

當賽門打電話來，她和他說了。

「我每天早上仍會聽到你捶沙包。」

他告訴她，「把那棟破屋賣了吧。」

「好。」

「現在是妳在開車，別忘了。」

他周圍好熱鬧，又是喊叫又是笑聲。有時她會想像他已經在鎮上等她。鎮上沒有人聽過他們的名字。

強尼曾試著帶她離開。他從警局獲釋不久，便來到她家門口，要她打包行李。她本以爲賽門做了這番好事，害他在牢裡待了好幾天，他會生她的氣。但他只擁她入懷，說要帶她一起走，遠離他們不想記得的一切。即使他不可信，她還是差點同意了。感覺好容易，只要坐進副駕駛座，讓別人掌控方向盤，看陌生的路往前延伸。但她知道不對，不該這麼做。如果她要離開，她得自己來。

她終於聽到車子開上碎石路，樹木間揚起一陣灰塵，很快便看到他了。他戴著墨鏡，女孩坐在後座，兩人都笑著朝她揮手。他們下車，她用發疼的腿站起來，過去迎接他們。女孩嘴邊還沾著冰淇淋，嘴唇被巧克力染黑。她手裡拿著色卡，舉到斑駁的牆邊，藍綠色塊與天空競艷閃耀。

連恩把墨鏡推上額頭，露出下方疲憊的眼神。不過當她把鑰匙交給他，他的眼睛亮了起來。

他說，「感覺還是不對。」

「哪裡不對？」

「妳一毛錢都不收。」

她不予理會。

「你幫我接手房子，我才該付你錢呢。」

「爸爸，你看——這個顏色會超酷！」

女孩把色卡像扇子舉起來，指向其中一個色塊，一種淺青綠色。

連恩說，「嗯，很漂亮。」

他手裡拿著鑰匙，卻仍站在碎石路上遲疑不前。麗芙朝她的車走了幾步，急著想離開。

「有問題就打電話找我，你有我的號碼。」

「我看報紙說他會獲判較短的刑期，畢竟要考量他的年紀，還有整個情況。」

她停下來，羞愧隨著太陽灼燒。馬蠅受到她汗濕的肌膚吸引，她揮手試圖趕牠們走。

「希望如此。」她說，「我不知道報紙怎麼寫，但他不是怪物。他只是個孩子。」

「世上沒有怪物，」女孩說，「只有人。」

她遺傳到爸爸，有一雙淺藍色的大眼。她揮動色卡，好奇仰望麗芙。

「妳的脖子怎麼了？」

麗芙用手指摸摸結疤的肌膚。熱浪讓她忘了，她穿著薄薄的無袖上衣，什麼都藏不住。

「以前我常抓癢，都留疤了。」

女孩揪起臉。

「一定很痛吧。」

「沒錯，但我現在好多了，再也不癢了。」

她們相視微笑。連恩把雙手放在女孩肩上，她看來很難站定，還在成長的身子跳躍扭動。麗芙看了兒時的家最後一眼，視線停在陰暗的廚房窗簾，以前威達會坐在那兒，往外窺探村子。現在她只看到平靜與安詳。他們揮手目送她開車離開。

她從後照鏡看著，他們揮手，接著轉身走向熊農場，女孩的辮子給陽光照得金亮。另一個女孩和另一個父親，他們完全不同的故事會緩緩蓋過舊的，畫上極光的顏色。

《最後的雪》全書完

致謝

我的編輯Helena Ljungström和Anna Andersson，謝謝妳們的耐心與熱誠，帶出我寫作最好、最好的一面，能和妳們共事著實愉快。同樣非常感謝Martin Ahlström、Göran Wiberg、Thérèse Cederblad、Bo Bergman和Albert Bonniers Förlag出版社的所有成員。

我的經紀人Julia Angelin，謝謝妳絕妙的參與，以及對我作品傑出的貢獻。同時無比感謝Marilinn Klevhamre、Anna Carlander、Josephine Oxelheim和Salomonsson經紀公司的所有成員——你們都是巨星，讓我的夢想成眞。

Niklas Natt och Dag，誠摯感謝你閱讀我的書稿，你明智的洞察極爲珍貴。我很榮幸有你這個朋友。

Daniel Svärd，謝謝你給我機會分享你的經驗，一章一章閱讀我的書稿，讓我能從全新的角度看自己寫的文字。

Kenneth Vikström，謝謝你慷慨分享你對警方程序的知識。寫作過程中，你的協助無比珍貴。

我的先生Robert Jackson，謝謝你總是相信我。我愛你。

最後的雪／史蒂娜・傑克森（Stina Jackson）著；
蘇雅薇 譯.-- 初版. -- 臺北市：蓋亞文化, 2024. 01
面；公分
譯自：ÖDESMARK
ISBN 978-626-384-062-1（平裝）

881.357　　112020482

Laurel 005

最後的雪 ÖDESMARK

作　　者　史蒂娜・傑克森（Stina Jackson）
譯　　者　蘇雅薇
裝幀設計　莊謹銘
編　　輯　章芳群
總 編 輯　沈育如
發 行 人　陳常智
出 版 社　蓋亞文化有限公司
地址：台北市 103 承德路二段 75 巷 35 號 1 樓
電話：02-2558-5438　傳真：02-2558-5439
電子信箱：gaea@gaeabooks.com.tw
投稿信箱：editor@gaeabooks.com.tw
郵撥帳號 19769541　戶名：蓋亞文化有限公司
法律顧問　宇達經貿法律事務所
總 經 銷　聯合發行股份有限公司
地址：新北市新店區寶橋路二三五巷六弄六號二樓
電話：02-2917-8022　傳真：02-2915-6275
港澳地區　一代匯集
地址：九龍旺角塘尾道 64 號龍駒企業大廈 10 樓 B&D 室
電話：+852-2783-8102　傳真：+852-2396-0050
初版一刷　2024年01月
定　　價　新台幣 460 元
Published and Printed in Taiwan

ISBN／978-626-384-062-1